JAMES PATTERSON

O DIA DA CAÇA

ARQUEIRO

Título original: *Cross Country*
Copyright © 2008 por James Patterson
Copyright da tradução © 20112 por Editora Arqueiro Ltda.
Publicado mediante acordo com Little, Brown and Company, New York, New York, USA.

tradução: Fabiano Morais

preparo de originais: Rachel Agavino

revisão: Luis Américo Costa e Tereza da Rocha

projeto gráfico e diagramação: Valéria Teixeira

capa: Raul Fernandes

imagem de capa: Ilona Wellmann / Millennium Images / Latinstock

foto do autor: Deborah Feingold

impressão e acabamento: Yangraf Gráfica e Editora Ltda.

CIP-BRASIL. CATALOGAÇÃO NA PUBLICAÇÃO
SINDICATO NACIONAL DOS EDITORES DE LIVROS, RJ

P597d Patterson, James, 1947-
O dia da caça / James Patterson; tradução de Fabiano Morais. São Paulo: Arqueiro, 2014.
192 p.; 14x21 cm; ed. popular

Tradução de: Cross Country
ISBN 978-85-8041-317-5

1. Ficção americana. I. Morais, Fabiano. II. Título.

14-14534 CDD 813
CDU 821.111(73)-3

Editora Arqueiro Ltda.
Rua Funchal, 538 – conjuntos 52 e 54 – Vila Olímpia
04551-060 – São Paulo – SP
Tel.: (11) 3868-4492 – Fax: (11) 3862-5818
E-mail: atendimento@editoraarqueiro.com.br
www.editoraarqueiro.com.br

Para Jill e Avie Glazer

PRÓLOGO
INVASÃO DE DOMICÍLIO

Um

GEORGETOWN, WASHINGTON, D.C.

O nome da família era Cox. Embora o pai fosse um advogado criminalista de grande sucesso, o alvo era a mãe, Ellie Randall Cox. O momento estava chegando, seria dentro de poucos minutos. O pagamento era excelente, não poderia ser melhor.

O assassino de quase 2 metros de altura e 110 quilos conhecido como Tiger havia providenciado armas para sua equipe, além de 1 grama de cocaína para que dividissem. Esta noite, eles só precisavam de uma única instrução: *A mãe é minha. Matem os outros.*

O objetivo secundário de sua missão era assustar aqueles americanos intrometidos. Sabia como eles eram sensíveis quando o assunto era invasão de domicílio, suas preciosas famílias ou assassinatos a sangue-frio. Tinham tantas normas sobre como se devia viver. O segredo para derrotá-los era quebrar todas as suas regras estúpidas e sagradas.

Ele se agachou na rua para observar a casa. Alheios às forças homicidas reunidas do lado de fora, os membros da família se moviam lá dentro, com as persianas de madeira das janelas do primeiro piso projetando linhas horizontais sobre eles.

Os rapazes esperavam ansiosos ao lado de Tiger, enquanto ele aguardava que o *instinto* lhe dissesse que era hora de invadir.

– Agora! – falou. – Vamos!

Então, flexionando minimamente os joelhos, começou a correr, saindo da sombra da sempre-viva que o escondia, seus passos tão velozes que era quase impossível contá-los.

Com um único e vigoroso salto, ele aterrissou no último degrau da entrada. Em seguida, desferiu três golpes violentos contra a porta, que se abriu como se tivesse explodido. Então eles entraram, o bando de assassinos, todos os cinco.

Os rapazes, nenhum deles com mais de 17 anos, passaram correndo à sua volta, disparando pistolas Beretta contra o teto da sala de estar, brandindo facas de caça, gritando ordens difíceis de entender, pois não tinham um inglês tão bom quanto o de Tiger.

As crianças da casa gritaram como leitões. O pai delas, o advogado, se levantou com um salto e tentou protegê-las com seu corpo flácido, superalimentado.

– Você é patético! – gritou Tiger para ele. – Não consegue nem proteger sua família em sua própria casa.

Num instante, três membros da família foram encurralados contra o console da lareira da sala, que estava coberto de cartões de aniversário endereçados a "Mamãe", "Minha querida Ellie" e "Meu doce, minha luz".

Tiger cutucou um dos rapazes mais jovens com o cotovelo, empurrando-o para a frente. Seu codinome era Nike e ele tinha um senso de humor contagiante.

– *Just do it* – falou Tiger, fazendo um trocadilho com o slogan da marca de artigos esportivos. – Vá em frente!

O garoto tinha 11 anos e era tão destemido quanto um crocodilo em um rio lamacento. Ergueu uma pistola muito maior que sua mão e disparou contra a testa do pai trêmulo.

Os outros rapazes soltaram gritos de aprovação, atirando em todas as direções, derrubando móveis antigos, quebrando espelhos e janelas. As crianças da família Cox choravam e se abraçavam.

Um garoto especialmente assustador, com a expressão vazia e uma camisa do time de basquete Houston Rockets, esvaziou o pente da sua arma na TV *widescreen*, recarregando-a em seguida.

– Vamos detonar! – gritou.

Dois

A MÃE, A "QUERIDA ELLIE", meu doce, minha luz", finalmente desceu as escadas correndo, gritando por seus filhos.

– Deixe as crianças fora disso! – gritou para o líder alto e musculoso. – Sei quem você é!

– É claro que sabe, mamãe – disse Tiger enquanto sorria para a mulher alta, maternal.

Na verdade, não queria machucá-la. Aquilo era apenas um trabalho. Muito bem pago, *importante para alguém de Washington*.

As duas crianças saíram correndo na direção da mãe e a coisa se tornou um absurdo jogo de gato e rato. Os rapazes de Tiger enchiam o sofá de furos enquanto os jovens americanos se escondiam atrás dele aos gritos.

Quando os dois saíram do outro lado, Tiger estava ali para suspender o menino do chão com uma só mão. A menina, com pijama dos Anjinhos, era um pouco mais esperta e subiu correndo as escadas, exibindo seus calcanhares pequenos e rosados a cada degrau.

– Vá, filha! – gritou a mãe. – Saia por uma janela! Corra! Não pare!

– Nem pensar – falou Tiger. – Ninguém vai sair daqui esta noite, mamãe.

– Não faça isso! – implorou ela. – Deixe-os em paz! São só crianças!

– Você sabe quem eu sou – disse ele. – Então sabe como isso vai terminar. Sempre soube. Veja só o que arranjou para você e para sua família. Foi você quem fez isso com eles.

PARTE UM

ATRASADO PARA A FESTA

capítulo 1

OS MISTÉRIOS MAIS DIFÍCEIS de solucionar são aqueles que você vê que estão perto do fim, pois já não há evidências suficientes nem muito mais a desvendar. A menos que você possa voltar ao início – retroceder e rever tudo.

Em meio ao conforto e à civilidade do meu Mercedes R350, eu pensava em como havia se tornado estranho seguir para o local de um assassinato. Mas lá estava eu, saindo do carro, em conflito por mergulhar novamente no lado sombrio.

Será que estou ficando mole para esse trabalho?, perguntei-me por um instante, mas logo descartei a ideia. Eu ainda era muito duro, isso sim, muito teimoso e intransigente.

Então pensei que havia algo de especialmente aterrorizante naquela matança aleatória e sem sentido. Era isso que ela parecia, ou pelo menos foi o que todos acharam. Foi o que me disseram quando telefonaram para minha casa.

– A coisa está feia lá dentro, Dr. Cross. Cinco vítimas. Uma família inteira.

– É, eu sei. Já me falaram.

Um dos primeiros policiais a atender o chamado, Michael Fescoe, um rapaz que eu conhecia, veio falar comigo na calçada do local do crime, em Georgetown. Estávamos perto da universidade em que eu havia me formado e da qual eu me lembrava com carinho por vários motivos, mas principalmente porque Georgetown tinha apostado em mim.

O policial estava visivelmente abalado. Não era de espantar. Se fosse um homicídio qualquer, a Polícia Metropolitana não me chamaria com urgência às 11 da noite de domingo.

– O que temos até o momento? – perguntei a Fescoe enquanto mostrava meu distintivo para um policial que parecia estar protegendo um carvalho.

Passamos por baixo da fita amarelo-viva em frente à casa. Era uma linda construção em estilo colonial, com três andares, em Cambridge Place, um quarteirão nobre logo ao sul do Montrose Park.

A calçada estava apinhada de vizinhos e curiosos, vestidos com pijamas e roupões, que se mantinham a uma distância segura, sem perder sua discrição esnobe.

– Família de cinco, todos mortos – repetiu Fescoe. – O sobrenome é Cox. O pai, Reeve. A mãe, Eleanor. O filho, James. Todos no primeiro andar. Duas filhas,

Nicole e Clara, no terceiro. Há sangue por todos os lados. Parece que eles foram alvejados primeiro. Depois, brutalmente retalhados e empilhados em grupos.

Empilhados. Isso definitivamente não me soava bem. Não em uma casa tão linda. Ou em qualquer outro lugar.

– Algum oficial no local? Quem assumiu o caso? – perguntei.

– A detetive Stone está lá em cima. Foi ela quem me pediu que avisasse o senhor. Os legistas ainda estão a caminho. Devem mandar uns dois. Meu Deus, que noite terrível!

– Tem toda a razão.

Bree Stone era uma das estrelas do Departamento de Crimes Hediondos e uma das poucas detetives que eu fazia questão de ter como parceira – em todos os sentidos, já que estávamos namorando havia mais de um ano.

– Avise a ela que estou aqui – falei. – Vou começar pelo andar de baixo e depois a encontrarei lá em cima.

– Pode deixar, senhor. Farei isso agora mesmo.

Fescoe me acompanhou enquanto eu subia os degraus de entrada e passava por um perito que trabalhava na porta destruída e na soleira.

– Arrombamento, é claro – disse Fescoe. Ele corou, provavelmente por ter afirmado o óbvio. – Além disso, tem uma claraboia aberta no teto do terceiro andar. Parece que eles saíram por lá.

– Eles?

– Eu diria que sim... considerando o tamanho do estrago, seja lá o que tenha acontecido aí dentro. Nunca vi nada parecido, senhor. Olhe, se precisar de qualquer coisa...

– Eu avisarei. Obrigado. Prefiro fazer isso sozinho. Assim me concentro melhor.

Minha reputação atraía policiais entusiasmados pelos casos grandes, o que podia ter suas vantagens. Mas, naquele momento, eu queria assimilar a cena sozinho. Pela expressão sombria e pelo olhar vidrado no rosto de todos os peritos que eu tinha visto voltar dos fundos da casa, sabia que a coisa logo ficaria pior.

Mas eu não imaginava o que estava à minha espera. O assassinato daquela família era muito pior do que eu havia pensado.

Muito, muito pior.

capítulo 2

ELES QUERIAM ASSUSTAR ALGUÉM, pensei enquanto entrava numa antessala bem iluminada e decorada com esmero. *Mas quem? Não essas pessoas mortas. Não essa pobre família massacrada só Deus sabe por quê.*

O primeiro piso contava uma história macabra, que desenhava os contornos da matança. Quase todos os móveis das salas de estar e de jantar tinham sido virados ou destruídos – ou as duas coisas. Havia alguns buracos enormes nas paredes e dezenas de outros menores. Um candelabro de vidro antigo estava estilhaçado no chão, os cacos espalhados sobre um tapete oriental colorido.

A cena do crime não fazia sentido e, para piorar, não encontrava precedentes em nada de minha experiência como detetive de homicídios.

Um sofá Chesterfield crivado de balas tinha sido empurrado contra a parede para abrir espaço diante da lareira, onde os primeiros três corpos foram *empilhados*.

Embora eu possa garantir que já vi coisas tenebrosas em serviço, aquela cena, a monstruosidade dela, me congelou.

Conforme eles disseram, as vítimas empilhadas eram o pai, a mãe e, por cima, o filho, todos com o rosto virado para cima. Havia rastros e manchas de sangue nas paredes mais próximas, nos móveis e no teto. Uma poça se formara ao redor dos corpos. Aqueles pobres coitados haviam sido atacados com algum tipo de arma cortante afiada. Os corpos estavam mutilados.

– Meu Deus, meu Deus... – murmurei.

Era uma oração, uma praga contra os assassinos ou, mais provavelmente, as duas coisas.

Um dos peritos em impressões digitais respondeu baixinho:

– Amém.

Mas nenhum de nós dois estava olhando para o outro. Aquele era o tipo de cena de homicídio que você precisava encarar na raça, tentando sair da casa com uma parcela ínfima da sua sanidade intacta.

A disposição do sangue pela sala sugeria que os membros da família tinham sido atacados separadamente, depois agrupados no meio.

Eu estava de acordo com Fescoe sobre haver mais de um assassino. Alguma coisa tinha estimulado a fúria selvagem deles para que fizessem aquilo. Mas o que exatamente acontecera? Qual era a causa do massacre? Drogas? Ritual? Psicose?

Psicose coletiva?

Arquivei os pensamentos aleatórios para consultá-los em outra hora. *Primeiro os métodos, depois o motivo.*

Circulei lentamente os corpos mutilados, desviando das poças de sangue, procurando pisar nas partes secas do assoalho sempre que possível. As incisões não pareciam seguir nenhum padrão e, pensando bem, os assassinatos também não.

A garganta do garoto estava cortada. O pai tinha um buraco de bala na testa. E a cabeça da mãe estava virada num ângulo estranho, como se o pescoço tivesse sido quebrado.

Dei a volta completa para ver o rosto da mãe. O ângulo era tão bizarro que ela parecia estar com os olhos erguidos para mim, com uma expressão quase esperançosa, como se eu ainda pudesse salvá-la.

Inclinei-me para analisá-la mais de perto e de repente fiquei tonto. Minhas pernas fraquejaram. Eu não podia acreditar no que estava vendo.

Oh, não! Oh, meu Deus, não!

Recuando às cegas, apoiei o pé numa parte escorregadia e caí. Estendi o braço para amortecer a queda e minha mão enluvada pintou o chão de vermelho escuro.

O sangue de Ellie Randall. Não Cox... Randall!

Eu a conhecia...

Muito tempo antes, Ellie havia sido minha namorada, quando estudávamos em Georgetown. Ela deve ter sido meu primeiro amor.

E agora tinha sido assassinada junto com sua família.

capítulo 3

UM DOS PERITOS EM impressões digitais veio me ajudar, mas me levantei depressa, pensando se não estaria em choque por causa de Ellie.

– Estou bem. Não me machuquei. Qual era mesmo o sobrenome da família? – perguntei.

– Cox, senhor. Reeve, Eleanor e James são as vítimas na sala de estar.

Eleanor *Cox*. Isso; agora eu me lembrava. Olhei para Ellie com o coração disparado, fora de controle, lágrimas se formando nos cantos dos olhos. Ela se chamava Ellie *Randall* quando a conheci, uma inteligente e charmosa estudante de história passando um abaixo-assinado contra o apartheid entre os alunos da Universidade de Georgetown. Definitivamente não era uma pessoa que teria esse destino.

– Precisa de alguma coisa? – Fescoe estava de volta, andando de um lado para outro.

– Só... me traga um saco de lixo ou algo parecido – pedi. – Por favor. Obrigado.

Tirei meu sobretudo e tentei me limpar com ele, em seguida o enfiei no saco que Fescoe trouxe para mim. Precisava me manter em ação e sair daquela sala, pelo menos naquele momento.

Fui em direção à escada e encontrei Bree descendo.

– Alex? Nossa, o que houve com você? – perguntou ela.

Sabia que, se começasse a explicar, não conseguiria chegar ao fim.

– Depois a gente conversa, o.k.? – pedi. – Como estão as coisas lá em cima?

Ela me lançou um olhar esquisito, mas não insistiu.

– Mais do mesmo. Um horror, Alex. Terceiro andar. Mais duas crianças. Acho que elas estavam tentando se esconder dos assassinos, mas não adiantou.

Enquanto subíamos, o flash de uma máquina fotográfica encheu o vão da escada com uma luz fantasmagórica. Tudo aquilo me parecia irreal, uma alucinação. Era como se eu estivesse de fora, observando a mim mesmo cambalear pela cena. *Ellie foi assassinada.* Tentei novamente, mas não conseguia assimilar a ideia.

– Não há sangue nas escadas nem no corredor – comentei, tentando me concentrar nas evidências, tentando fazer meu trabalho.

Estava muito frio ali, por causa da claraboia aberta. Era dia 3 de novembro e, segundo a previsão, a temperatura baixaria para apenas um dígito da noite para o dia. Até o clima tinha ficado um pouco louco.

– Alex?

Bree estava esperando adiante, parada no vão da porta de um quarto. Ela não se mexeu enquanto eu me aproximava.

– Tem certeza que está bem para ficar aqui? – perguntou ela, falando baixo para que os outros não ouvissem.

Assenti e olhei para dentro do cômodo.

Atrás de Bree, os corpos das duas meninas estavam cruzados em cima de um tapete de retalhos oval. Uma cama com dossel branco estava aos pedaços, arriada, como se alguém tivesse pulado com força demais em cima dela.

– Não se preocupe – falei. – Preciso ver o que aconteceu aqui. Preciso começar a entender o que significa tudo isto. *Como, por exemplo, quem esteve pulando naquela cama.*

capítulo 4

MAS EU NEM SEQUER *COMECEI* a entender o assassinato brutal dos cinco membros daquela família. Pelo menos não naquela noite. Estava tão confuso quanto qualquer outra pessoa no que se referia à possível motivação dos criminosos.

Cerca de uma hora depois de eu chegar à cena do crime, aconteceu uma coisa que tornou o mistério ainda maior: dois agentes da CIA apareceram. Deram uma olhada na cena e foram embora. *O que a CIA estava fazendo ali?*

Passava um pouco das três e meia da manhã quando Bree e eu finalmente chegamos de volta à Rua 5. No silêncio da minha casa, eu conseguia ouvir o ressonar infantil de Ali no andar de cima. Sem dúvida era um som tranquilizador e reconfortante.

Nana Mama tinha deixado a luz de cima do fogão acesa e embrulhado um prato em filme de PVC com quatro biscoitos que haviam restado da sobremesa. Nós os levamos para o segundo andar, junto com duas taças e meia garrafa de vinho.

Duas horas depois, eu ainda estava acordado e perturbado. Bree se sentou na cama e acendeu a luz. Eu estava sentado na beira do colchão. Pude sentir o calor do seu corpo contra as minhas costas, seu hálito no meu pescoço.

– Não está conseguindo dormir? – perguntou.

Não era isso que ela realmente queria saber.

– Eu conhecia a mãe, Bree. Estudamos juntos na Georgetown. Isso não poderia ter acontecido com ela. Não deveria.

Ela respirou fundo ao ouvir minha revelação.

– Sinto muito, Alex. Por que não me falou?

Dei de ombros e suspirei.

– Não sei nem se consigo falar sobre isso agora – confessei.

Ela me abraçou.

– Não tem problema. Não precisa falar. Só se quiser, Alex. Estou aqui.

– Nós éramos melhores amigos, Bree. Chegamos a namorar durante um ano. Sei que faz muito tempo, mas... – Deixei a frase pela metade. Mas *o quê?* Mas... também não foi nenhum namorico infantil. – Fui apaixonado por ela, Bree. Estou arrasado.

– Quer sair do caso?

– Não.

Eu já havia feito a mim mesmo essa pergunta e respondido com a mesma rapidez.

– Posso pedir para Sampson ou alguém do Departamento de Crimes Hediondos ficar no seu lugar. Vamos manter você atualizado a cada segundo...

– Não posso desistir, Bree, não desta vez.

– Desta vez? – Sua mão subiu e desceu pelo meu braço, numa carícia. – Em comparação... a quê, Alex?

Respirei fundo. Sabia aonde Bree queria chegar com essa pergunta.

– Não tem nada a ver com Maria, se é disso que você está falando.

Maria, minha esposa, tinha sido baleada quando nossos filhos eram pequenos. Fazia pouco tempo que eu havia solucionado o caso. Até conseguir isso, passei por anos de tortura e culpa. Mas Maria tinha sido minha esposa, o amor da minha vida na época. Ellie era diferente. Eu não estava confundindo as duas. Pelo menos achava que não.

– O.k. – disse Bree, afagando minhas costas para me tranquilizar. – O que eu posso fazer?

Entrei com ela debaixo das cobertas.

– Só fique deitada aqui comigo – respondi. – É a única coisa de que preciso agora.

– Seu desejo é uma ordem.

Em pouco tempo, adormeci nos braços dela... por duas horas inteiras.

capítulo 5

– EU ESTOU VENDO... UM JORNAL cor-de-rosa – disse Bree.

– Achei! – Ali o encontrou na mesma hora. – É rosa *mesmo*. Que raio de jornal é esse?

Para surpresa e felicidade de minha família, não saí para o trabalho num horário indecente na manhã seguinte ao assassinato de Ellie, seu marido e seus filhos. Eu havia acordado com vontade de levar as crianças a pé para a escola. Na verdade, tinha vontade de fazer isso quase todos os dias, mas às vezes não podia e às vezes simplesmente não as levava. Mas, dessa vez, precisava de muito ar fresco. E de sorrisos. E das risadinhas de Ali.

Jannie estava cursando o último ano do ensino fundamental na Sojourner Truth, pronta para ingressar no ensino médio, ao passo que Ali apenas começava sua vida escolar. Naquela manhã, eu tinha uma consciência muito forte do "ciclo da vida"; a família de Ellie fora dizimada num piscar de olhos enquanto meus filhos cresciam fortes e saudáveis.

Coloquei no rosto minha melhor expressão de pai alegre e tentei afastar da mente as imagens terríveis da noite anterior.

– Quem é o próximo? – perguntei.

– Eu! – gritou Jannie, dando um sorriso malicioso para Bree e para mim. – Eu estou vendo... duas PSOMJ.

– O que é *psomj*? – quis saber Ali.

Ele já estava olhando de um lado para outro, parecendo um desses bonecos que ficam balançando a cabeça, tentando encontrar as *psomj*, independentemente do que fossem.

Jannie praticamente cantou a resposta:

– P, S, O, M, J. Pessoas de Sexos Opostos que Moram Juntas.

Ela sussurrou a palavra *sexo* na nossa direção, talvez para proteger a inocência do irmão caçula. De qualquer forma, senti que estava ficando um pouco vermelho.

Bree cutucou o ombro de Jannie.

– Posso saber de onde você tirou isso?

– Cherise J. Ela falou que a mãe dela diz que vocês estão... bem... vivendo em pecado.

Troquei um olhar com Bree por cima da cabeça de Jannie. Esperava que isso fosse acontecer mais cedo ou mais tarde. Bree e eu estávamos juntos havia mais de um ano e ela passava bastante tempo na minha casa. Em parte, porque as crianças gostavam de tê-la por perto e, em parte, porque eu também adorava isso.

– Acho que você e Cherise J. precisam encontrar outros assuntos sobre os quais conversar – falei. – Não é?

– Ah, tudo bem, pai. Eu disse a Cherise que a mãe dela precisa deixar isso pra lá. Até Nana Mama já se acostumou e, se você abrir um dicionário, vai ver a foto dela abaixo da palavra "antiquado", né?

– Como se você soubesse o que um dicionário tem dentro dele – provoquei.

Mas Bree e eu tínhamos parado de tentar ser politicamente corretos com Jannie, então apenas nos permitimos rir. Minha filha estava naquela fase de "transição"; no meio do caminho entre menina e mulher.

– Qual é a graça? – perguntou Ali. – Me contem. O que foi?

Eu o levantei e o sentei nos meus ombros pelo último meio quarteirão de nossa caminhada até a escola.

– Daqui a mais ou menos cinco anos eu conto.

– Eu já sei mesmo – disse ele. – Você e Bree se amam. Todo mundo sabe disso. Não tem o menor problema. É uma coisa boa.

– É, sim – concordei, virando o rosto e dando um beijo em seu joelho.

Nós o deixamos na entrada lateral da escola, onde sua turma já estava fazendo fila do lado de fora.

– Tchau! Eu te amo – gritou Jannie para ele através da grade.

– Tchau! Eu também.

Desde que Damon, o irmão mais velho deles, fora fazer um curso preparatório em Massachusetts, os dois ficaram cada vez mais unidos. Nas noites de fim de semana, Ali geralmente dormia ao pé da cama da irmã, num colchão inflável que ele chama de seu "ninho".

Deixamos Jannie do outro lado do prédio, onde todas as outras crianças mais velhas entravam de modo desorganizado. Ela nos abraçou para se despedir e eu a segurei um pouco mais do que o normal.

– Eu te amo, querida. Você e seus irmãos são a coisa mais especial da minha vida.

Jannie não pôde deixar de olhar à sua volta para garantir que ninguém tinha escutado.

– Eu também, papai – respondeu. Então, sem nem respirar, emendou: – Cherise! Espere!

Assim que Jannie sumiu de vista, Bree enlaçou meu braço.

– O que foi aquilo? – perguntou. – "Você e Bree se amam. Todo mundo sabe disso"?

Dei de ombros e sorri.

– Como é que vou saber? Parece que há um boato correndo por aí.

Eu a beijei.

E, como o primeiro beijo tinha dado tão certo, aproveitei para dar outro.

capítulo 6

ÀS NOVE DA MANHÃ, os beijos já haviam terminado e eu estava no Edifício Daly, me preparando para entrar numa reunião muito desagradável sobre homicídio múltiplo que acontecia na grande sala de reuniões bem em frente ao meu escritório. Não deixava de ser cômodo. Estariam lá todos os detetives graduados disponíveis, além de um contingente do Segundo Distrito, que abrangia a maior parte de Georgetown.

Eu ainda não conseguia aceitar que Ellie era a vítima. *Uma das vítimas.*

O Departamento de Medicina Legal enviou uma representante, a Dra. Paula Cook, uma investigadora brilhante com quem já havia trabalhado em outros casos. Os cantos da boca da Dra. Cook se contorceram levemente quando nos cumprimentamos com um aperto de mãos. Imaginei que fosse uma tentativa de sorriso, então sorri de volta.

– Obrigado por vir, Paula. Vamos precisar de você neste caso.

– O pior que já vi em 14 anos – disse ela. – Todas aquelas crianças e os pais. É de embrulhar o estômago. Não faz sentido.

Tínhamos apanhado uma pilha de fotos da cena do crime ao entrar e, junto com Paula, comecei a afixar algumas delas na parede da sala de reuniões. Fiz questão de que todas fossem impressas no formato 24 x 30cm. Queria que todos sentissem um pouco do que tinha acontecido na noite anterior em Georgetown, da mesma maneira que eu ainda sentia.

– Este pode ser um incidente isolado – falei alguns minutos depois para o grupo reunido. – Mas prefiro não partir desse princípio. Quanto mais entendermos o que aconteceu, mais bem preparados estaremos caso se repita. E provavelmente não é um incidente isolado.

Imaginei que alguns dos detetives de homicídios mais experientes não fossem concordar comigo e alegassem que eu havia trabalhado em mais casos de assassinos em série do que devia. Mas, àquela altura, eu não me importava nem um pouco com o que eles pensavam.

Durante os primeiros 15 minutos, mais ou menos, repassei os elementos fundamentais do caso para aqueles que não estiveram no local na noite anterior. Em seguida, passei a palavra para Paula. Ela se levantou com um salto e nos explicou as fotos na parede:

– O estilo das incisões indica variações da força aplicada, da habilidade do assassino e das armas utilizadas – disse ela, usando um apontador a laser vermelho para indicar os cortes, as perfurações e as amputações que a família Cox tinha sofrido. – Pelo menos uma delas tinha lâmina serrilhada. Outra era excepcionalmente grande, talvez um facão. Nenhuma das amputações, independentemente do local, foi feita com cortes precisos. Pelo contrário, todas resultaram de golpes repetitivos.

Um detetive chamado Monk Jeffries, sentado na primeira fileira, fez uma excelente pergunta:

– Você acha que eles estavam treinando? Que nunca tinham feito isso antes?

– Não posso afirmar – respondeu Paula –, mas isso não me surpreenderia.

– Tem razão – atalhei. – É como se eles estivessem praticando, Monk. – Eu tinha uma teoria sobre os assassinatos. – Existe algo de muito *juvenil* nessa cena de crime.

– Você quer dizer inexperiente? – perguntou Jeffries.

– Não. Simplesmente *juvenil*. Estou me referindo às mutilações, à cama quebrada, ao vandalismo em geral. E também ao fato de isso provavelmente ter sido feito por um grupo de cinco ou mais pessoas. Um grupo grande de invasores. Quando junto todos esses fatores, as possibilidades são poucas: gangue, ritual, crime organizado. Nessa ordem.

– Gangue? – perguntou outro detetive de 1ª classe que estava sentado nos fundos. – Você já viu uma gangue usar de tanta violência?

– Nunca vi tanta violência, ponto – retruquei.

– Aposto 20 pratas no crime organizado. Alguém topa?

A proposta foi feita por Lou Copeland, um competente e asqueroso detetive de 1ª classe da Divisão de Casos Especiais. Alguns de seus camaradas riram.

Mas eu não. Atirei minha prancheta do outro lado da sala. Ela bateu na parede e caiu no chão. Como isso não era do meu feitio, causou certo impacto.

Todos ficaram em silêncio. Fui pegar minhas anotações e vi Bree e Sampson trocarem olhares de um jeito que não me agradou. Não estavam certos de que eu conseguiria dar conta daquilo.

Bree assumiu dali em diante e começou a delegar tarefas. Precisávamos de gente para reinvestigar as cercanias de Cambridge Place, pressionar o laboratório para obter os resultados depressa e contatar qualquer informante que tivéssemos nas ruas para desencavar algo sobre a noite anterior.

– Precisamos que vocês façam o seu melhor desta vez – disse Bree ao grupo. – E queremos ter algumas respostas no fim do dia.

– Mas...?

– *Dispensados!*

Todos olharam em volta. Foi Sampson quem falou:

– Se algum de vocês tiver mais perguntas, pode ligar para os celulares de Stone ou de Cross. Enquanto isso, temos muito trabalho de campo a fazer. Este é um caso importante. Então mãos à obra! Vamos cair dentro e com vontade!

capítulo 7

TIGER ERA O MAIS ALTO e mais forte dos 10 negros musculosos que corriam de um lado para outro numa quadra de basquete com piso de cimento desbotado no Carter Park, em Petway. Sabia que não era bom nos dribles nem nos arremessos, mas pegava rebotes como um profissional e defendia a cesta como um leão – e, mais do que tudo, detestava perder. No mundo dele, *se perder, você morre.*

O jogador que ele marcava gostava de ser chamado de "Buckwheat". E Tiger ouvira falar que o apelido tinha a ver com uma antiga série de TV que às vezes ridicularizava crianças negras.

Buckwheat era rápido na quadra e um lançador confiável. Também gostava de insultar os outros, como a maioria dos jovens jogadores de Washington, D.C. Tiger aprendera a jogar em Londres, quando estava na universidade, mas não ouvia tantos palavrões na Inglaterra.

– Você canta vitória, mas vai perder – disse Tiger por fim, enquanto ele e seu oponente corriam pela quadra, ombro a ombro.

Buckwheat desviou de um marcador e pegou um passe quicado no canto esquerdo. Em seguida, deu um salto e encestou um arremesso que descreveu um arco perfeito, mesmo depois de Tiger lhe dar um encontrão no momento em que ele lançava a bola.

– Macaco de merda – gritou o adversário enquanto os dois corriam de volta.

– Você acha mesmo?

– Ah, tenho certeza. Em breve você vai ser só um gorilão assistindo do lado de fora.

Tiger riu e não disse mais nada. Ele fez uma cesta depois de pegar um rebote, então o time de Buckwheat atravessou a quadra com a bola a toda a velocidade.

Buckwheat pegou um passe sem parar de correr e enterrou a bola com força no aro. Ele estava um passo à frente de Tiger e gritou "Fim de jogo!" antes mesmo de saltar para a enterrada decisiva.

Estava em pleno ar, gracioso e atlético, quando Tiger o atingiu com toda a força e todo o seu peso. Ele derrubou o homem de 1,90m, lançando-o contra o poste de metal que sustentava a cesta. Buckwheat se estatelou no cimento com sangue escorrendo pelo rosto.

– *Fim de jogo!* – gritou Tiger, erguendo as duas mãos.

Ele adorava jogar basquete. Como era divertido espancar aqueles *afro-americanos* linguarudos que não sabiam absolutamente nada sobre o mundo real.

Do lado de fora da quadra, seus rapazes vibraram como se ele fosse uma mistura de Michael Jordan e Kobe Bryant. Ele sabia que não era nada disso. Não queria ser como Michael ou Kobe. Ele era muito melhor.

Todos os dias, decidia quem iria viver e quem iria morrer.

Quando saiu da quadra, um homem veio falar com ele. Aquele sujeito branco vestindo um terno cinza não poderia estar mais deslocado.

– Ghedi Ahmed – falou o demônio branco. – Sabe quem é?

Tiger assentiu.

– Sei quem ele *era*.

– Faça dele um exemplo.

– A família dele também.

– Claro – concordou o demônio branco. – A família dele também.

capítulo 8

TELEFONEI PARA PEDIR AJUDA A meu amigo Avie Glazer, chefe do Projeto de Combate às Gangues no Terceiro Distrito. Contei a ele por que aquilo era importante para mim.

– Claro que ajudo. Você me conhece, Alex. Estou mais infiltrado nas gangues do noroeste, como *La Mara R* e *Vatos Locos*. Mas você pode vir aqui e fazer umas perguntas pela Rua 17 com a R, se quiser. Ver se alguém sabe de alguma coisa.

– Você tem como nos acompanhar? – perguntei. – Fico lhe devendo uma. E pago uma cerveja.

– Com essa, são quantas no total? Contando favores *e* cervejas?

Esse era seu jeito de dizer sim. Bree e eu encontramos Avie numa sinuca chamada 44, uma espelunca. O proprietário nos contou que essa era a idade dele quando abriu o estabelecimento. Avie já conhecia a história, mas ainda assim ouviu educadamente.

– Parecia um nome tão bom quanto qualquer outro – declarou o dono.

Sua atitude *blasé* me pareceu a de um maconheiro. Com certeza não estava ganhando sua grana com mesas de sinuca e refrigerantes. Chamava-se Jaime Ramirez e Avie Glazer me aconselhara a lhe dedicar atenção e um pouco de respeito.

– Você sabe alguma coisa sobre os assassinatos em Georgetown na noite passada? – perguntei a Ramirez depois de bater papo por um tempo. – Foram cometidos em grupo?

– Aquilo foi horrível – disse ele, debruçando-se sobre a parte de baixo de uma porta holandesa, segurando entre os dedos gordos um cigarro marrom inclinado no mesmo ângulo que seu corpo.

Ele apontou com o queixo para uma televisão no canto.

– O canal 4 é o único que tenho aqui, detetive.

– Alguma novidade na área? – perguntou Bree. – Pessoas de quem ainda não ouvimos falar? Alguém capaz de matar uma família inteira?

– É difícil acompanhar – falou Ramirez, dando de ombros. Foi então que Glazer olhou para ele de cara feia. – Mas, sim, agora que você falou... têm rolado uns boatos.

Seus olhos escuros correram de forma quase involuntária por mim e por Bree.

– Africanos – disse ele para Avie.

– Afro-americanos? – perguntei. – Ou...

– Africanos africanos. – Ele se voltou outra vez para Avie. – Ei, Toto, vou ganhar alguma coisa por isso? Ou essa é brinde?

Avie Glazer olhou primeiro para mim e depois para Ramirez.

– Digamos que eu fico lhe devendo uma.

– Que tipo de africanos? – perguntei.

Ele deu de ombros e bufou.

– Como é que vou saber? Do tipo que é negro e vem da África.

– Falam inglês?

– Falam – disse ele, assentindo. – Mas nunca conversei com eles. Parece que fazem de tudo um pouco. Sabe como é, serviço completo: assassinato, prostituição, tráfico de drogas, roubos... Não estamos lidando com um bando de pichadores.

Ele abriu uma geladeira com porta de vidro e pegou uma lata de Coca-Cola.

– Estão com sede? Dois dólares.

– Eu quero uma – disse Glazer, colocando na mão de Ramirez um par de notas que não pareciam ser de 1 dólar. Em seguida, se virou para mim:

– E *vou* cobrar de você também. Pode apostar.

– Africanos – repetiu Ramirez enquanto nos encaminhávamos para a porta – da *África*.

capítulo 9

AQUELE ERA O ÚLTIMO LUGAR da capital – ou talvez do mundo – onde eu queria estar.

Era tão inacreditavelmente triste, lúgubre e trágico. Fazia virem à tona tantas memórias.

O escritório de Ellie ficava no segundo andar da casa. Era tão bem-arrumado e organizado quanto eu me lembrava de que ela mesma era quando acreditávamos que aquilo que sentíamos um pelo outro era amor.

Um exemplar da autobiografia de Sidney Poitier estava aberto no braço de uma poltrona. Eu gostava daquele livro e me lembrei de que Ellie e eu tínhamos interesses comuns em literatura, música e política.

Todas as persianas estavam baixadas na mesma altura. Sobre a escrivaninha havia um iMac, um telefone, uma agenda e algumas fotos de família em porta--retratos prateados. O cômodo parecia estranho se comparado ao andar de baixo da casa, que tinha sido saqueado pelos assassinos na noite anterior.

Comecei pela agenda e então passei para as gavetas da escrivaninha. Ainda não sabia o que exatamente estava procurando, apenas que tinha precisado voltar ali com as ideias mais claras do que da primeira vez.

Liguei o computador de Ellie e acessei seu e-mail, conferindo a caixa de entrada, os itens enviados e as mensagens excluídas, das mais novas para as mais antigas. Estava tentando chegar o mais perto possível do momento dos assassinatos. Será que Ellie conhecia os criminosos?

A primeira coisa que chamou minha atenção foi um recado de um editor da Georgetown University Press. Era sobre o andamento de seu "novo livro".

Ellie estava para publicar um livro novo? Eu sabia que ela fazia parte do departamento de história da Georgetown, mas meu conhecimento não ia além disso. Tínhamos nos esbarrado em alguns eventos beneficentes ao longo dos últimos 15 anos, mas isso era tudo. Ela era casada e, durante a maior parte desse tempo, eu era solteiro e às vezes esse tipo de coisa pode fazer você perder o contato.

Pesquisei seu nome na Amazon e na Barnes & Noble e encontrei três livros. Todos tinham algo a ver com questões sociopolíticas na África. O mais recente, *Momento crítico*, tinha sido publicado quatro anos antes.

Então onde estava o novo livro? Será que havia algum manuscrito não terminado que eu pudesse ler?

Girei o corpo para analisar as estantes que iam do chão ao teto e ocupavam duas paredes do escritório. Ellie tinha centenas de livros ali, misturados com uma coleção de prêmios e condecorações.

Desenhos infantis e fotos emolduradas ocupavam o restante do espaço.

Então, de repente, *eu estava olhando para uma foto minha.*

capítulo 10

ERA UMA FOTO ANTIGA, da época da faculdade. Assim que a vi, me lembrei da ocasião em que fora tirada. Ellie e eu estávamos sentados sobre um cobertor no National Mall, a grande esplanada que se estende do Capitólio ao Monumento a Washington. Havíamos acabado de fazer nossos últimas provas. Eu tinha uma residência engatilhada no hospital Sibley Memorial e estava me apaixonando pela primeira vez. Ellie dizia que também estava. Na fotografia, estávamos abraçados, sorrindo. Parecia que poderíamos continuar daquele jeito para sempre.

Agora ali estava eu, na casa de Ellie, responsável por ela de uma maneira que nunca poderia ter imaginado.

Permiti-me ficar olhando a foto por mais alguns segundos, cheio de nostalgia, antes de me obrigar a seguir adiante, a voltar para o caos do presente.

Não demorei muito para encontrar 300 páginas digitadas de um original chamado *Viagem da morte*. O subtítulo na folha de rosto era: *O crime como um modo de viver e de fazer negócios na África Central.*

Havia uma cópia de uma passagem de avião entre as páginas do manuscrito. Era um bilhete de ida e volta de Washington para Lagos, Nigéria. Ellie voltara de lá havia duas semanas.

Corri os olhos pelo sumário e encontrei uma entrada para "Violência ao estilo africano" e uma subentrada intitulada "Massacre de famílias".

Abri o manuscrito na página indicada e li o seguinte: "Existem líderes de gangues de aluguel em toda a Nigéria e, especialmente, no Sudão. Esses homens brutais e seus grupos – *muitas vezes formados por meninos de apenas 10 anos* – possuem um apetite insaciável por violência e sadismo. Um de seus alvos favoritos são famílias inteiras, uma vez que isso espalha mais as notícias e difunde o medo. Famílias são massacradas em suas cabanas e barracos, chegando a ser cozidas em óleo fervente, uma espécie de assinatura de alguns dos piores líderes."

Decidi levar o manuscrito inacabado comigo para copiá-lo. Queria ler tudo o que Ellie tinha escrito.

Será que foi por isso que ela foi assassinada? Por causa do livro?

Em seguida, fiquei um bom tempo olhando para a fotografia arrebatadora de Ellie, seu marido e seus três lindos filhos.

Todos mortos agora.

Assassinados bem ali, na casa deles. Pelo menos não tinham sido cozidos em óleo fervente.

Dei uma última olhada em nossa foto no National Mall. Jovens e apaixonados, ou seja lá o que estivéssemos sentindo.

– Ellie, farei tudo o que estiver ao meu alcance por você e sua família. Eu prometo.

Fui embora pensando: *O que você encontrou na África?*

Alguém a seguiu na volta?

capítulo 11

TODOS ALI SABIAM QUE AQUILO significava problema, mas ninguém sabia de que tipo ou qual a gravidade dele.

Uma van verde-escura parou cantando pneus diante de uma pequena mesquita em Washington chamada Masjid Al-Shura. Mais de 150 fiéis pacíficos estavam apinhados na calçada em frente ao templo.

Ainda assim, logo que Ghedi Ahmed viu os matadores saindo da van às pressas, com seus blusões com capuz cinza, os rostos cobertos por máscaras pretas e óculos escuros vistosos, soube que tinham vindo atrás dele. *Eram só garotos... os garotos de Tiger.*

Os primeiros tiros foram disparados para o alto. Apenas um alerta. Homens e mulheres gritaram e alguns voltaram correndo para a mesquita.

Outros se jogaram de bruços na calçada, protegendo seus filhos da melhor maneira possível.

Com as mãos para cima, Ghedi Ahmed tomou sua decisão e se afastou da família. *Melhor morrer sozinho do que levá-los comigo*, pensou, tremendo como vara verde.

Não tinha se afastado muito quando ouviu sua mulher, Aziza, gritar e percebeu o terrível erro que havia cometido.

– Ghedi! Ghedi!

Ele se virou a tempo de ver os rapazes ensandecidos carregarem sua esposa até a van estacionada e a jogarem lá dentro. E em seguida... seus filhos! Eles estavam levando as crianças também! Todas as quatro foram empurradas para o interior do veículo.

Ghedi mudou seu percurso na mesma hora e começou a gritar mais alto do que qualquer pessoa na multidão, mais até do que Aziza.

Um homem corajoso da congregação deu um soco em um dos sequestradores. O garoto gritou "Cachorro!" e deu um tiro no rosto de seu agressor. Em seguida disparou novamente no homem, que já estava caído na calçada, de braços abertos, agonizando.

Uma terceira bala derrubou uma senhora idosa assim que Ghedi passou por ela.

O tiro seguinte o atingiu na perna, transformando sua corrida numa queda. Em seguida, dois dos garotos o levantaram do chão e o jogaram na van com sua família.

– As crianças! As crianças não! – implorou Aziza aos prantos.

– Para onde vocês estão nos levando? – gritou Ghedi para os sequestradores. – Para onde?

– Para Alá – respondeu o motorista, que era o próprio Tiger.

capítulo 12

O MISTÉRIO ESTAVA SE COMPLICANDO e ficava maior a cada dia, porém grande parte de Washington parecia não se importar, talvez porque aquele crime tinha acontecido na região sudoeste e as vítimas fossem todas negras.

O depósito de Lorton Landfill era o destino da maioria do lixo de Washington. São 250 acres de restos malcheirosos e repugnantes e foi sorte os corpos terem ao menos sido encontrados. Dirigi meu Mercedes por vales de lixo que se erguiam a 10 metros de altura dos dois lados da estrada. Segui até onde a equipe de busca estava estacionada em volta de um caminhão laranja e branco, da coleta de lixo municipal. As máscaras de gaze que tinham sido providenciadas para Bree e para mim não protegiam muito do fedor.

– Um passeio pelo campo, Alex. Que romântico! – disse Bree enquanto seguíamos cruzando o depósito. Ela era boa em manter o bom humor, por pior que fosse a situação.

– Estou sempre pensando em coisas novas para fazermos juntos, querida.

– Desta vez você se superou, acredite.

Quando saímos do carro, finalmente avistei Sampson conversando com o motorista do caminhão. Atrás dos dois e de uma fita amarela de isolamento pude ver lonas amarelas cobrindo os seis corpos, nos locais onde tinham sido encontrados.

Sampson se aproximou para nos explicar a situação.

– O caminhão de lixo começou pelas ruas vazias esta manhã e fez paradas por todo o centro da cidade. Quarenta e uma caçambas em 18 localidades, algumas a poucos quarteirões da mesquita. Isso significa que temos muito trabalho pela frente.

– Alguma outra boa notícia? – perguntei.

– Até o momento, só os corpos foram encontrados. *Nem sinal das cabeças.*

Ainda não tínhamos revelado *isto* à imprensa: todas as seis vítimas foram decapitadas.

– Adoro meu trabalho, adoro meu trabalho – disse Bree baixinho. – Mal consigo esperar para chegar ao escritório pela manhã.

Perguntei a Sampson onde estava o corpo do pai e começamos por ele. Quando afastei a lona, vi algo horripilante, mas não precisei de um legista para saber que dessa vez o corte tinha sido muito mais preciso. Não havia lesões externas: nada de buracos de balas, cortes ou perfurações. Além disso, a parte de baixo do corpo tinha sofrido queimaduras graves.

Crimes sem sentido, mas provavelmente não aleatórios, pensei.

Mas o que o assassinato dos Ahmed tinha a ver com o de Ellie e sua família?

– Temos algumas semelhanças e algumas diferenças bem significativas aqui

– falou Sampson. – Duas famílias mortas de repente. Mais de um assassino. No entanto, o primeiro crime aconteceu entre quatro paredes, o outro em frente a uma mesquita. Mutilações brutais em ambos os casos.

– Mas as mutilações são diferentes – disse Bree. – E se as cabeças não aparecerem...

– Algo me diz que não irão.

– Então talvez estejamos falando de algum tipo de troféu, uma lembrança.

– Ou uma espécie de comprovante – sugeri.

Os dois olharam para mim.

– Talvez este crime tenha sido encomendado, enquanto o outro foi por motivos pessoais. Além do mais, a CNBC acabou de dar um furo de reportagem revelando que Ghedi Ahmed era irmão de Erasto Ahmed, um membro da Al Qaeda que atua na Somália.

– Al Qaeda? – sussurrou Bree, parecendo momentaneamente desconcertada. – Al Qaeda, Alex?

Nós três passamos um instante calados, tentando compreender aqueles assassinatos terríveis. Tornei a pensar em Ellie. Não conseguia parar de pensar nela nos últimos dias. *Será que a viagem dela para a África tivera algo a ver com seu assassinato?*

– Então, o que temos aqui? – disse Sampson por fim. – Os dois lados de uma guerra?

– Pode ser – falei. – Ou talvez duas equipes.

Ou talvez um assassino muito esperto tentando nos deixar confusos.

capítulo 13

NÃO RESTAVA DÚVIDA DE QUE havia interesse federal nos casos. Eles eram altamente instigantes e de abrangência internacional, portanto a CIA devia saber de algo. Dois agentes deles tinham aparecido na casa de Ellie na noite do crime. A questão era: quanto eu conseguiria arrancar deles, se é que conseguiria arrancar alguma coisa?

Cobrei alguns favores de minha época na agência e consegui uma reunião na sede deles, em Langley. O fato de não apenas aceitarem me receber como ainda terem dispensado o habitual protocolo de duas reuniões me dizia que aquele não era um assunto de baixa prioridade para eles. Geralmente a CIA botava você em contato com alguém que não podia ajudar em nada antes de conseguir chegar perto de alguém que realmente pudesse colaborar.

Eles me deram uma equipe inteira: Eric Dana, do Serviço Clandestino Nacional; dois analistas almofadinhas de cerca de 20 anos, que não falaram uma palavra durante todo o tempo que passei ali; e um rosto conhecido, Al Tunney, do Departamento de Assuntos Transnacionais.

Alguns anos antes, Tunney e eu havíamos trabalhado juntos num caso envolvendo a máfia russa. Eu esperava que ele fosse ficar do meu lado, mas aquela era claramente a reunião de Eric Dana, o caso dele. Nós nos sentamos a uma mesa de madeira lustrosa com vista apenas para florestas e gramados verdes. Pacífico, sereno, *muito enganoso.*

– Detetive Cross, por que não nos conta o que sabe até o momento? – perguntou Dana. – Isso nos ajudaria a quebrar o gelo.

Não omiti nada, pois não havia motivo para isso. Eu os conduzi pelas três cenas de crime – a casa da família Cox, a calçada em frente à Masjid Al-Shura e, por fim, o depósito de lixo em Lorton.

Também fiz circular algumas fotos, mantendo-as em ordem cronológica.

Então relatei tudo o que tinha descoberto ou ouvido falar sobre líderes de gangues na África, inclusive o que lera no manuscrito de Ellie. Só então mencionei os agentes da CIA que haviam aparecido na cena do primeiro crime.

– Não vamos comentar sobre isso – falou Dana. – Não a esta altura.

– Não espero que vocês abram seus arquivos para mim – respondi. – Mas gostaria de saber se estão perseguindo algum assassino aqui no país. E, se estiverem, se têm alguma ideia de onde ele está.

Dana ouviu o que eu tinha para dizer, então guardou uma pilha de papéis de volta em uma pasta de arquivo e se levantou.

– O.k. Obrigado, detetive Cross. Você foi de grande ajuda. Daremos mais informações assim que possível. Deixe-nos fazer nosso trabalho por alguns dias.

Não era a resposta que eu queria.

– Espere um instante, do que você está falando? Me dê mais informações *agora.*

Não era um bom momento para isso. Dana olhou para os seus analistas com uma expressão que dizia: *Ninguém explicou as coisas a esse cara?*

Então tornou a olhar para mim, sem perder a compostura.

– Acho que entendo sua pressa, deteti...

– Não, acho que você não entende – interrompi. Olhei para Al Tunney, que se mexia desconfortavelmente em sua cadeira. – Al, esta é uma decisão coletiva?

Os olhos de Tunney se moviam rapidamente entre mim e Dana, como uma bola de tênis.

– Ninguém decidiu nada, Alex. Só não podemos entregar informações tão rápido assim – disse ele por fim. – Não é desse modo que trabalhamos. Você sabia disso quando veio aqui.

– Não podem ou não vão fazer isso? – perguntei, olhando primeiro para Tunney e depois para Dana.

– Não vamos – falou Dana. – E a decisão é minha, de mais ninguém. Você não faz ideia do estrago pelo qual esse homem e sua equipe são responsáveis.

Eu me debrucei sobre a mesa.

– Mais um motivo para deixarmos de lado qualquer disputa entre organizações, não acha? Estamos aqui pelo mesmo motivo – argumentei.

Dana parou diante da mesa.

– Entraremos em contato assim que possível – falou, deixando a sala em seguida. *Típico de um agente da CIA.*

capítulo 14

EU NÃO PODIA DEIXAR POR ISSO mesmo e não deixei.

No corredor amplo e quase vazio do lado de fora da sala de reuniões, chamei Al Tunney antes que ele pudesse escapar.

– Ei, Al! Como estão Trish e as crianças? – Ergui a mão para o funcionário que estava me escoltando e falei: – Não vou demorar.

Al me olhava com uma expressão indignada enquanto eu andava em sua direção. Sabia que ele era casado, mas, a menos que eu fosse vidente, ela provavelmente não se chamava Trish.

Fui direto ao ponto:

– Você sabe de alguma coisa ou não estaria naquela reunião. Nem você, nem Dana. Seus agentes estiveram na cena do crime. Me ajude. Me diga alguma coisa, Al, *qualquer coisa*.

– Não posso, Alex. Este caso é muito mais quente do que você imagina. Você ouviu meu chefe lá dentro. A coisa vai direto para o topo. Steven Millard está envolvido. Acredite, *existe* uma investigação em andamento. Estamos levando isso muito a sério.

– Eric Dana e Steven Millard não me conhecem, mas você, sim. Sabe o que posso fazer. Não preciso lhe provar nada, preciso?

Um grande brasão da agência pairava acima de nós no corredor. Dei um passo para o lado para que Tunney não ficasse olhando para aquilo.

– Muito engraçado – disse ele.

– Por favor, Al. Duas famílias já morreram. Isso não significa nada?

Então Turney falou uma coisa muito estranha:

– Não tanto quanto você pensa. Existem outros monstros.

O guarda que fazia minha escolta me chamou de uma curva no corredor.

– Detetive Cross, por aqui, por favor.

– Só um segundo. – Eu me virei para encarar Tunney outra vez. – Ellie Cox era uma amiga muito querida. Nicole Cox tinha 13 anos. Clara tinha 6. James, 10. As quatro crianças dos Ahmed? Todas tinham menos de 12 anos. Elas não morreram simplesmente, Al. *Foram decapitadas*. Quem fez isso está no nível de Hannibal Lecter. Só que *de verdade*.

– Conheço este caso de cor – disse ele. – Sei de tudo isso.

– Você tem filhos, não tem? Eu tenho três. Damon, Jannie e Ali. E você?

– Meu Deus. – Tunney balançou a cabeça. – Você se tornou cruel com o tempo.

– Não estou sendo cruel, Al. Estou tentando solucionar uma série de assassinatos tenebrosos. Algo me diz que o rastro deles pode levar à África. É verdade?

Consegui ver que ele estava a ponto de me entregar algo. Coloquei a mão em seu ombro e baixei um pouco o tom.

– Não estou pedindo que me forneça dados confidenciais da agência. Estou falando de um caso de polícia concreto. Na minha jurisdição. Pelo menos por enquanto.

Tunney olhou para o chão por alguns segundos, lançou um olhar para o guarda da escolta, então tornou a baixar os olhos.

– Há boatos sobre uma transação prestes a ser fechada. A informação veio do FBI. Vai ser em um posto de serviços na Virgínia. Na região de Chantilly. Pode ser o seu homem. Você tem o direito de interceptar.

– Que tipo de transação?

Tunney não respondeu. Estendeu a mão com um sorriso grande o suficiente para o guarda ver. Falou num tom ligeiramente mais alto:

– Foi bom ver você de novo, Alex. E diga a Bree que mandei um abraço. Como falei, conheço este caso de cor. Ele *é* tenebroso. O tiro que matou sua amiga foi dado por uma criança. E, por favor, não esqueça que nós ainda somos os mocinhos, Alex. Não importa o que você leia ou assista no cinema.

capítulo 15

ÀS OITO DA NOITE DAQUELE MESMO DIA, eu já havia reunido meia dúzia de agentes da Divisão de Casos Especiais escolhidos a dedo, além de Bree, Sampson e eu mesmo. Estávamos à paisana, com coletes à prova de balas debaixo das roupas, bem armados e cheios de microfones e escutas, esperando no posto de serviço em Chantilly, onde algo que envolvia o assassino poderia estar acontecendo.

Tínhamos programado um turno de 12 horas, das oito da noite às oito da manhã, se fosse necessário. A equipe já estava espalhada por cinco setores: estacionamento da frente, restaurante, posto de gasolina e os dois lados do grande estacionamento de caminhões nos fundos. Sampson tinha um problema no quadril e por isso estava de vigia no telhado. Bree e eu nos alternávamos entre percorrer o local e proteger a van de comunicações estacionada perto da entrada, com outra boa visão do posto de serviço.

Não havia nem sinal da CIA. *Será que eles ainda não tinham chegado?*

Durante as primeiras cinco horas, não houve nada além de estática e muito café ruim.

Então, logo depois da uma da manhã, o silêncio foi quebrado.

– Vinte-e-dois-zero-um. Câmbio.

– Pode falar, vinte-e-dois-zero-um.

De dentro da van, olhei para o outro lado do estacionamento de caminhões, onde um detetive chamado Jamal McDonald estava posicionado.

– Localizei dois Land Cruisers. Acabaram de estacionar perto de um caminhão de combustível nos fundos. Na ponta noroeste.

– Há quanto tempo o caminhão está aí? – perguntei.

– Difícil dizer, Alex. Pelo menos meia hora. Muitos desses caminhões entraram e saíram do estacionamento.

Não sabíamos o que esperar naquela noite, mas roubo de gás natural ou petróleo bruto faria sentido, especialmente se houvesse nigerianos envolvidos. Eu já havia saído da van e estava andando em direção a Jamal. Duas dúzias de caminhões enfileirados, ou mais, bloqueavam minha visão daquele canto.

– Nicolo, Redman, aproximem-se – ordenei. – Bree, onde você está agora?

– Atrás dos prédios. Indo na direção leste – respondeu ela.

– Ótimo. Todo o resto deve continuar em suas posições. E você, John? Já está vendo alguma coisa?

– Daqui, nada – respondeu Sampson pelo rádio. – Nenhum movimento por ali além de vocês.

– Jamal, qual a sua proximidade?

– Espere um pouco. Estou acabando de contornar um caminhão.

Enquanto eu atravessava o estacionamento, avistei-o por um instante perto da última fileira de veículos. Bree surgiu ao meu lado, em silêncio.

Eu tinha sacado minha pistola Glock, mantendo-a abaixada ao lado do meu corpo. Ela havia feito a mesma coisa. *Será que o assassino está aqui com seu bando? Seriam eles os mesmos que mataram os Cox e os Ahmed?*

– Alguém está saindo da cabine – sussurrou Jamal McDonald. – Duas pessoas, na verdade. Estou vendo mais quatro vindo dos Land Cruisers. Parece que estão com algum tipo de mochila. Devem ser eles. Espere um pouco. – Então, depois de um breve silêncio, ele exclamou: – Merda! Acho que me viram. Parecem crianças... adolescentes!

A essa altura, Bree e eu já estávamos correndo.

– Jamal, o que está acontecendo? Estamos a caminho, *quase chegando!*

Em seguida ouvimos vários tiros.

capítulo 16

BREE E EU COMEÇAMOS A CORRER a toda a velocidade na direção da primeira saraivada de tiros. Eu ainda conseguia ouvir Jamal McDonald - mas sua voz estava engrolada, ofegante, como se tivesse sido atingido na garganta e estivesse sufocando.

Os outros agentes gritavam números de identificação em seus transmissores e também seguiam para o caminhão de combustível. Sampson continuou no telhado e, pelo rádio, pediu que o Condado de Fairfax mandasse reforços.

Estávamos apenas na metade do caminho quando três ou quatro sombras passaram correndo por nós, a cerca de 50 metros de distância. *Pareciam crianças*, exatamente como Jamal tinha dito.

Ao passar, uma delas disparou uma arma que segurava na altura do quadril, sem nem mesmo tentar se proteger. Então todos eles abriram fogo contra nós. Era como uma espécie de tiroteio do Velho Oeste. Eles pareciam não ter medo algum e ignorar o conceito de morte.

Bree e eu nos jogamos ao chão e atiramos de volta. Balas faiscavam do asfalto e dos caminhões na escuridão, mas não conseguíamos enxergar contra quem estávamos disparando ou para onde eles iam.

- São crianças - disse Bree.

- São assassinos - corrigi-a.

Uma segunda troca de tiros intensa veio da fileira de caminhões ao lado. Um dos membros de nossa equipe, Art Sheiner, gritou que também tinha sido atingido.

Então tudo voltou a ficar silencioso.

- Sheiner? - chamei pelo rádio.

Ele não respondeu.

- McDonald?

Nada também.

- Sampson, precisamos que os reforços tragam uma equipe médica.

- Eles estão a caminho. Vou descer agora.

- Continue aí em cima, John. Precisamos de um observador, agora mais do que nunca. Não saia daí!

- Senhor, aqui é Connors. - Ele era o novato do grupo e sua voz estava tensa. - Encontrei Jamal. Ele caiu. Há muito sangue aqui.

- Fique com ele! E tome cuidado.

- Vinte-dois-zero-quatro. - Era Frank Nicolo. - Estou com Sheiner. Ele caiu. Sem pulso. Acho que está morto.

Então, de repente, os tiros recomeçaram!

capítulo 17

ESTÁVAMOS DE PÉ E CORRENDO outra vez. Dois agentes tinham sido baleados e não sabíamos quantos criminosos havia no local. Uma segunda emboscada abriu fogo contra nós. Uma bala passou zunindo perto do meu rosto.

Alguém tinha disparado de cima de um caminhão de carga enquanto corria ao longo dele. Disparei de volta e não consegui saber se havia acertado o atirador ou não. Tudo estava acontecendo como uma queima de fogos de artifício, as explosões se alternando com o silêncio.

– Que porra é essa? – gritou alguém pelo rádio.

O agente não se explicou. *Ou será que não pôde?*

– Alex! Bree! – Era Sampson outra vez. – Perto das bombas de gasolina! À sua esquerda!

Corri até um ponto de onde conseguia ver os prédios principais. Três dos criminosos estavam uns 15 metros à nossa frente, correndo em direção à cobertura do posto de gasolina, sem parar de atirar. Capuzes pretos cobriam suas cabeças.

Dois eram baixos – *meninos*, se o tamanho pudesse servir de parâmetro. Uma pessoa maior – enorme – estava na primeira posição. Seria o líder da gangue? O assassino de Ellie. Só podia ser ele, certo? Eu queria pegar o desgraçado, independentemente do que mais acontecesse naquela noite.

Inocentes fugiam correndo de seus carros e caminhões. Havia confusão demais para que pudéssemos atirar.

Uma mulher com uma capa de chuva vermelha e um boné de beisebol caiu, passando os braços em volta de sua própria barriga. O homem grande atirou nela uma segunda vez! *Ele era louco?*

Então, tirou o bico da mangueira de combustível que estava engatado no utilitário da mulher. Definitivamente, ele *era* louco. Acionou e travou o bico, deixando a gasolina escorrer no chão.

Em seguida, foi até o carro que estava atrás do utilitário e fez o mesmo.

Seu bando de meninos estava fugindo, correndo e gritando como se aquilo fosse algum tipo de partida esportiva fora de controle. O homem apontava a pistola para a gasolina, que formava poças no chão, e esse foi o único alerta de que eu precisei.

– Cessar fogo! Cessar fogo! – gritei, parando perto das bombas de combustível. – Bree, vá com Brighton. Dê a volta para o outro lado. Nicolo, arranje alguém para desligar essas bombas.

O homem grande estava segurando uma terceira mangueira, deixando a gasolina escorrer. Mesmo àquela distância, eu conseguia sentir o cheiro do combustível.

O que ele acha que está fazendo?

– Largue a mangueira e vá embora! – gritei. – Não vamos atirar em você.

Ele não se moveu, apenas ficou olhando para mim. Não havia medo algum nele. Um segundo depois, alguém gritou às suas costas. Então, ouviram-se três buzinadas rápidas.

Finalmente, ele fez o que eu havia pedido. Manteve a arma apontada para mim, mas largou a mangueira de combustível. Andando de costas, afastou-se lentamente das luzes da cobertura do posto.

Estávamos a salvo – e *ele estava indo embora!*

Então, vários tiros foram disparados da escuridão. Era ele – aquele desgraçado!

Uma muralha de fogo irrompeu do concreto. Foi quase como um truque de mágica. Em segundos, o pátio estava em chamas, labaredas se espalhavam embaixo e ao redor dos carros vazios.

Um Corolla branco foi o primeiro. Explodiu bem onde o homem estivera poucos segundos antes. Então uma caminhonete preta do outro lado das bombas de gasolina pegou fogo.

– Saiam! Saiam! Saiam! Saiam! – gritei, agitando os braços, tentando tirar todos, civis e policiais, dali.

Foi quando a primeira bomba de combustível explodiu.

E então foi... *o armagedom na Virgínia.*

capítulo 18

O SOLO SOB AS FILEIRAS de bombas de combustível explodiu, fazendo o asfalto se levantar como se fosse um tapete sendo enrolado. Labaredas se erguiam a uma altura de pelo menos 25 metros, uma muralha reluzente amarela e laranja, seguida por uma camada pesada e escura de fumaça. Veículos em chamas rolavam como carros de brinquedo; caminhoneiros e famílias inteiras fugiam aos berros do restaurante, já atingido pelo fogo e tomado pelo *pânico.*

Eu estava correndo bem próximo do local da explosão. O calor queimava meu rosto e parecia que eu tinha perdido metade da audição.

Mais adiante, pude ver dois utilitários disparando em direção à Rota 50. Eles estavam fugindo!

Vi Bree contornando o extremo oposto do edifício e suspirei de alívio. Ela estava bem. Saiu correndo em direção ao meu carro e fiz o mesmo.

Peguei o Mercedes e acelerei rapidamente até 145 por hora. Por alguns segundos tensos, não havia nada à nossa frente, nada que eu pudesse ver.

– *Ali!* – disse Bree, apontando os dois utilitários.

Eles devem ter nos visto, porque, nesse mesmo instante, se separaram.

O primeiro Land Cruiser foi para a esquerda. O segundo, para a direita. Segui o que estava na dianteira, torcendo para que fosse a escolha certa.

capítulo 19

Desci a toda a velocidade uma estrada escura, de duas pistas, aproximando-me depressa do Land Cruiser. Uma vala de escoamento funda serpeava à nossa esquerda. Colei meu carro no para-choque traseiro do Cruiser e o motorista pareceu entrar em pânico. Ele deu uma guinada repentina para a direita, então fez uma curva de quase 90 graus sem desacelerar. O Land Cruiser saiu voando direto para a vala.

Por um instante, achei que ele conseguiria atravessá-la. O veículo estava em pleno ar, mas a parte da frente desceu rápido demais. Ele caiu com um estrondo, o chassi se partindo.

As rodas da frente ficaram presas na margem oposta. Os pneus traseiros continuaram girando furiosamente.

Bree e eu já estávamos fora do carro e agachados atrás das portas abertas.

– Saiam do veículo! Agora! – gritei para o outro lado da vala.

Finalmente, vi corpos se movendo dentro do Land Cruiser. O adulto estava no banco do motorista. Ao seu lado, uma pessoa tão baixa que mal podia ser vista.

O vulto mais baixo estendeu os braços para fora da janela do carona. Colocou a palma de uma das mãos sobre o teto do veículo e depois a outra. Então, começou a erguer o corpo para sair.

– Para o chão! Agora! – gritou Bree. – Eu disse para o chão!

Mas ele não obedeceu. Em vez disso, subiu como um torpedo para o teto, magro e tão veloz quanto um gato. Havia sacado sua arma e a apontava em nossa direção. Ele deslizou pelo teto, disparando três tiros rápidos.

Atiramos de volta. Uma bala o atingiu e ele caiu no chão. Mas então já tinha dado tempo suficiente para que o adulto saísse. A porta do motorista estava aberta. Eu não conseguia ver o homem, mas sabia que ele estava fugindo.

Bree parou ao lado do garoto. Eu segui em frente. Desci a vala e então escalei a outra margem.

Achei que haveria uma mata depois do canal, mas tudo o que vi foi uma fileira de cedros e mato alto.

De repente, ouvi um barulho. O homem estava escalando uma cerca de arame. Quando consegui ultrapassar as árvores, ele já havia passado por cima da cerca e atravessava correndo o pátio de um depósito.

Apoiei minha arma na cerca de arame e descarreguei o pente. Mas ele já estava muito longe. Não achei mesmo que conseguiria acertá-lo. Ele se virou, deu um aceno debochado e desapareceu como um gato na escuridão.

Informei nossa localização e voltei correndo para ver Bree. Ela ainda estava agachada rente ao chão, exatamente onde eu a deixara. Havia coberto o rosto do menino morto com seu blazer. Era um gesto estranho para uma policial em um tiroteio, mas Bree gostava de fazer as coisas do seu jeito.

– Você está bem? – perguntei.

Ela não ergueu os olhos.

– Ele devia ter uns 12 anos, Alex. No máximo. Cometeu suicídio por causa daquele cretino.

– Estava vivo quando você se aproximou? – perguntei.

Bree fez que sim com a cabeça.

– Disse alguma coisa?

– Disse. – Ela finalmente olhou para mim: – Mandou eu me foder. Essas foram suas últimas palavras.

capítulo 20

NAQUELA NOITE, NÃO DORMI mais que duas horas. Um policial e dois civis tinham morrido – além de um dos assassinos mirins, o *"terrorista mais jovem do mundo"*, segundo a manchete publicada pelo *Washington Post* na manhã seguinte. Para completar, eu tinha que atender um paciente psiquiátrico às oito horas no St. Anthony.

Desde o caso Tyler Bell no ano anterior, quando fui literalmente atacado dentro do meu próprio consultório, eu tinha sido obrigado a reavaliar minha vida. Resultado: decidira que muitas vezes meus casos criminais eram notórios demais para manter a confidencialidade das minhas consultas particulares. Agora, atendia somente dois ou três pacientes por semana, geralmente de graça, e estava satisfeito com isso. Quase sempre, pelo menos.

Mas não queria ver aquele paciente em especial – não naquele dia.

Era irônico que eu tivesse que atender Bronson "Pop-Pop" James naquela manhã. Ele tinha 11 anos e era, possivelmente, o paciente dessa idade com o nível mais avançado de sociopatia que eu já vira. Quatro meses antes, tinha se tornado notícia quando, junto com um garoto de 17 anos, espancara dois sem-teto quase até a morte. Eles haviam usado um bloco de concreto. Foi Pop-Pop quem deu a ideia. O promotor público ainda não sabia como abordar o caso, por isso Bronson estava sob a tutela do Juizado de Menores. A única coisa que tinha a seu favor era uma ótima assistente social, que garantia que ele não faltasse às consultas comigo.

A princípio, achei que fosse melhor afastar os acontecimentos da noite anterior da minha mente. Entretanto, assim que a consulta começou, mudei de ideia.

– Bronson, você ficou sabendo do que aconteceu na noite passada, naquele posto na Virgínia?

Ele estava sentado de frente para mim em um divã de vinil barato, se remexendo o tempo todo, mãos e pés sempre em movimento.

– Ah, sim, fiquei sabendo. Estavam falando disso no rádio. Que é que tem?

– O menino que morreu tinha 12 anos.

Bronson sorriu e levou dois dedos à cabeça.

– Ouvi dizer que acabaram com ele.

Sua confiança era espantosa; dava-lhe um estranho ar de maturidade... enquanto seus pés balançavam a uns 15 centímetros do chão do meu consultório.

– Já pensou que uma coisa dessas poderia acontecer com você? – perguntei.

Ele riu, debochado.

– Todos os dias. Não tem nada de mais.

– Então, por você está tudo bem? Faz sentido? É assim que o mundo deve ser?

– É assim que o mundo é. *Bam*.

Corri os olhos pelo consultório e depois o encarei.

– Então, por que se dar o trabalho de sentar aqui e falar comigo? Isso não faz muito sentido para mim.

– Porque aquela vaca da Lorraine me obriga a vir.

Assenti.

– O fato de você vir aqui não significa que tenha que dizer alguma coisa. Mas você diz. Conversa comigo. Por que faz isso?

Ele fingiu ficar impaciente.

– Você que é o curandeiro, por que não me diz?

– Você tem inveja de garotos como esse que morreu? Que trabalham para viver e andam por aí armados?

Ele me encarou apertando os olhos, depois abaixou um pouco mais a faixa com o nome de um jogador de basquete que trazia na cabeça.

– Do que você está falando?

– Você queria ser como eles?

Ele tornou a sorrir, apenas para si mesmo. Então se afundou no divã e estendeu o dedo do pé para, como que por acidente, derrubar na mesa entre nós dois o suco de laranja que eu tinha lhe dado.

– Ei, tem bala na máquina lá de baixo? Pega um pacote pra mim!

Não fiz o que ele pediu. Depois da consulta, levei Pop-Pop de volta para a sua assistente social e disse a ele que o veria na sexta-feira. Então fui para casa e apanhei Nana.

Fomos juntos ao funeral da família Cox. Nos abraçamos e choramos como todos os presentes.

Já não me importava mais que as pessoas me vissem chorando. Se fossem amigos, entenderiam. Se não fossem, o que pensavam de mim não importava.

Essa filosofia, para dar crédito a quem o merece, é um Nana-ísmo.

capítulo 21

– AQUI É O DETETIVE ALEX CROSS. Sou da Polícia Metropolitana de Washington. Preciso falar com o embaixador Njoku ou seu representante. É *muito importante.*

Mais tarde naquela noite, eu estava no carro com Bree, seguindo a toda para a Bubble Lounge, no coração de Georgetown. Quatro pessoas tinham sido mortas na boate. Duas eram nigerianas, entre elas o filho do embaixador. Segundo as primeiras informações, Daniel Njoku, de 21 anos, era o alvo principal do assassino. Isso significava uma coisa para mim: a família Njoku não só precisava ser avisada como também precisaria de proteção – isso se já não fosse tarde demais. Até o momento, a gangue só tinha matado famílias inteiras.

Uma diplomata que trabalhava na embaixada nigeriana no turno da noite estava ao telefone comigo. Mantive um ouvido tapado, tentando escutar o que ela dizia apesar do barulho da sirene de Bree.

– Senhor, sinto muito, mas vou precisar de mais informações do que simplesmente...

– Esta é uma ligação de emergência. O filho dele, Daniel, acaba de ser assassinado em uma boate. Temos motivos para crer que o embaixador e sua esposa também estejam em perigo. Estamos enviando viaturas agora mesmo.

– Mas, senhor... o Sr. e a Sra. Njoku não estão no país. Estão em um simpósio, em Abuja.

– Então trate de encontrá-los. Diga-lhes que procurem um lugar seguro. Por favor, faça tudo que puder. Depois ligue de volta para mim neste número. Sou o detetive Cross.

– Vou fazer o que puder, senhor. Ligarei de volta, detetive Cross.

Desliguei, sentindo-me impotente. Como eu poderia impedir um assassinato que talvez acontecesse a 10 mil quilômetros de distância?

capítulo 22

– Quero falar com as testemunhas primeiro. Com o maior número que puder. Ninguém vai embora.

A Bubble Lounge tinha estado bem animada, mas, quando cheguei, parecia mais um ferro-velho. Havia mesas viradas, cadeiras quebradas e espalhadas, cacos de vidro por todo lado. Equipes médicas trabalhavam nos dois pisos: havia seis baleados, um pescoço quebrado e um caso de asfixia. Os paramédicos ainda estavam ocupados fazendo a triagem dos feridos. Jovens gemiam e choravam e todas as pessoas pelas quais eu passava pareciam desnorteadas, até os policiais.

Os amigos de Daniel Njoku estavam detidos na chapelaria. Eu os encontrei sentados no sofá, colados uns aos outros. Uma garota que usava um vestido preto minúsculo e um blazer masculino sobre os ombros estava com o pescoço e a face sujos de sangue.

Ajoelhei-me ao seu lado.

– Sou o detetive Cross. Estou aqui para ajudar. Como você se chama?

– Karavi – disse ela. Tinha belos cabelos compridos, os olhos escuros e assustados, e achei que talvez fosse do leste da Índia. Parecia ter uns vinte e poucos anos.

– Karavi, você conseguiu ver as pessoas que fizeram isso?

– Só um homem – respondeu ela, em tom de lamento. – Ele era enorme.

– Desculpe, senhor – interrompeu um dos outros –, mas precisamos falar com nossos advogados antes de dar qualquer informação à polícia.

O rapaz tinha um ar de riqueza; aqueles jovens estavam acostumados a passar suas noites de sábado em cabines privativas de clubes exclusivos.

– Você pode falar comigo – insisti com a garota.

– Ainda assim, senhor... – continuou ele.

– Ou – atalhei – podemos fazer isso mais tarde, ou amanhã. Depois que eu terminar aqui com todos os outros.

– Tudo bem, Freddy – disse Karavi, dispensando o rapaz com um gesto. – Quero ajudar o máximo que puder. Daniel está morto.

Nós nos sentamos em um canto para ter um pouco de privacidade e Karavi me contou que fazia pós-graduação em biologia celular na Georgetown. Seus pais eram diplomatas e foi por isso que conheceu Daniel Njoku. Eram ótimos amigos, mas nunca foram um casal. A namorada de Daniel, Bari Nederman, também tinha sido baleada, mas estava viva.

Karavi disse que o atirador era negro, devia ter no mínimo dois metros de altura e usava roupas pretas.

– Ele parecia simplesmente... forte – disse ela. – Tinha braços enormes, musculosos. Tudo nele dava a impressão de ser poderoso.

– E a voz? Ele falou com alguém antes de começar a atirar?

Karavi assentiu.

– Eu o ouvi falar algo como "Tenho um convite" antes de... – Ela se interrompeu, incapaz de concluir a frase.

– Como era o sotaque? – perguntei. – Americano? De algum outro tipo?

Eu estava forçando a barra, pois sabia que jamais conseguiria um relato tão preciso e sincero quanto naquele instante.

– Ele não era daqui – disse ela. – Com certeza não era americano.

– Nigeriano? Ele falava como o Daniel?

– Talvez. – Ela contraiu o maxilar e conteve as lágrimas. – Não consigo pensar direito. Desculpe.

– Há mais algum nigeriano aqui? – perguntei, virando-me para os demais. – Preciso de alguém com sotaque nigeriano.

Um dos rapazes se pronunciou.

– Sinto muito, senhor, mas não há ninguém.

Ele tinha um penteado afro estilo Jimmy Hendrix e usava uma camisa de smoking aberta que deixava à mostra seu peito magro e seus cordões.

– Eu, por exemplo, falo iorubá. Existem também ibo e hauçá. E dezenas de outras línguas. Não acho que seja adequado o senhor sugerir...

– É isso! – exclamou Karavi, colocando sua mão trêmula no meu braço. Notei que algumas outras pessoas do grupo também assentiam. – Era assim que o assassino falava. *Exatamente assim!*

capítulo 23

POR VOLTA DAS DUAS DA MANHÃ, eu ainda estava na cena do crime, conduzindo entrevistas que já começavam a se embaralhar na minha cabeça, quando o celular tocou. Imaginei que fosse a embaixada nigeriana, então o peguei do bolso da calça e atendi na hora.

– Alex Cross, Polícia Metropolitana.

– Pai?

Fiquei um pouco chocado ao ouvir a voz de Damon. *Às duas da manhã, quem não ficaria?* O que tinha acontecido dessa vez?

– Day, o que houve? – perguntei a meu filho de 14 anos, que estudava em Massachusetts.

– Hã... na verdade, não é nada – respondeu ele. Parecia que meu tom o havia pegado desprevenido. – Quer dizer... tentei ligar para você o dia inteiro. Tenho boas notícias.

Senti alívio, mas meu pulso ainda estava acelerado.

– Que bom! Estou mesmo precisando de boas notícias. Mas o que você está fazendo acordado até tão tarde?

– Tive que ficar acordado. Para conseguir falar com *você*. Liguei para casa, falei com Nana. Não queria ligar para o seu celular.

Respirei devagar e fui até o corredor ao lado dos banheiros, distanciando-me dos peritos. Era sempre bom ouvir a voz de Damon, não importava que horas fossem. Eu sentia falta das nossas conversas, das aulas de boxe que eu dava a ele, de vê-lo jogar basquete.

– Mas me diga, qual é a notícia?

– Nana já sabe, mas queria contar a você pessoalmente. Entrei para o time da escola. Como calouro. Não é ótimo? Ah, e tirei A nas provas de meio de curso.

– Ouça só você: "Ah, e tirei A nas provas." Bela dobradinha, Damon. Parece que você está se saindo muito bem por aí – falei e, de repente, percebi que estava sorrindo.

Era estranho ter aquela conversa debaixo de luzes de neon em um corredor que cheirava a álcool e morte, mas não deixava de ser uma ótima notícia. Conciliar a vida de atleta *e* a de estudante vinha sendo puxado para Damon. Eu sabia como ele estava se esforçando para fazer bem as duas coisas.

– Detetive? – Um policial uniformizado apareceu no corredor. – Ligação da Central de Emergências para o senhor.

– Damon, posso ligar para você depois? Quando amanhecer, talvez?

Ele riu.

– Claro, pai. É um caso bem sério, né? Aí na boate. Vi a notícia na internet.

– Sim, é bem sério – admiti. – Mas ainda assim é muito bom ouvir sua voz. *A qualquer hora*. Vá dormir um pouco.

– Sim, pode deixar. Durma um pouco você também.

Desliguei, sentindo-me culpado. Se meu trabalho significava isso – só conseguir falar com meu filho às duas da manhã –, então era melhor que eu o fizesse valer a pena. Atendi a ligação e ouvi a mesma mulher da embaixada nigeriana. Dessa vez, no entanto, sua voz estava embargada de emoção.

– Detetive, lamento dizer isso, mas o embaixador e a Sra. Njoku foram assassinados hoje à noite. Estamos muito chocados.

Não fiquei chocado, fiquei enojado.

– Quando isso aconteceu? – perguntei.

– Não sabemos ao certo. Acredito que há poucas horas.

E com poucos minutos de diferença em relação ao assassinato do filho? Teria sido esse o plano desde o início? O plano de quem? Com que objetivo? O que estava acontecendo?

Deslizei pela parede até o chão. Outra família morta. E, dessa vez, o crime tinha acontecido em dois continentes... dois mundos totalmente diferentes. Ou pelo menos era o que eu pensava.

capítulo 24

TODOS NÓS ESTÁVAMOS SOB PRESSÃO. Levei o dia seguinte inteiro para conseguir localizar Eric Dana, da CIA, e só o encontrei porque ele apareceu no Edifício Daly.

Flagrei Dana saindo do escritório do diretor Davies e vi o chefe se sentando antes que a porta voltasse a se fechar. Ele não estava sorrindo e não ergueu os olhos para mim, embora eu tivesse certeza de que ele sabia que eu estava ali.

Aproximei-me de Dana.

– Onde você se meteu o dia todo? Liguei pelo menos umas dez vezes. Preciso de sua ajuda neste caso. Qual é o problema?

O agente da CIA nem diminuiu o passo.

– Fale com seu chefe. A Polícia Metropolitana está fora do caso. Consideramos que Chantilly foi um desastre. O chefe da nossa divisão, Steven Millard, já está envolvido.

Millard. Tinha ouvido meu amigo Al Tunney mencionar esse nome.

Alcancei Dana no elevador e, para entrar, precisei usar os cotovelos para impedir que as portas se fechassem.

– Onde está o assassino? – perguntei. – O que você sabe sobre ele?

– Acreditamos que ele tenha saído do país. Avisaremos a você se ele aparecer por aqui novamente – respondeu ele, dignando-se a olhar para mim pela primeira vez. – Limite-se às cenas de crime que lhe dizem respeito, Cross. Faça o seu trabalho. Eu farei o meu.

– Isso é um conselho ou uma ameaça?

– Enquanto você estiver trabalhando em Washington, é um conselho. Não tenho controle nem influência sobre você aqui.

Sua atitude de superioridade não era surpresa e não parecia especialmente voltada para mim. Estiquei o braço e girei a alavanca vermelha no elevador. Ele parou com um tranco e um alarme começou a soar.

– Para *onde* ele foi, Dana? – gritei. – Me diga onde ele está!

– Qual é o seu problema? As regras desse jogo não são bem assim.

Quando Dana fez menção de segurar a alavanca, agarrei seu braço e o prendi com força.

– Para mim, não se trata de um jogo. Para onde ele foi? – tornei a perguntar.

Dana me encarou com uma expressão dura. Então disse, com a voz muito controlada:

– Solte meu braço, Cross. Tire sua mão de mim. Ele voltou para a Nigéria. O assassino está fora da sua jurisdição.

Eu sabia que tinha ido longe demais, o que me fez perceber até que ponto estava emocionalmente envolvido naquele caso, talvez mais do que desconfiava. Soltei Dana e ele acionou o elevador de volta sem dizer nada. Descemos em silêncio e fiquei observando o cretino da CIA sair do edifício.

A única pergunta agora era se eu conseguiria evitar que ele se metesse no meu caminho. Talvez se eu me apressasse. Peguei o celular e disquei um número ali mesmo, no hall do Edifício Daly.

– Al Tunney – respondeu uma voz do outro lado da linha.

– Aqui é Alex Cross. Preciso de um favor.

– Não – respondeu Tunney, grunhindo. Em seguida, perguntou: – O que é?

Contei e ele voltou a grunhir, mas eu realmente não podia culpá-lo.

capítulo 25

– ALEX, VOCÊ ESTÁ INDO longe demais – disse Bree.

– Eu sei. É o que eu faço. É o que sempre fiz.

Mais tarde naquela noite, Bree e eu fomos dar uma volta de carro pela cidade. Gosto de dirigir tarde da noite, quando o tráfego diminui e 100, até 110 quilômetros por hora, não é uma velocidade perigosa na maioria das avenidas. Quando voltamos à Rua 5, eu já me sentia melhor, mas Bree ainda estava nervosa. Ficou andando de um lado para outro no quarto. Nunca a vira tão agitada e insegura.

– Sabe, o problema é que sempre estive do *outro lado* nesse tipo de discussão. Sempre era eu que tentava convencer a outra pessoa. Nunca fui quem se recusava a aceitar o que eu ouvia. Desta vez você passou dos limites, Alex. Que ideia é essa? Perseguir o assassino até a África? Mesmo nestas circunstâncias é... nem sei como chamar uma coisa dessas.

Tentei falar, mas ela prosseguiu:

– E sabe *por que* não engulo seus argumentos, Alex? Porque às vezes, quando estava na sua posição, eu mentia. Nem sei quantas vezes disse à minha família que eles não tinham com que se preocupar, que eu estaria em segurança, quando na verdade eu não fazia a menor ideia. *Você* não tem a menor ideia do que vai encontrar na África.

– Tem razão – concordei e não só para que ela parasse de andar. – Não vou tentar enganar você, Bree. Mas posso garantir que não vou fazer nenhuma idiotice enquanto estiver lá.

Cerca de oito horas haviam se passado desde que eu confrontara Eric Dana e em seguida conversara com Tunney. Ele chegou até a me passar o contato de um agente da CIA baseado na Nigéria – e logo depois me pediu que nunca mais o procurasse.

Eu tinha milhas de viagem, então as passagens não eram problema. Também tinha férias acumuladas. Agora só precisava convencer duas das mulheres mais fortes que conhecia de que aquilo fazia sentido – *Bree hoje à noite, Nana Mama amanhã.*

O clima entre mim e Bree nunca tinha ficado tão pesado.

– O que exatamente você espera conseguir lá? – perguntou ela.

– No fim das contas? Usar o contato de Tunney para conseguir alguma cooperação local. Então, se possível, meter o assassino na cadeia. Posso pegar esse cara, Bree. Ele é arrogante, acha que nunca vai ser capturado. Esse é o ponto fraco dele.

– Kyle Craig foi condenado à prisão perpétua, diversas vezes. Não é garantia nenhuma, Alex. Isso *se* você conseguir pegá-lo.

Eu me permiti um sorriso tímido.

– E mesmo assim continuamos fazendo nosso trabalho, não é? Continuamos tentando pegar esses assassinos.

Por fim, estendi o braço e peguei sua mão. Então a puxei para que se sentasse ao meu lado na cama.

– Tenho que ir, Bree. Ele já matou mais gente em Washington do que qualquer outro criminoso que eu tenha visto. Em algum momento vai voltar e começar tudo de novo.

– E ele matou sua amiga.

– É, ele matou minha amiga. Matou Ellie Cox e *toda a sua família.*

Bree encolheu os ombros.

– Então vá. Vá para a África, Alex.

Ficamos abraçados por um bom tempo, o que me fez lembrar novamente dos motivos pelos quais eu a amava. E, talvez, dos motivos para eu fugir dela agora.

capítulo 26

ELE SE ENCONTROU COM O demônio branco num *cigar bar* próximo à Pennsylvania Avenue, a alguns quarteirões da Casa Branca. O estabelecimento tinha as paredes revestidas de lambris de madeira. Eles pediram drinques e tira-gostos e o homem branco escolheu um charuto Partagás.

– Charutos não estão entre os seus vícios? – perguntou o homem branco.

– Não tenho vícios – respondeu Tiger. – Meu coração é puro.

O homem branco riu ao ouvir isso.

– O dinheiro foi transferido, 350 mil. Você vai voltar agora?

– Sim, esta noite mesmo. Estou ansioso por voltar para minha casa, para a Nigéria.

O homem assentiu.

– Mesmo num momento tão turbulento como este?

– Especialmente agora. Há muito trabalho para mim. Gosto da ideia de ficar à toa. Enriquecer com petróleo. Ou quase. Pelo menos para os meus padrões.

O homem branco cortou a ponta de seu charuto caro e Tiger tomou um gole de conhaque. Ele não tinha certeza, mas achava que sabia quem era o mandante. Não seria a primeira vez. Os prestadores de serviço africanos que esse grupo contratava nem sempre eram confiáveis – *mas ele era. Sempre.*

– Tem outra coisa.

– Com vocês, sempre tem – disse Tiger.

– Você está sendo seguido por um policial americano.

– Ele não vai para a África atrás de mim.

– Na verdade, vai, sim. Talvez você tenha que matá-lo, mas preferiríamos que não. O nome dele é Alex Cross.

– Entendi. Alex Cross. Não é nada esperto viajar até a África só para morrer.

– Não – falou o homem branco. – Tente se lembrar disso você também.

PARTE DOIS

SINAL DA CRUZ

capítulo 27

TIGER ERA UM ENIGMA em todos os sentidos, um mistério que ninguém nunca havia solucionado. Na verdade, não havia tigres na África e foi por isso que ele ganhou o apelido. Era incomparável, único, superior a todos os outros animais, sobretudo os humanos.

Antes de ir estudar na Inglaterra, Tiger passara alguns anos na França, onde aprendera francês e inglês. Tinha facilidade com idiomas e conseguia se lembrar de quase tudo que aprendia ou lia. Durante seu primeiro verão na França, vendeu pássaros de brinquedo para crianças na frente do Palácio de Versalhes. Ali, aprendeu uma lição valiosa: odiar o homem branco e, em especial, as famílias brancas.

Hoje, tinha uma missão numa cidade da qual não gostava muito, pois os estrangeiros haviam deixado marcas muito fortes ali. A cidade era Port Harcourt, na região do delta do Níger, onde ficava a maioria dos poços de petróleo.

O jogo havia começado. Ele tinha outra recompensa para recolher.

Um Mercedes preto subia, acelerado, uma colina íngreme em direção à parte da cidade reservada aos estrangeiros ricos – em direção a Tiger.

Como sempre, ele esperou pacientemente sua presa.

Então saiu andando para o meio da rua como um pobre bêbado. O Mercedes teria que parar bem depressa ou acertá-lo em cheio.

Ele era tão grande que poderia amassar o carro e provavelmente por isso o motorista pisou no freio no último instante.

Tiger pôde ver aqueles negros desprezíveis, de uniforme, xingarem-no por trás do para-brisa impecavelmente limpo. Em seguida, ergueu rapidamente a pistola e atirou no motorista e no guarda-costas.

Seus meninos, alucinados, já ladeavam as portas traseiras da limusine, quebrando as janelas com pés de cabra. Eles abriram as portas e puxaram as crianças brancas para fora, um casal de pré-adolescentes que não parava de gritar.

– Não os machuquem, tenho planos para eles! – gritou Tiger.

Uma hora depois, as duas crianças estavam numa cabana em uma fazenda deserta fora da cidade. A essa altura, já estavam mortas e, mesmo que um dia fossem encontradas, jamais seria reconhecidas. Ele as mergulhara em um caldeirão de óleo fervente. O mandante havia ordenado esse tipo de execução, bastante comum no Sudão. Tiger não tinha problemas com isso.

Por fim, pegou o celular e ligou para um número na cidade. Quando atenderam, ele não deixou que os pais das crianças falassem.

Ele também não conversaria com a polícia local, nem com o empreiteiro que trabalhava para a empresa de petróleo e deveria protegê-los.

– Se quiser voltar a ver Adam e Chole, faça exatamente o que eu mandar. Em primeiro lugar, não quero ouvir uma palavra de vocês. *Nem uma palavra.*

Um dos policiais falou, é claro, e ele desligou o telefone. Tornaria a ligar mais tarde e teria seu dinheiro no fim do dia. Foi um trabalho fácil e Adam e Chole lembravam as crianças brancas antipáticas e gananciosas que costumavam comprar seus pássaros em Versalhes.

Não sentia um pingo de remorso por eles. Para ele, não passavam de um negócio.

Apenas mais uma recompensa gorda para receber.

E apenas o começo do que estava por vir.

capítulo 28

EU ESTAVA DETERMINADO A SEGUIR aquele psicopata e sua gangue a qualquer lugar, mas era óbvio que não seria fácil. Muito pelo contrário.

– Você *pegou* meu passaporte? Entendi direito? – perguntei a Nana. – Você roubou mesmo meu passaporte?

Ela ignorou as perguntas e colocou um prato de ovos mexidos na minha frente. Notei que estavam queimados e sem torradas. *Ah, então é guerra.*

– Exatamente – respondeu ela. – Se você se comportar como uma criança teimosa, é assim que vai ser tratado. Confisquei seu passaporte – acrescentou ela. – Prefiro *confiscar* a roubar.

Afastei o prato.

– Ellie Cox morreu por causa desse homem, Nana. E a família dela também. Além de outra família da cidade. Não finja que isso não tem nada a ver conosco.

– Com *você*. E com o seu trabalho, Alex. É com isso que essa história toda tem a ver.

Ela se serviu de meia xícara de café e foi para o quarto.

– Sabia que roubar o passaporte de outra pessoa é contra a lei? – gritei enquanto ela se afastava.

– Então me prenda – retrucou ela, batendo a porta.

Eram apenas seis da manhã e o primeiro round do dia já havia acabado.

Desde que eu mencionara a possibilidade de ir para a África, a coisa vinha piorando até chegarmos a esse ponto. Nana começou timidamente, espalhando notícias de jornal pela casa. Certa noite, encontrei uma matéria de capa da *Time*, "O Delta Mortal", junto com minhas roupas lavadas. Na manhã seguinte, havia um envelope ao lado das minhas chaves; dentro dele, um artigo da BBC com o título "Muitas facções: Nigéria sem paz".

Como os ignorei, ela começou com os sermões – uma lista de "e se" e riscos em potencial, como se eu mesmo já não tivesse pensado em quase todos eles. Muçulmanos matando cristãos no norte da Nigéria; cristãos retaliando no leste; estudantes linchando um professor cristão; valas coletivas encontradas em Okija; corrupção e truculência policial; sequestros diários em Port Harcourt.

Ela não estava errada. Crimes desse tipo já eram perigosos mesmo sem que eu abrisse mão da vantagem de estar em casa. A verdade era que não sabia o que esperar na África. Tudo o que sabia era que, se houvesse alguma chance de deter aquele carniceiro, eu iria aproveitá-la. Meu contato da CIA na Nigéria me informara que o suspeito estava em Lagos naquele instante, ou pelo menos estivera poucos dias antes.

Eu tinha mexido alguns pauzinhos para acelerar meu pedido de visto. Em seguida, usara 75 mil milhas para comprar uma passagem de última hora para Lagos.

Agora o único obstáculo era minha avó de 88 anos. Um empecilho e tanto. Ela ficou trancada no quarto até eu sair para trabalhar, recusando-se a falar comigo sobre o passaporte *confiscado*.

É óbvio que eu não conseguiria ir muito longe sem ele.

capítulo 29

NAQUELA NOITE, FIZ NANA MAMA provar de seu próprio remédio. Esperei até tarde, depois de as crianças terem ido para a cama. Então, fui encontrá-la aconchegada em sua poltrona favorita, lendo um livro.

– O que é isso? – perguntou ela, estreitando os olhos para a pasta que eu trazia na mão, como se aquilo pudesse mordê-la.

– Mais artigos. Quero que você dê uma olhada neles. Contam uma história terrível, Nana. Assassinato, fraude, estupro, *genocídio*.

A pasta que levei para Nana continha uma cobertura dos assassinatos da gangue em Washington. Eram duas matérias longas e bem escritas, retiradas do *Post*, uma sobre cada família, com fotos de épocas mais felizes... como quando eles ainda tinham cabeças.

– Alex, já lhe disse que sei o que está acontecendo. Não quero mais falar sobre este assunto.

– Nem eu.

– Você não precisa solucionar todos os casos. Entregue os pontos uma vez na vida.

– Quem dera eu pudesse.

Coloquei a pasta no colo dela, beijei sua testa e subi para me deitar.

– Cabeça-dura – murmurei.

– Sim, você é. *Muito.*

capítulo 30

NA MANHÃ SEGUINTE, DESCI POR VOLTA das cinco e meia. Fiquei surpreso ao ver que Jannie e Ali já estavam de pé. Nana estava ocupada diante do fogão, de costas para mim. Preparava algo que tinha cheiro de canela e parecia irresistível.

Pressenti uma *armadilha.*

Jannie transferiu alguns copos de suco de laranja do balcão para a mesa, que já estava posta com talheres e guardanapos para cinco pessoas.

Ali já estava no seu lugar, devorando uma tigela grande de cereais com leite. Ele acenou para mim com a colher pingando.

– Ele chegou!

Et tu, Ali.

– Que surpresa agradável! – falei, alto o bastante para todos ouvirem.

Nana não respondeu, mas sem dúvida tinha me escutado.

Só então notei um mapa da África, da National Geographic, preso com fita adesiva à porta da geladeira.

E, junto com os guardanapos e os talheres na mesa, estava *meu passaporte.*

– Bem – disse Nana –, foi um prazer conhecê-lo.

capítulo 31

UM AGENTE DA CIA CHAMADO Ian Flaherty estava "de babá" de uma família histérica em Port Harcourt, Nigéria. Os pais do casal de adolescentes raptados estavam entre os presentes. Reunidos na sala de estar, esperavam para saber quais seriam as exigências dos sequestradores. O clima não poderia ser mais pesado.

Pobrezinhos, pensara Flaherty.

Seu celular tocou e todas as pessoas amontoadas na sala o encararam com expressões ansiosas, preocupadas.

– Desculpem, tenho que atender. É outro caso – disse ele, saindo para os jardins viçosos que ficavam em frente à sala de estar.

Ligação dos Estados Unidos – outro tipo de emergência.

A voz do outro lado da linha era de Eric Dana, seu superior, pelo menos em termos de cargo.

– Estamos com um problema e tanto. Um detetive de homicídios chamado Alex Cross está indo para aí. Ele vai chegar no voo 564 da Lufthansa, às quatro e meia da tarde. Tiger está em Lagos? – perguntou Dana.

– Ele está aqui – disse Flaherty.

– Você o viu pessoalmente?

– Na verdade, sim. Quer que eu esteja lá quando o avião do detetive chegar?

– Você que sabe.

– Talvez seja melhor eu encontrá-lo. Alex Cross, não é? Vou pensar.

– Está bem, mas você precisa ficar de olho nele. Não deixe que nada lhe aconteça... pelo menos até onde puder evitar. Ele é querido por aqui e muito bem relacionado. Não queremos confusão por aí.

– Tarde demais – disse Flaherty, abafando uma risadinha maldosa, cínica.

Ele voltou para consolar a família das crianças, que provavelmente já estavam mortas.

Mas eles pagariam mesmo assim.

capítulo 32

BEM, A INVESTIGAÇÃO DEFINITIVAMENTE tinha dado uma guinada. Mas seria para o bem ou para o mal?

O voo de Washington para Frankfurt, Alemanha, estava quase lotado e incrivelmente barulhento, o que era estranho para o primeiro horário da manhã. Passei algum tempo tentando adivinhar quem iria seguir até a África, mas logo voltei a meus devaneios sombrios.

Todos os eventos que haviam culminado naquela viagem passavam pela minha cabeça como um longo rol de anotações sobre o caso, desde os tempos em que eu estudava com Ellie na Georgetown até o consentimento relutante de Nana naquela manhã.

O presente de despedida de Nana, muito apropriado, estava aberto no meu colo. Era um exemplar das memórias de Wole Soyinka.

Ela havia marcado o livro com uma foto da família – Jannie, Damon e Ali, com o Pato Donald, na Disney, havia cerca de um ano – e sublinhado um trecho da página.

T'agba ba nde, a a ye ogun ja.

À medida que se aproxima da velhice, o homem deixa de travar batalhas.

Acho que esse era seu jeito de dar a última palavra. Só que, para mim, teve o efeito contrário. Eu estava mais determinado do que nunca a fazer aquela viagem valer a pena.

Por mais que as chances estivessem contra mim, eu iria encontrar os assassinos da família de Ellie. Precisava fazer isso. Eu era o Matador de Dragões.

capítulo 33

– AH, SOYINKA! UM AUTOR INSPIRADOR. Já leu algum livro dele antes?

Não tinha percebido que alguém havia parado no corredor bem ao lado do meu assento. Levantei a cabeça, mas somente um pouco, e olhei para o padre mais baixo que já vi na vida. Não o homem mais baixo, mas o padre, sem dúvida. Seu colarinho branco ficava exatamente na altura dos meus olhos.

– Não, este é o primeiro – respondi. – Foi um presente de despedida de minha avó.

Seu sorriso ficou ainda mais radiante, seus olhos mais arregalados.

– Ela é nigeriana?

– Só uma americana que lê bastante.

– Ah, ninguém é perfeito – disse ele, gargalhando antes que eu pudesse sequer pensar que aquilo era um insulto. – *T'agba ba nde, a a ye ogun ja.* É um provérbio iorubá, sabia?

– O senhor é iorubá? – perguntei.

Seu sotaque parecia nigeriano, mas eu não era capaz de diferenciar iorubá de ibo, hauçá ou qualquer outro dialeto.

– Iorubá cristão – disse ele, acrescentando com uma piscadela: – *Cristão* iorubá, como o bispo prefere. Mas não vá me dedurar, hein? Promete?

– Não vou contar a ninguém. Seu segredo está seguro.

Ele estendeu o braço como se fosse me cumprimentar, então, quando retribuí o gesto, cobriu minha mão com as suas. Ele tinha mãos minúsculas, que transmitiam amizade e talvez algo mais.

– O senhor aceitou Jesus Cristo como o seu salvador, detetive Cross?

Puxei minha mão de volta.

– Como o senhor sabe meu nome?

– Porque, considerando-se a viagem que o senhor está prestes a fazer, talvez este seja um bom momento para isso. Para aceitar Jesus, quero dizer.

O padre fez o sinal da cruz na minha frente.

– Sou o padre Bombata. Fique com Deus, detetive Cross. Vai precisar da ajuda dEle na África. Este é um período muito difícil, talvez até de guerra civil.

Ele me convidou a mudar para o assento vazio ao lado do dele e passamos horas conversando. *Mas ele nunca me contou como sabia meu nome.*

capítulo 34

DEZOITO HORAS – *QUE PARECERAM DIAS* – depois de eu deixar Washington, o voo de Frankfurt finalmente aterrissou no Aeroporto Murtala Muhammed, em Lagos, Nigéria.

Do avião, eu tinha observado a extensão inacreditável e de certa forma hipnótica do Saara, as savanas que o cercavam e, colado à cidade, o igualmente vasto golfo da Guiné.

Então, quando desembarquei na pista, me senti como se estivesse em qualquer cidade dos Estados Unidos. Até onde eu sabia, aquele lugar poderia muito bem ser Fort Lauderdale.

– Sinto muito, mas não posso ajudá-lo aqui, irmão – disse o padre Bombata, aproximando-se e apertando minha mão novamente antes de nos separarmos. Ele tinha me dito que havia alguém à sua espera para agilizar sua chegada. – Ponha 200 nairas em um bolso vazio, meu amigo – sugeriu ele.

– Para quê? – perguntei.

– Às vezes, a resposta é Deus; outras, é o dinheiro.

Sempre sorrindo, o pequeno padre me entregou seu cartão, se virou e saiu andando com um último aceno simpático.

Descobri o que ele queria dizer cerca de três horas depois, tempo que eu havia passado suando na fila da imigração. Havia apenas dois funcionários muito lentos no balcão para atender cerca de 400 pessoas.

Alguns passageiros eram liberados imediatamente, enquanto outros ficavam detidos por até 30 minutos. Por duas vezes, vi alguém ser conduzido por um guarda armado até uma porta lateral em vez de obter permissão para seguir para o terminal principal.

Quando finalmente chegou minha vez, entreguei meu formulário de imigração e meu passaporte para o funcionário.

– Sim, e o seu passaporte? – perguntou ele.

Fiquei confuso por um instante, mas então me lembrei do que o padre Bombata tinha dito. *Ele está esperando a propina.*

Deslizei as 200 nairas por sobre o balcão. O funcionário pegou o dinheiro, carimbou meu passaporte e chamou o próximo da fila sem olhar para mim duas vezes.

capítulo 35

O BURBURINHO E A FRUSTRAÇÃO que experimentei ao passar pela imigração não eram nada se comparados à avalanche instantânea de barulho e pessoas apressadas com que me deparei em seguida, quando cruzei as portas de vidro cheias de marcas de impressões digitais e entrei no terminal principal do Murtala Muhammed.

Foi ali que tive o primeiro sinal palpável de que estava em uma área metropolitana com 13 milhões de habitantes. E acho que pelo menos metade deles estava no aeroporto naquele dia.

Então isto é a África, pensei. *E, em algum lugar lá fora, está meu assassino. Ou melhor, assassinos.*

Nada menos que cinco "funcionários" nigerianos me pararam a caminho da retirada das bagagens. Todos pediram para ver algum documento de identificação e disseram basicamente a mesma coisa: "Visa, American Express, qualquer cartão serve." Sabiam que eu era americano. Todos exigiram uma pequena propina – ou talvez preferissem chamar de gorjeta.

Depois que consegui chegar à esteira, pegar minha bolsa de viagem e atravessar novamente a muralha de pessoas que se espremiam para pegar suas malas, me senti tentado a perder mais algumas nairas para um garoto maltrapilho com um chapéu surrado que me perguntou aonde eu queria que ele levasse minha bagagem.

No entanto, mudei de ideia e segui em frente, carregando minha bagagem colada ao peito. *Estrangeiro numa terra estranha*, pensei, embora eu sentisse uma curiosa felicidade por estar ali. Aquilo prometia ser uma aventura e tanto! Era um território completamente novo para mim. Eu não conhecia nenhuma das regras ali.

capítulo 36

DO LADO DE FORA, as coisas não eram nem um pouco melhores. O ar cheirava a óleo diesel, o que não era de espantar: para onde quer que eu olhasse, via uma infinidade de carros, caminhões e ônibus amarelos velhos. Nativos de todas as idades andavam em meio ao tráfego, vendendo de tudo – desde jornais, frutas, roupas infantis até sapatos usados.

– *Alexander Cross?*

Dei meia-volta, esperando ver Ian Flaherty, meu contato da CIA na Nigéria. A CIA é boa em pegar as pessoas desprevenidas, certo?

Mas, em vez disso, topei com dois oficiais armados. Logo vi que eram da polícia comum, não da imigração. Seus uniformes eram completamente pretos, inclusive as boinas, com distintivos em forma de V nas dragonas da camisa. Ambos portavam pistolas semiautomáticas.

– Sim, sou eu – respondi.

O que aconteceu em seguida não tinha a menor lógica. Minha bolsa de viagem foi arrancada do meu braço. Depois, minha maleta. Um dos oficiais girou meu corpo e meus pulsos foram algemados. Em seguida, senti uma pressão forte ali quando elas foram fechadas, apertadas demais.

– O que está havendo? – perguntei, lutando para me virar e encarar os policiais. – O que significa isto? Quero saber o que está acontecendo.

O oficial com a minha bagagem ergueu no ar a mão livre como se estivesse chamando um táxi. Uma picape Toyota branca de quatro portas parou imediatamente junto do meio-fio.

Os policiais escancararam uma das portas traseiras, abaixaram minha cabeça e me empurraram para dentro, jogando minha bolsa de viagem em seguida. Um deles ficou na calçada enquanto o outro saltava para o banco do carona e nós partíamos.

Então me dei conta: *eu estava sendo sequestrado!*

capítulo 37

AQUILO ERA SURREAL. *ERA LOUCURA.*

– Para onde vocês estão me levando? Que história é essa? Sou um policial americano – protestei no banco de trás.

Ninguém parecia ouvir uma palavra do que eu dizia.

Eu me inclinei para a frente e levei um forte golpe de cassetete no peito, seguido por outros dois no rosto.

Senti – e *ouvi* – meu nariz se quebrar!

Imediatamente começou a escorrer sangue do meu rosto para minha camisa. Não conseguia acreditar que aquilo estivesse acontecendo.

O policial no banco do carona se virou na minha direção, com os olhos arregalados, pronto para me dar outro golpe.

– É melhor ficar quieto, branquelo. Americano de merda, terrorista de merda, policial de merda.

Eu tinha ouvido falar que algumas pessoas ali não gostavam que os negros americanos fossem chamados de afro-americanos. Agora, estava comprovando isso em primeira mão. Respirei pela boca com dificuldade, tossindo sangue e tentando me concentrar, embora minha cabeça girasse. A umidade e a fumaça de óleo diesel me davam náuseas enquanto o veículo ziguezagueava pelo tráfego nos arredores do aeroporto e o motorista buzinava sem parar.

Eu via carros passarem como um borrão, brancos, vermelhos e verdes, assim como vários ônibus amarelos. Mulheres andavam pelos cantos da pista, carregando seus bebês nas costas, embrulhados em faixas de pano. Algumas equilibravam cestos no topo da cabeça. Havia muitos barracos, mas também prédios modernos, além de mais carros, ônibus e carroças puxadas por animais.

Tudo à minha volta transcorria normalmente.

E, dentro daquela picape, tudo também era como de costume, eu temia.

De repente, o policial me atacou outra vez. Ele estendeu o braço por sobre o banco e me jogou de lado com um empurrão. Eu me preparei para outro golpe de cassetete, mas, em vez disso, senti suas mãos me apalparem.

Então minha carteira deslizou para fora do meu bolso.

– Ei! – gritei.

Ele sacou o maço de dinheiro que havia ali – 300 dólares e 500 nairas – e depois jogou a carteira vazia na minha cara. Uma dor lancinante percorreu minha cabeça até o fundo do crânio.

Tossi outro jato de sangue, que caiu sobre o banco e me rendeu outro golpe de cassetete no ombro.

De repente, o náilon azul-escuro que cobria o banco de trás fez sentido. Estava ali para evitar manchas de sangue no estofado.

Eu estava desorientado, não fazia ideia do motivo pelo qual aquilo estava acontecendo nem do que fazer a respeito.

Contrariando meu próprio bom senso, voltei a perguntar:

– Para onde vocês estão me levando? Sou um policial americano! Estou aqui para investigar um caso de assassinato.

O policial esbravejou algo em um dialeto para o motorista. O carro deu uma guinada e eu caí contra a porta quando paramos rapidamente no acostamento.

Os dois saltaram. Um deles escancarou a porta do meu lado e eu desabei no chão, algemado e incapaz de amortecer a queda.

Um mundo de poeira, calor e dor girava ao meu redor. Comecei a tossir, cuspindo poeira.

Então, senti mãos fortes debaixo dos meus braços, me levantando. O policial, ou fosse lá o que fosse, me pôs de joelhos. Uma caminhonete Audi passava por ali e, do banco de trás, um garotinho assistia àquela cena.

– Você é um homem corajoso. Tão corajoso quanto estúpido, seu branquelo de merda.

Era o motorista quem estava falando agora. Era sua vez de me agredir e ele me estapeou com força, primeiro no lado esquerdo do rosto, depois no direito. Lutei para continuar ereto.

– Vocês dois estão fazendo um ótimo trabalho...

Eu já estava completamente grogue. Já não me importava com o que aconteceria em seguida.

E o que aconteceu foi que tomei um forte soco cruzado na têmpora. Ouvi um barulho estranho, de algo se esmigalhando dentro da minha cabeça.

Não sei quantos socos vieram em seguida.

Acho que desmaiei depois do quarto.

capítulo 38

SURREAL. SEM PRECEDENTES. INACREDITÁVEL.

Estava escuro quando acordei e todo o meu corpo doía, especialmente a área em volta do nariz. A princípio, minha mente permaneceu completamente vazia. Eu não fazia ideia de onde estava – se na África ou em qualquer outro lugar. Pensei apenas: *Como vim parar aqui?*

E depois: *Que lugar é este? Para onde me trouxeram?*

Levei a mão à têmpora e senti uma pontada forte ao tocar uma ferida aberta. De repente, me lembrei das algemas. *Mas elas já não estavam nos meus punhos.*

Eu estava deitado de costas, num chão duro, de pedra ou de cimento.

Alguém estava de pé, olhando para mim. Naquele ambiente quase sem luz, não consegui distinguir sua expressão. Só dava para ver que era um homem negro.

Então percebi que não havia um homem só, mas vários. Uma dúzia deles, ou mais, ao meu redor. E aí entendi! Assim como eu, eles também eram *prisioneiros*.

– O branquelo acordou – disse alguém.

Imaginava que minhas roupas tivessem me denunciado. Eles tinham deduzido que eu era americano. "Branquelo" era um insulto que eu já ouvira naquela viagem.

– Onde estou? – perguntei, minha voz soando como um grasnido. – Água... – pedi.

– Só pela manhã, amigo – disse o homem que havia falado antes.

Ele se ajoelhou e me ajudou a sentar. Minha caixa torácica parecia prestes a explodir e eu estava com uma dor de cabeça monstruosa, que não iria passar sozinha.

Estávamos em algum tipo de cela sombria e imunda. Mesmo com o nariz quebrado, o cheiro era inacreditavelmente forte e nauseante; devia vir de uma latrina em algum canto. Respirei pela boca, puxando o mínimo de ar possível.

A pouca luz que havia ali entrava por uma porta gradeada na parede oposta.

O lugar parecia comportar cercar de 12 pessoas, mas havia pelo menos três vezes isso, todos homens.

Muitos dos prisioneiros estavam deitados no chão, com os ombros colados uns nos outros. Alguns poucos relativamente sortudos roncavam em beliches presos às paredes.

– Que horas são? – perguntei.

– Deve ser meia-noite. Quem sabe? Que diferença faz para nós? Somos homens mortos mesmo.

capítulo 39

QUANDO MINHAS IDEIAS CLAREARAM um pouco, notei que minha carteira tinha sumido. Meu cinto também.

Tateando meu corpo, percebi que o brinco da minha orelha esquerda não estava mais lá. O lóbulo tinha uma casquinha de ferida no lugar do pequeno aro de prata, que Jannie me dera de aniversário.

Para onde eles me trouxeram? A que distância estou do aeroporto? Será que ainda estou na Nigéria?

Por que ninguém tentara impedir que eles me sequestrassem? Será que era comum que aquilo acontecesse?

Não fazia ideia de quais eram as respostas a essas perguntas.

– Estamos em Lagos? – perguntei, por fim.

– Sim. Em Kirikiri. Somos prisioneiros políticos. Pelo menos foi o que nos disseram. Eu sou jornalista. E você?

Um barulho de metal veio da direção da porta quando ela foi destrancada e, em seguida, escancarada.

Vi dois guardas com uniformes azuis se deterem sob a luz num corredor cimentado antes de entrarem e serem engolidos pelas sombras. Logo em seguida, um deles correu o facho de uma lanterna por nós.

Ao chegar ao meu rosto, ele manteve a luz parada por vários segundos.

Tive certeza de que foram ali para me buscar, mas, em vez disso, pegaram o homem que estava duas posições ao meu lado – o que tinha dito ser jornalista.

Eles o puseram de pé com truculência. Então um dos guardas sacou uma pistola e a pressionou contra a têmpora do prisioneiro.

– Ninguém fala com o americano. *Ninguém!* – advertiu o guarda para todos. – Estão me ouvindo?

Então, enquanto eu observava, incrédulo, o jornalista foi espancado com a coronha da arma até desmaiar. Em seguida, foi arrastado para fora da cela.

A reação dos outros prisioneiros foi uma resignação silenciosa. Apenas dois homens se queixaram, mas, cobrindo a boca, abafaram seus resmungos nas próprias mãos. Ninguém se mexeu; eu ainda conseguia ouvir alguns deles roncando.

Fiquei onde estava, contendo-me até que os guardas brutais fossem embora. Então fiz a única coisa que era possível: voltei a me deitar no chão e cada movimento de respiração, curto e rápido, fazia um novo lampejo de dor percorrer meu peito.

Em que tipo de inferno eu havia me metido?

capítulo 40

EU GOSTARIA DE PODER DIZER que mal consigo me lembrar da minha primeira noite na prisão em Kirikiri.

Mas é justamente o contrário. Nunca vou me esquecer dela, nem de um segundo sequer.

A sede era o pior, pelo menos naquela primeira noite. Minha garganta parecia prestes a se fechar. A desidratação me devorava por dentro. Enquanto isso, mosquitos gigantes e ratos tentavam fazer o mesmo do lado de fora.

Minha cabeça e meu tórax latejaram a noite inteira e uma sensação de desamparo ameaçava tomar conta de mim se eu baixasse a guarda por um minuto que fosse, ou se, Deus me livre, dormisse por meia hora.

Eu tinha lido artigos suficientes da organização de defesa dos direitos humanos Human Rights Watch para ter noção das condições naquele tipo de prisão – mas a diferença entre a teoria e a prática era enorme. Aquela deve ter sido a pior noite da minha vida – e eu já tinha passado por algumas bem ruins, na companhia de Kyle Craig, Gary Soneji e Casanova.

Quando finalmente amanheceu, fiquei observando a única janela gradeada da cela como se fosse um aparelho de TV. Ver o céu mudar lentamente de preto para cinza e daí para azul era o mais perto que eu poderia chegar de me sentir otimista.

No exato momento em que os prisioneiros à minha volta começaram a se movimentar, a porta da cela se abriu de novo.

Um guarda magro apareceu à entrada. Ele me fez pensar em um gafanhoto muito alto.

– Cross! Alexander! – gritou a plenos pulmões. – Cross! Venha aqui! Agora!

Foi uma luta aparentar o mínimo de condições físicas enquanto eu me levantava devagar. Concentrei-me na dor dos pelos do meu peito sendo arrancados enquanto se fundiam com o sangue seco na minha camisa. Era apenas instinto, mas fez com que eu conseguisse me sustentar em minhas pernas bambas e atravessar a cela.

Então segui o guarda até o corredor. Ele dobrou à direita e, quando vi que não havia saída por ali, abandonei qualquer esperança de ser libertado daquela prisão. *Talvez isso nunca fosse acontecer.*

– Sou um policial americano – falei, recomeçando minha história. – Estou aqui para investigar um assassinato.

E foi então que a ficha caiu: *Será que era por isso que eu estava preso?*

capítulo 41

AQUILO DEFINITIVAMENTE ERA O INFERNO. Passamos por várias portas de metal sinistras como a da minha cela. Perguntei-me quantos prisioneiros haveria ali e quantos seriam americanos. Suspeitava que eu não fosse o único, porque a maioria dos guardas falava um pouco de inglês.

A última porta da ala era a única que não tinha trinco. Diante dela, havia uma cadeira de escritório velha, com o assento quase todo enferrujado.

– Pra dentro – latiu o guarda. – Rápido, vamos, *detetive.*

Quando eu estava prestes a tirar a cadeira do caminho, ele a empurrou para as minhas mãos. Menos mau. Pelo menos era algo para sentar além do chão e eu não estava com muita disposição para ficar em pé.

Assim que entrei, ele fechou a porta e, pelo que pude ouvir, foi embora.

Aquele espaço era parecido com a cela, só que tinha a metade do tamanho e estava vazio. O chão de cimento e as paredes de pedra estavam raiados de negro e provavelmente era dali que vinha o cheiro pútrido.

Não havia latrina ali; talvez porque todo aquele espaço tenha sido uma algum dia.

Olhei para a porta de metal cinza. Levando-se em conta que não havia trinco, tentar sair dali seria mais idiota do que simplesmente sentar e esperar o que aconteceria em seguida?

Provavelmente não, mas eu não podia ter certeza.

Já estava quase de pé quando ouvi passos. Tornei a me sentar. A porta se abriu e dois policiais entraram – seus uniformes eram pretos, não azuis como os dos guardas. Algo nas minhas entranhas me disse que aquela não era uma boa mudança.

A expressão dura e irritada em seus rostos dizia o mesmo.

– Cross? Alexander? – latiu um deles.

– Podem me dar um pouco d'água? – pedi.

Era o que eu mais queria na vida. Mal conseguia falar àquela altura.

Um dos policiais, que usava óculos espelhados, olhou para o outro, que balançou a cabeça negativamente.

– Do que eu estou sendo acusado? – perguntei.

– Pergunta idiota – disse Óculos Espelhados.

Como se quisesse comprovar isso, o segundo policial se aproximou e socou minha barriga. Perdi o fôlego antes mesmo de cair no chão como um saco de farinha.

– Levante-o!

Óculos Espelhados me ergueu com facilidade, então colocou seus braços fortes em volta dos meus ombros, segurando-me por trás e me impedindo de cair quando tomei outro soco. Além disso, também garantiu que meu corpo absorvesse todo o impacto. Vomitei, um pouco surpreso por ter o que botar para fora.

– Tenho dinheiro – falei, tentando a mesma tática que havia funcionado com a imigração.

O policial no comando era enorme – tão alto quanto Sampson, com uma barriga caída igual à de Idi Amin. Ele me olhou nos olhos.

– Vejamos o que você tem a oferecer.

– Não aqui – falei.

Flaherty, meu contato na CIA, supostamente havia criado um fundo monetário para mim em um banco de Lagos, o que, àquela altura, era o mesmo que a um milhão de quilômetros de distância.

– Mas posso conseguir... – acrescentei.

O policial no comando acertou meu queixo com o cotovelo. Em seguida, outro soco atingiu meu peito. De repente, eu não conseguia mais respirar.

Ele deu um passo para trás e gesticulou para que Óculos Espelhados saísse do caminho. Com uma agilidade que eu jamais poderia imaginar que ele tivesse, aquele homem gordo e grande deu um chute alto e, com uma de suas botas, me atingiu em cheio no peito outra vez. Perdi o pouco ar que me restava. Era como se eu tivesse acabado de ser esmagado.

Mais *escutei* do que *vi* os dois policiais saírem dali. E foi só isso. Eles me deixaram caído no chão; nenhum interrogatório, nenhuma exigência, nenhuma explicação.

Nenhuma esperança?

capítulo 42

DE VOLTA À CELA, RECEBI UMA TIGELA de mandioca e uma caneca d'água, tudo em pouca quantidade. Engoli a água depressa, mas descobri que não conseguia comer a mandioca, um alimento importante em toda a África. Minha garganta se fechava quando eu tentava engolir comida sólida.

Um prisioneiro jovem zanzava ao meu redor, olhando para mim. De costas para a parede, falei com um sussurro quase inaudível, estendendo a tigela:

– Você quer?

– Salve a mandioca, a grande mandioca – brincou ele ao pegar a comida. – É de um poema famoso que aprendemos na escola.

Ele se arrastou até onde eu estava e se sentou ao meu lado, nós dois atentos à porta para o caso de algum guarda aparecer.

– Como você se chama? – perguntei.

– Sunday, senhor.

Achei que ele não tinha mais do que 20 anos, se tanto. Suas roupas estavam sujas, mas me pareciam ser de alguém de classe média. Havia uma cicatriz tribal, na forma de três listras, em cada uma de suas bochechas.

– Sunday, é melhor que eles não vejam você falando comigo.

– Eles que se danem – retrucou. – O que podem fazer comigo? Me jogar numa cela de prisão?

Ele comeu depressa, olhando em volta como se esperasse que alguém tentasse tirar a tigela dele. Ou entrasse correndo e batesse nele.

– Há quanto tempo você está aqui? – perguntei quando ele terminou de comer.

– Cheguei há 10 dias. Talvez 11. Todos aqui são prisioneiros recentes, à espera de serem transferidos.

Isso era novidade.

– Transferidos? Para onde?

– Para a prisão de segurança máxima. Em algum lugar no campo. Ou seja, algo pior. Não sabemos. Talvez estejamos todos a caminho de uma grande vala comum.

– Quanto tempo demora? A transferência? Ou seja lá o que vá acontecer?

Ele olhou para o chão e deu de ombros.

– Uns 10 dias. A menos que o senhor tenha *egunje*.

– *Egunje*?

– Propina. Dinheiro para os guardas. Alguém sabe que o senhor está aqui? – Fiz que não com a cabeça para os dois casos. – Então está numa grande *wahala*. Uma grande encrenca, exatamente como eu. O senhor não existe. Shh. O guarda está vindo.

capítulo 43

QUANDO OS GUARDAS ME ACORDARAM na terceira manhã, tiveram de me levantar à força. Eu não iria segui-los sem resistência. Não para a minha própria execução. Meu peito ainda doía da surra do dia anterior. E meu nariz parecia gravemente infeccionado.

Dessa vez, dobramos à *esquerda* ao sairmos da cela. Não sabia se isso significava uma boa notícia ou apenas se a notícia ruim seria pior.

Segui o gafanhoto humano por uma escadaria de pedra íngreme, depois atravessamos outro corredor e fizemos várias curvas, que me levaram a pensar que eu jamais conseguiria sair daquele lugar sozinho.

Finalmente, chegamos a um espaço retangular e fechado. Era apenas uma ampla extensão de terra castigada pelo sol, com alguns tufos de mato e uma cerca de três metros de altura encimada por arame farpado. Se aquilo era o pátio de exercícios, era lamentável.

Eu não conseguia enxergar quase nada com aquela luz forte. E estava quente, no mínimo 38 graus.

O guarda não parou até chegar ao portão alto do outro lado.

Uma porta trancada se abriu, revelando uma passagem que atravessava um prédio, outra porta e depois um portão, até o que parecia um estacionamento ao longe.

Perguntei ao gafanhoto humano o que estava acontecendo. Ele não respondeu. Apenas abriu a porta e me deixou passar.

Ele a fechou atrás de mim, trancando-me em outra passagem.

– Já deram um jeito – falou.

– Em quê?

– Em você.

Ele já estava voltando pelo mesmo caminho, deixando-me ali. Meu coração acelerou e meu corpo ficou tenso. Fosse como fosse, aquilo, sem dúvida, parecia um desfecho.

De repente, uma porta se abriu à minha direita. Outro guarda esticou a cabeça para fora dela e gesticulou para mim com impaciência.

– Entre, entre.

Como hesitei, ele estendeu a mão e me puxou pelo braço.

– Você é surdo? Ou é só idiota? Entre.

A sala tinha ar condicionado. Foi um choque para a minha pele; então percebi que tudo o que ele queria era fechar a porta novamente.

Eu estava em um escritório despojado, bastante comum, com duas mesas de madeira e vários arquivos. Um segundo guarda, debruçado sobre uma papelada, me ignorou. Ali também estava o primeiro homem branco que eu via desde que tinha chegado ao aeroporto.

Ele estava à paisana, com uma calça leve, uma camisa de botões folgada e óculos escuros. Eu arriscaria dizer que ele era da CIA.

– Flaherty? – perguntei, uma vez que ele não me disse nada.

Ele jogou minha carteira vazia para mim e por fim falou:

– Meu Deus, você está um trapo! Pronto para sair daqui?

capítulo 44

EU ESTAVA MAIS DO QUE PRONTO para sair daquela prisão medonha, mas também estava pasmo com tudo o que tinha acontecido comigo desde que chegara a Lagos.

– Como você me encontrou? – perguntei a Flaherty antes mesmo de sairmos do escritório refrigerado. – O que está havendo? O que acabou de acontecer ali atrás?

– Agora não.

Ele atravessou a sala, abriu uma porta e gesticulou para que eu saísse primeiro. Os dois guardas nem sequer ergueram os olhos. Um deles estava preenchendo um formulário e o outro tagarelando ao telefone quando saímos. Tudo seguia normalmente ali, nas profundezas do inferno.

Assim que a porta se fechou atrás de nós, Flaherty agarrou meu braço.

– Você precisa de ajuda?

– Meu Deus, Flaherty, obrigado.

– Eles quebraram seu nariz?

– Parece que sim.

– Parece mesmo. Conheço um cara. Tome. – Ele me entregou uma pequena garrafa d'água e comecei a esvaziá-la goela abaixo. – Vá com calma, amigo.

Flaherty me conduziu até um velho Peugeot 405 estacionado perto dali, sob a sombra de uma árvore. Minha bolsa de viagem já estava no banco de trás.

– Obrigado – repeti.

Assim que o carro se pôs em movimento, perguntei:

– Como você fez isso?

– Como você não apareceu na quinta, deduzi que havia poucas possibilidades. Por 100 dólares, consegui seu nome. Com mais 500 tirei você de lá.

Ele pegou um cartão de visita do bolso da frente da camisa e me entregou. Era do Citibank, com um endereço de Lagos. No verso estava escrito, com uma caneta esferográfica, ACROSS9786EY4.

– É melhor você trocar essa senha. E transfira mais uns 1.000 dólares.

– E minha família? – De repente me lembrei deles. – Você entrou em contato? Eles sabem o que está acontecendo?

– Olhe, não me leve a mal, mas não sou seu assistente social. Sei que você deve estar se sentindo como se tivesse passado pelo 18º círculo do inferno, ou coisa parecida, mas não conte comigo pra esse tipo de coisa, está bem? Não quero ser indelicado, mas é assim que a banda toca por aqui atualmente. Muita coisa está acontecendo neste momento.

Ele pegou um maço de Camel Light, tirou um cigarro, o acendeu e soprou dois filetes de fumaça pelas narinas.

– Você pode ligar para eles do hotel. Para a sua família.

– Sua compaixão é comovente.

Ele sorriu. Tive a impressão de que nos entendíamos. A minha história não devia ser a pior nem a mais triste que Ian Flaherty tinha ouvido em Lagos. Nem de longe.

– Você tem algo para comer neste carro? – perguntei.

Ele estendeu a mão e abriu o porta-luvas. Havia uma lata de achocolatado ali dentro. Estava quente e um pouco talhado, mas algo nunca me pareceu tão gostoso.

Joguei a cabeça para trás, fechei os olhos e, pela primeira vez em três dias, tentei relaxar. E, quem sabe, pensar friamente sobre minha investigação e sobre o que tinha acabado de acontecer comigo.

capítulo 45

UM BAQUE PESADO ME ACORDOU de um sono desagradável. Fazia calor e eu estava coberto de suor.

Talvez tivessem se passado apenas alguns minutos. Meus olhos se abriram de súbito, bem a tempo de ver um tênis Adidas velho pular do teto para o capô do Peugeot.

– Que porra é essa? – perguntou Flaherty, virando a cabeça para trás.

Estávamos presos num engarrafamento terrível. Havia carros à frente e atrás do nosso até onde a vista alcançava.

– Area Boys. Eu já devia ter imaginado – disse ele, franzindo o cenho e apontando.

Eu os vi primeiro pelo retrovisor. Havia no mínimo meia dúzia deles. Adolescentes, ao que parecia. Iam de carro em carro, ignorando alguns e parando em outros para roubar motoristas e passageiros.

– Area Boys? – perguntei.

– Uma espécie de gangue, mas sem os penduricalhos de ouro. São só pivetes. Não se preocupe.

Dois carros atrás, um garoto com expressão vazia e uma camisa velha dos Chicago Bulls enfiou a mão por uma janela e deu um soco no motorista. Em seguida, retirou a mão, trazendo uma maleta.

– Deveríamos fazer alguma coisa, você não acha? – Estendi a mão para a maçaneta, mas Flaherty me deteve.

– Fazer o quê? Prender todos eles? Jogá-los no porta-malas? Deixe que eu cuido disso.

Outro garoto, sem camisa, com a cabeça raspada e o rosto cheio de acne, veio andando lentamente pelo lado de nosso carro. Enfiou metade do corpo pela janela de Flaherty e ergueu o punho.

– Pode ir passando a porra da carteira, *oyinbo* – gritou ele, usando a palavra em iorubá para "homem branco". – Agora!

Flaherty já estava enfiando a mão debaixo do banco. Ele puxou uma Glock e, segurando-a no colo, a apontou para o garoto.

– Que tal você me passar a *sua* carteira, otário? – disparou ele. O menino recuou com as duas mãos para cima e um sorriso de desdém. – Ou talvez eu devesse dizer *moleque*? É isso aí, continue andando antes que eu mude de ideia.

– Este aqui não, galera – gritou o garoto para os amigos, imitando uma arma com o polegar e o indicador.

Ainda assim, um dos garotos batucou no porta-malas enquanto eles passavam, mas o bando seguiu em frente. Não voltamos a ser incomodados.

Flaherty percebeu que eu estava olhando para ele.

– O que foi? Olhe só, quando eu estiver em Washington, você pode me dizer o que é certo e o que é errado, o.k.? Por enquanto, tente se lembrar de onde está.

Eu me virei, olhei pelo retrovisor e vi outro motorista ser roubado enquanto nós apenas ficávamos sentados ali.

– É difícil esquecer – falei.

capítulo 46

Foi então que percebi, com um sobressalto, que poderia retomar minha investigação e que ela seria como uma investigação criminal em Marte – para dar uma ideia de como a vida na Nigéria era diferente naquele momento em especial.

O Superior Hotel, onde Flaherty me deixou, era imenso. Fora isso, não havia mais muita coisa de recomendável nele. Devia ter sido bem impressionante na década de 1950 ou em alguma outra. Agora, só restavam paredes de estuque descascadas e uma aglomeração constante de nativos no estacionamento vendendo camisetas, eletrônicos e cartões telefônicos.

Também era bem ao lado do aeroporto. Em três dias na Nigéria, eu tinha conseguido dar uma pequena volta completa.

– Por que você me trouxe para cá? – perguntei enquanto trocava de camisa no banco de trás.

– Achei que você talvez fosse querer pegar um avião pela manhã. A esperança é a última que morre.

– Um avião para onde?

– Para casa, ora. É melhor você voltar agora, detetive Cross. Antes que eles resolvam machucá-lo de verdade. Você não vai encontrar Tiger, mas ele pode encontrar você.

Encarei Flaherty.

– *Tiger?*

capítulo 47

– É O NOME DELE, DETETIVE CROSS. Você não sabia? Na verdade, vários desses chefes de gangue se chamam Tiger. Mas o seu homem foi o primeiro.

– Então, você sabe onde ele está?

– Se soubesse, levaria você até ele agora mesmo e acabaria com isso de uma vez por todas.

Joguei minha camisa ensanguentada em uma lata de lixo e peguei minha bolsa de viagem.

– A que horas posso encontrar você amanhã?

Flaherty deu um sorriso discreto. Interpretei isso como uma espécie de aprovação.

– Eu ligo para você.

– A que horas?

– O mais cedo possível. Descanse um pouco. Se você não estiver aqui pela manhã, vou saber que ainda está mentalmente são.

Antes que ele partisse, peguei dinheiro emprestado para pagar a primeira noite no Superior e comprar um cartão telefônico.

Quarenta e cinco minutos depois, eu tinha tomado banho, comido e esperava minha ligação internacional ser completada.

O quarto definitivamente não era nada de mais. Devia ter uns 3 x 4,5 metros, com paredes de estuque descascadas e um ou outro percevejo para me fazer companhia.

O carregador do hotel não ficou surpreso ao ver que a torneira da pia do banheiro tinha sumido. Prometeu instalar outra nova em breve. Não me importei. Depois da prisão, aquele quarto me parecia uma suíte presidencial.

Quando Jannie atendeu o telefone, senti um nó na garganta. Cheguei a me esquecer de que meu nariz estava latejando e sangrando ocasionalmente.

– Ora, veja só quem não foi à escola hoje – falei, tentando manter um tom despreocupado e alegre.

– É sábado, pai. Está perdendo a noção do tempo aí? Parece que pegou um resfriado.

Toquei meu nariz quebrado e dolorido.

– É, acho que estou com o nariz meio entupido. Vou sobreviver. Na verdade, estou em um dos melhores hotéis da cidade.

– Alex, é você? – Nana havia pegado a extensão e, pelo jeito, estava terrivelmente irritada. – Onde você se meteu durante três dias? Para mim, isso não tem desculpa.

– Sinto muito, Nana. Tem sido bem mais difícil conseguir uma linha aqui do que eu imaginava – respondi. Então comecei a fazer um monte de perguntas para evitar ter que contar mais mentiras.

Jannie me falou sobre as drosófilas de seu projeto de ciências e sobre alguns novos vizinhos na Rua 5. Nana estava preocupada com o barulho que o aquecedor vinha fazendo no porão, pois era o mesmo que havia me custado 900 dólares da última vez. Então Ali me disse que tinha encontrado a Nigéria no mapa, que sua capital era Lagos e também sabia que a população era de mais de 135 milhões de habitantes.

Em seguida, Nana falou que iria passar o telefone para Bree.

– Ela está aí?

Fiquei um pouco surpreso. Bree tinha planejado voltar para o seu apartamento enquanto eu estivesse fora.

– Alguém tem que cuidar de nós por aqui – disse Nana, incisiva. – Além do mais, ela é uma de nós agora. Bree é da família.

capítulo 48

GOSTEI DO QUE NANA TINHA acabado de dizer e também do som da voz de Bree quando entrou na linha. Ouvi uma porta se fechar e soube que estavam nos dando um pouco de privacidade.

– *Até que enfim* – falei.

– Eu sei. Nana é durona, não é? Mas ela também pode ser um doce.

Eu ri.

– Ela está pegando leve porque você está aí. Já está manipulando você.

– Por falar nisso, não venha me enrolar, Alex. Onde você se meteu nos últimos três dias?

– *Detetive* Stone, é você? – perguntei. – Sentiu minha falta?

– É claro que senti. Mas fiz uma pergunta séria. Passei três dias morrendo de preocupação. Todos nós, *especialmente* Nana.

– O.k., vou contar o que aconteceu. Tem a ver com o caso. É a única explicação. Fui preso no aeroporto.

– *Preso?* – indagou Bree com um sussurro que demonstrava uma nova preocupação. – Por quem? No aeroporto? Baseado em quê?

– Baseado no fato de que os direitos fundamentais são um conceito relativo em diferentes partes do mundo, imagino. Fiquei numa cela por dois dias e meio. Em nenhum momento fui acusado de nada.

A voz dela falhou um pouco, mais Bree e menos detetive Stone.

– Foi muito ruim?

– Numa escala de 1 a 10, eu diria 15, mas até que estou bem agora. Estou no Superior Hotel. Não que ele faça jus ao nome, claro. Não tem nada de superior nesta espelunca.

Olhei pela janela, na direção de nuvens carregadas que avançavam por sobre o golfo. Dez andares abaixo, as pessoas começavam a deixar a área da piscina. Era difícil acreditar que eu tinha acordado em Kirikiri naquela mesma manhã.

– Olhe, Alex, não sei se você quer ouvir isto agora, mas tivemos outro homicídio múltiplo na noite passada. Outra família foi massacrada em Petway. Dessa vez, os pais eram sudaneses.

Eu me sentei na cama.

– O mesmo *modus operandi* dos dois primeiros? – perguntei.

– Sim. Armas brancas grandes, possivelmente facões, perversidade extrema. Brutalidade e crueldade gratuitas. Mesmo que o seu rapaz e sua gangue não estejam aqui, aposto que o pessoal dele está metido no crime.

– Parece que o assassino é chamado de Tiger. Estou num safári. Ele poderia ter ordenado um crime de qualquer lugar.

– Tem razão. Ou talvez tenha voltado a Washington, Alex. Você pode estar aí, enquanto ele está *aqui*.

Antes que eu pudesse responder, houve um clarão repentino do lado de fora e uma trovoada estrondosa ecoou pelo céu. As luzes do quarto oscilaram e então se apagaram, cortando a ligação.

– Bree? – chamei. – Bree, está me ouvindo?

Mas a linha estava muda. *Merda.* Não tinha sequer dito a Bree quanto sentia sua falta.

Eu tinha visto velas e pelo menos um gerador no saguão, então imaginava que esse tipo de coisa fosse comum no Superior. Deitei-me na cama e fechei os olhos, pensando em descer para investigar um pouco caso a energia não voltasse logo.

Enquanto isso, fiquei imaginando quais seriam as consequências dos novos assassinatos em Washington. E o que eles significavam para mim.

Será que Tiger, o assassino que eu perseguia, ainda estava na Nigéria? Ou será que eu tinha viajado até ali... só para que quebrassem meu nariz?

capítulo 49

MEU TELEFONE ESTAVA TOCANDO.

E tocando.

Por fim acordei, piscando os olhos, despertando de um sono profundo como um coma. O relógio piscava *12:00*, *12:00*, *12:00* no criado-mudo ao lado do meu rosto.

Era de manhã e obviamente a energia tinha voltado.

Quando rolei na cama para atender o telefone, meu corpo resistiu com uma rigidez dolorida e a fisgada típica das lesões contundentes. Isso colocou tudo em foco novamente. A prisão, as surras, o assassinato de Ellie e de sua família, a investigação.

– Alex Cross – falei.

– Não faça isso.

– Quem está falando?

– Flaherty. Não diga seu nome ao atender o telefone. Nunca se sabe quem...

– Que horas são? – perguntei.

Sem dúvida, era cedo demais para um sermão.

Olhei para o teto e depois para meu próprio corpo. Ainda estava com a roupa do dia anterior e sentia a boca pastosa. Meu nariz quebrado latejava outra vez. O travesseiro estava cheio de manchas de sangue, tanto pretas quanto vermelho-vivas.

– Onze. Liguei a manhã inteira. Preste atenção. Posso encontrar você por algumas horas se você não demorar, mas depois estarei fora em missão até segunda-feira.

– Você descobriu alguma coisa?

– Além do eczema no meu rabo? Tenho a coisa mais próxima de um contato disposto a colaborar que você vai encontrar em Lagos. Já foi ao banco?

– Ainda não fui nem ao banheiro.

– Durma quando estiver morto, o.k.? Arranje um motorista. A recepção pode ajudar com isso, mas diga que quer alguém para o dia inteiro, não por hora. Disponha da dica de viagem.

Ele fez uma pausa e continuou:

– Vá ao Citibank da Broad Street. E peça que o motorista pegue o viaduto, para parecer que você sabe do que está falando. Se sair logo, conseguirá chegar por volta de uma hora. Encontro você lá. E não se atrase. *Citibank da Broad.*

– Eu ouvi da primeira vez.

– Bem que eu vi que você aprendia rápido. Ande logo!

capítulo 50

QUANDO O CARRO SE AFASTOU do Superior, eu tinha um copo de café nigeriano fumegante e delicioso na mão e me senti como se alguém tivesse apertado meu botão "reset".

Desconsiderando o aspecto de meu rosto e até que ponto metade dos meus músculos doía, era como se eu tivesse ganhado um novo primeiro dia na África. Pensei no fato de Ellie ter estado ali poucas semanas antes e me perguntei o que teria acontecido com ela. Será que havia entrado em contato com Tiger? Supondo que sim, como?

Não havia arquivos nem informações de inteligência para consultar – minhas roupas, meu passaporte e minha carteira vazia eram as únicas coisas que tinha recebido de volta –, então passei o lento trajeto para a ilha de Lagos apenas contemplando a paisagem.

– Você sabia que as pessoas chamam Lagos de "cidade marcha lenta"? – perguntou o motorista com um sorriso simpático.

Ele disse que todos os carros abandonados nos acostamentos eram de pessoas que ficavam sem gasolina nos constantes engarrafamentos.

Ganhamos um pouco de velocidade na Mainland Bridge, a ponte que ligava a ilha ao continente, de onde vi o centro de Lagos pela primeira vez. Ao longe, a paisagem era como a de qualquer cidade grande: concreto, vidro e aço.

À medida que nos aproximávamos, no entanto, ela começou a se parecer cada vez mais com uma pintura de Escher, com um inacreditável aglomerado de prédios espremido ao redor do próximo, e do próximo, e do próximo. Fiquei pasmo com a densidade populacional daquele lugar – as multidões, o tráfego, a infraestrutura –, mesmo já tendo ido diversas vezes a Nova York e à Cidade do México.

Quando finalmente chegamos ao Citibank da Broad Street, Flaherty já estava parado à entrada, fumando. A primeira coisa que me disse foi:

– Jack Nicholson em *Chinatown*. – Ele sorriu da sua própria piada, então disse: – Você é fresco para dor?

– Não muito. Por quê?

Ele apontou para meu nariz.

– Podemos fazer uma parada rápida depois daqui. Consertar esse estrago.

Nesse meio-tempo, disse Flaherty, eu deveria entrar no banco, pegar meus cartões e o dinheiro que devia a ele. Além de toda a grana que fosse precisar para mim mesmo e pelo menos 200 dólares americanos, se possível em notas pequenas.

– Para quê? – perguntei.

– Propina.

Acreditei nele e fiz o que disse.

Em seguida, voltamos para o carro e atravessamos o riacho Five Cowrie em direção à mais sofisticada das grandes ilhas da cidade, Victoria, e até um consultório médico particular no quinto andar de um prédio comercial. *Muito* exclusivo.

O médico me atendeu na mesma hora. Examinou meu rosto e então ajeitou meu nariz com uma torção rápida, excruciante. Foi de longe a consulta mais estranha que ja tive. O médico não fez nenhuma pergunta sobre o ferimento nem pediu dinheiro. Entrei e saí em menos de 10 minutos.

De volta ao carro, perguntei a Flaherty há quanto tempo ele estava baseado em Lagos. Estava na cara que ele conhecia muito bem as manhas do lugar. Também sabia quando não devia responder às minhas perguntas.

– Mercado Oshodi – falou para o motorista, recostando-se e acendendo outro cigarro. Então disse para mim: – É melhor relaxar. Isso vai demorar um pouco. Sabe como eles chamam Lagos?

– A cidade marcha lenta.

Ele entortou os cantos da boca para baixo e soltou uma nuvem de fumaça branca.

– Você aprende rápido. Algumas coisas, pelo menos.

capítulo 51

APARENTEMENTE, O MERCADO OSHODI era bem parecido com o restante de Lagos – abarrotado de uma ponta à outra de gente ocupada e apressada, comprando ou vendendo algo, possivelmente as duas coisas.

Flaherty ziguezagueava pela multidão e pelas barracas como um rato branco e magrelo em seu labirinto favorito.

Eu precisava manter os olhos grudados nele para não perdê-lo de vista, mas o aroma das comidas exóticas e os sons do mercado ainda chegavam a mim com toda a intensidade. Eu assimilava tudo – e estava adorando.

Havia carnes grelhadas, sementes parecidas com amendoim, ensopados agridoces no fogo, e tudo me fazia lembrar de como eu estava faminto. Sotaques e dialetos diferentes iam e vinham como estações de rádio. Iorubá era a língua mais comum; estava começando a conseguir diferenciá-la das outras.

Também escutava gado mugir na traseira de caminhões, bebês chorando numa fila para vacinação e gente pechinchando sem parar em quase todos os lugares do mercado pelos quais passávamos.

Minha pulsação não desacelerava nem por um instante, mas num bom sentido. Mesmo diante de toda aquela miséria, eu finalmente estava entusiasmado por estar ali.

África! Inacreditável.

Não pensava naquele lugar como meu lar, mas ainda assim a atração era irresistível. Exótica, sensual e *nova*. Novamente, me peguei pensando na pobre Ellie. Não conseguia tirá-la da cabeça. O que havia acontecido com ela naquele lugar? O que teria descoberto?

Flaherty enfim desacelerou em frente a uma barraca de tapetes. O jovem vendedor negociava com um homem que usava uma bata tradicional, cor de aveia, e mal olhou para nós quando atravessamos as pilhas de mercadorias, que iam até a altura dos nossos ombros, em direção aos fundos da barraca.

Menos de um minuto depois, ele surgiu do nosso lado como uma aparição.

– Sr. Flaherty – falou, inclinando-se diante de mim de modo educado. – Tenho cerveja e água mineral na geladeira, se o senhor quiser.

Era como se ele estivesse nos recebendo em sua casa, em vez de vendendo informações no mercado.

Flaherty levantou a mão.

– Só as últimas notícias, Tokunbo. Hoje, estamos interessados no sujeito conhecido como Tiger. O gigante.

Percebi que o nome não precisava de mais explicações.

– Vinte dólares por qualquer coisa que tenha acontecido nas últimas 24 horas. Dez, pelas últimas 48. Qualquer coisa mais antiga do que isso e você leva o que ganharia vendendo tapetes hoje.

Tokunbo assentiu com serenidade. Era uma espécie de oposto de Flaherty.

– Dizem que ele foi para Serra Leoa. Ontem à noite, na verdade. Vocês acabaram de perdê-lo... estão com sorte.

– Por terra ou pelo ar?

– Por terra.

– O.k. – Flaherty se virou para mim. – Já acabamos aqui. Pague a ele.

capítulo 52

EU TINHA MUITAS OUTRAS PERGUNTAS para fazer a Tokunbo a respeito de Tiger e de seu bando de meninos selvagens, mas ele era informante de Flaherty, então segui o protocolo. Precisava ficar de boca fechada, devia isso a ele, pelo menos até estarmos longe o bastante para não sermos ouvidos.

– Pode me explicar por que a pressa? – perguntei assim que saímos da barraca de tapetes.

– Ele está em Serra Leoa. É um beco sem saída, não adianta. Você não vai querer ir para lá.

– Do que você está falando? Como sabe que a informação é verdadeira?

– Digamos apenas que eu nunca quis meu dinheiro de volta. Enquanto isso, é melhor você sossegar o facho aqui por alguns dias, uma semana, o tempo que for. Visite os pontos turísticos. Fique longe das prostitutas, especialmente das bonitas.

Segurei o braço de Flaherty.

– Não vim aqui para relaxar na piscina do hotel. Tenho um alvo.

– *Você* é o alvo aqui, meu caro. Já ouviu dizer que "Você tem que se manter vivo para continuar no jogo"? Esta é uma cidade muito perigosa.

– Deixe de babaquice, Flaherty. Lembre-se de que eu sou um policial de Washington. Já fiz esse tipo de coisa várias vezes. E ainda estou vivo.

– Só... aceite meu conselho, detetive Cross. Ele vai voltar. Espere. Então você pode morrer.

– E qual o seu conselho se eu quiser ir para Serra Leoa mesmo assim?

Ele respirou fundo, resignado.

– Ele provavelmente foi para Koidu. Fica perto da fronteira oriental. Kailahun está um pouco quente demais agora, até para ele. Se ele viajou por terra, isso significa que foi a negócios... o que quer dizer petróleo, talvez gás natural.

– Por que Koidu?

– Minas de diamante. Existe uma rota de troca não oficial de petróleo por diamantes entre Lagos e Koidu. Pelo que sei, ele está investindo pesado nisso.

– O.k. Mais alguma coisa que eu deva saber?

Ele recomeçou a andar.

– Sim. Você tem um amigo de confiança nos Estados Unidos? Se tiver, ligue para ele. Conte onde você esconde suas revistas pornôs ou qualquer outra coisa que não quer que sua família encontre depois que você morrer. E boa viagem, foi um prazer conhecê-lo.

– Flaherty! – chamei, mas ele se recusou a olhar para trás e, quando saí do mercado, descobri que ele havia me largado ali.

Então, entrei de novo e comprei algumas frutas frescas: mangas, goiabas e mamões. Deliciosos! Era melhor aproveitar enquanto podia.

No dia seguinte, estaria em Serra Leoa.

capítulo 53

NUMA ESTRADA DE TERRA castigada pelo sol que serpeava pelo que já fora uma floresta nos arredores de Koidu, um garoto de 15 anos sufocava lentamente até a morte.

Lentamente, porque era assim que Tiger queria que fosse.

Muito devagar, na verdade.

Era importante que seus meninos assistissem àquela morte e que ela servisse de lição para eles.

Ele apertou mais ainda o esôfago do jovem soldado.

– Você era meu braço direito. Confiei em você. Eu lhe dei tudo, até o oxigênio. Está entendendo?

É claro que o garoto entendia. Ele tinha roubado uma pedra, um diamante. Foi encontrado debaixo de sua língua. Agora ia morrer por isso.

Mas não pelas mãos de Tiger.

– Você. – Ele apontou para o mais jovem dos outros recrutas. – Corte seu irmão.

Um menino de no máximo 10 anos deu um passo à frente e desembainhou uma faca Ka-bar com a ponta curva, um presente que Tiger trouxera para ele dos Estados Unidos. Sem nenhuma hesitação, enfiou a lâmina na coxa do irmão, então saltou para trás a fim de evitar o esguicho de sangue.

Tiger mantinha sua própria mão na garganta do ladrão, que, incapaz de gritar, apenas engasgou.

– Agora você – disse ele para o próximo menino selvagem. – No seu tempo. Não precisa ter pressa.

Um por um, todos tiveram a oportunidade de dar o golpe que quisessem, de qualquer tipo, desde que não matassem o ladrão. Esse direito era reservado ao mais velho – ou ao que se tornaria o mais velho. "Rocket" era como o chamavam, por causa da camisa de basquete vermelha dos Houston Rockets que sempre usava, chovesse ou fizesse sol.

Tiger se afastou para deixar Rocket dar o golpe de misericórdia. Não havia mais necessidade de segurar o ladrão; seu corpo estava mole e arruinado, havia poças de sangue no chão em volta do seu rosto retalhado. Moscas negras e mosquitos estufados já pousavam sobre as feridas.

Rocket deu a volta até parar perto da cabeça do garoto. Acariciava displicentemente a barba rala que nem sequer tinha começado a raspar.

– Você é uma vergonha para todos nós – falou. – Mas, acima de tudo, é uma vergonha para si mesmo. Você era o número um. Agora não é nada! – Então fez o primeiro disparo, com a arma na altura do quadril, ao estilo dos gângsteres que sempre via nos filmes americanos. – Esse imbecil não vai mais causar problemas – disse.

– Enterrem o corpo! – gritou Tiger para os meninos.

O importante era que a carcaça ficasse fora de vista até eles estarem longe dali. Aquele garoto morto não faria falta a ninguém. Além do mais, Serra Leoa era um país de porcos e selvagens, onde corpos não reclamados eram tão comuns quanto capim.

Ele guardou o diamante roubado de volta com os outros num estojo de couro preto. Aquilo era o que havia ganhado por um caminhão de petróleo bruto – e tinha sido um bom negócio. Como era fácil comprar ou falsificar certificados de origem, as pedras circulariam sem problemas por Londres, Nova York e Tóquio.

Ele chamou Rocket, que estava cavando a sepultura.

– Pegue o rádio dele antes de enterrá-lo. Fique com ele à mão o tempo todo, mesmo quando estiver dormindo.

Rocket bateu continência e voltou para supervisionar os outros, caminhando com mais arrogância do que antes. Ele tinha entendido o recado. *Pegue o rádio dele. Fique com ele à mão.*

Ele era o novo braço direito de Tiger.

capítulo 54

TALVEZ EU JÁ SOUBESSE MAIS do que queria sobre aquele país pequeno e triste chamado Serra Leoa. Os rebeldes dali tinham matado mais de 300 mil pessoas nos últimos anos, às vezes decepando primeiro suas mãos e seus pés, ou incendiando casas onde famílias dormiam, ou arrancando fetos do útero de suas mães. Eles criavam "anúncios de terror", mensagens entalhadas nos corpos das vítimas que escolhiam poupar e usar como cartazes ambulantes.

Peguei um voo noturno de uma companhia chamada Bellview Air para Freetown, depois um avião a hélice que desafiava a morte até a fronteira oriental de Serra Leoa, onde aterrissamos aos solavancos numa pista coberta de grama que servia à cidade de Koidu. Dali, tomei um dos dois táxis disponíveis na região.

Trinta e seis horas depois de Ian Flaherty me aconselhar a não viajar, eu estava em pé no terreno da Running Recovery, uma das várias minas de diamantes ativas em Koidu.

Eu ainda não sabia se Tiger tinha ou não feito negócios com alguém naquela mina, mas, segundo Flaherty, a reputação da Running Recovery era péssima.

Caso estivesse em Washington, começaria colhendo informações. Então foi o que decidi fazer ali, uma mina de cada vez, se fosse necessário.

Tinha voltado a ser um detetive.

E já sabia disso.

A Running Recovery não era exatamente uma mina, e sim um campo de diamantes aluviais. Parecia um cânion em miniatura – uma extensão equivalente a dois campos de futebol americano de terra amarela escavada, com valas de no máximo 10 metros de profundidade.

Os trabalhadores, vergados sob o calor extremo, usavam picaretas e peneiras. A maioria estava afundada até a cintura em uma água marrom barrenta.

Alguns tinham o tamanho de crianças de escola primária e, pelo que eu via, eram exatamente isso. O rap de Kanye West "Diamonds from Sierra Leone" tocava repetidamente em minha cabeça. Damon escutava bastante essa música e agora eu me perguntava se ele ou seus amigos já haviam parado para pensar sobre o verdadeiro significado dos seus versos.

A segurança naquela parte de cima da mina era incrivelmente fraca. Havia diversas pessoas vagando pelo terreno, fazendo negócios ou simplesmente observando, como eu.

– Você é jornalista? – perguntou alguém atrás de mim. – O que está fazendo aqui?

Eu me virei e deparei com três homens mais velhos me olhando torto. Todos eram amputados de "guerra". Provavelmente não eram soldados, mas alguns dos milhares de civis que tinham sofrido alguma brutalidade típica do conflito que se estendeu por 10 anos em Serra Leoa, em grande parte travado pelo controle da indústria de diamantes.

As minas já haviam feito com aquele país a mesma coisa que o petróleo estava prestes a fazer com a Nigéria. Não havia lembrete mais inexorável desse fato do que aqueles homens parados na minha frente.

– Jornalista? – falei. – Não, mas gostaria de conversar com alguém lá embaixo, com um dos trabalhadores. Algum de vocês sabe quem está no comando?

Um deles apontou com o cotoco do cotovelo.

– Tehjan.

– Ele não falar com jornalista – disse um dos outros, que tinha as duas mangas da camisa pendendo vazias junto ao tronco.

– Não sou jornalista – repeti.

– Isso não interessa para Thejan. Você é americano, então é jornalista.

Levando-se em conta a cobertura que a imprensa tinha feito sobre aquelas minas, a preocupação excessiva era quase compreensível.

– Alguém ali embaixo estaria disposto a conversar comigo? – perguntei. – Um dos trabalhadores? Vocês conhecem algum desses homens? Têm amigos lá embaixo?

– Talvez hoje à noite na taberna da cidade – disse o primeiro homem que havia falado comigo. – Depois de umas rodadas, as línguas se soltam.

– Onde fica isso?

– Posso mostrar a você – disse o mais falante dos amputados.

Eu o encarei e, enquanto ele sustentava meu olhar, perguntei-me como era possível que a paranoia não tivesse devorado viva aquela parte da África. Então, decidi confiar nele.

– Meu nome é Alex. Como você se chama?

Trocamos um aperto de mãos, os dois usando a esquerda.

– Moisés – disse ele.

Ao ouvir aquilo, sorri e pensei em Nana. Ela também teria sorrido e lhe dado um tapinha nas costas.

Mostre-me o caminho, Moisés.

capítulo 55

EU ESTAVA DE VOLTA À ativa agora, definitivamente trabalhando no caso que tinha vindo solucionar.

A caminhada até a cidade levou cerca de uma hora. Moisés me contou muitas coisas no trajeto, embora tenha dito que nunca ouvira falar de Tiger. Será que eu poderia acreditar nele? Era impossível ter certeza.

Troca de diamantes por petróleo, gás natural, armas, drogas e todo tipo de mercadorias ilícitas não era segredo por ali. Moisés, como todo mundo, sabia que aquilo acontecia. Ele próprio havia trabalhado nas minas de diamantes da adolescência aos vinte e poucos anos. Até a guerra civil começar.

– Agora, eles nos chamam de *san-san boys* – disse ele.

Imaginei que estivesse se referindo aos que já não podiam mais trabalhar, como ele.

A princípio, fiquei surpreso com a aparente abertura daquele homem. Algumas de suas histórias pareciam pessoais demais para serem compartilhadas com um estranho, especialmente com alguém que poderia ser um jornalista americano ou mesmo um agente da CIA. Porém, quanto mais ele falava, mais eu percebia que contar o que havia acontecido com ele talvez fosse a única coisa que lhe restava.

– Nós morávamos ali do outro lado – falou, apontando vagamente para uma direção, sem olhar.

– Minha mulher vendia óleo de palma no mercado. Eu tinha dois filhos lindos. Quando os soldados da FRU chegaram a Kono, vieram nos pegar, como todos os outros. Era de noite e estava chovendo, então não havia tochas. Eles me disseram que, se eu assistisse a execução de meus filhos, poupariam minha mulher. Eu obedeci, mas eles a mataram mesmo assim.

A FRU era a força revolucionária responsável pela morte de milhares de pessoas. Ele falava de um modo tristemente natural sobre aquele assunto – o terrível massacre de uma família inteira, não muito diferente dos que tinham acontecido em Washington, pensei.

– E você sobreviveu – falei.

– Sim. Eles me colocaram em cima de uma mesa e me seguraram firme. Perguntaram se eu queria usar camisas de mangas curtas ou longas depois da guerra. Então cortaram meu braço, aqui.

Ele apontou, por mais óbvio que fosse o que tinha acontecido.

– Eles iam cortar o outro, mas então houve uma explosão na casa ao lado. Não sei o que aconteceu depois disso. Desmaiei e, quando recobrei os sentidos, os soldados da FRU tinham desaparecido. E minha mulher também. Eles deixaram meus filhos mortos. Eu queria morrer, mas não morri. Ainda não era a minha hora.

– Moisés, por que você continua aqui? Não tem para onde ir?

– Não há nenhum outro lugar para mim. Aqui, pelo menos, tenho trabalho de vez em quando. E tenho meus amigos, outros *san-san boys*. – Por algum motivo, essa revelação o fez sorrir. – Aqui é meu lar.

Já tínhamos feito todo o percurso até a cidade. Koidu era uma vila de ruas de terra e construções baixas, que se expandia desordenadamente e ainda se recuperava da "guerra" de seis anos antes.

Enquanto passávamos, vi um hospital não terminado e uma mesquita em bom estado, mas, fora isso, para onde quer que eu olhasse, só havia edifícios abandonados, estruturas calcinadas de casas pequenas.

Quando ofereci dinheiro a Moisés por ter me levado até ali, ele disse que não queria. E entendi que não deveria forçá-lo a aceitar.

– Repita a história que contei para o senhor – pediu ele. – Conte para todos os americanos. Ainda existem rebeldes que gostariam de matar todos nós da época da guerra. Não querem que ninguém veja o que fizeram. – Ele ergueu o que restava de seu braço. – Então talvez o senhor possa contar aos americanos. E eles podem contar às pessoas. Para que elas fiquem sabendo.

– Vou contar, Moisés – prometi. – Vou contar às pessoas nos Estados Unidos e ver o que acontece.

capítulo 56

A TABERNA ERA INAPROPRIADAMENTE chamada de Modern Serenity, serenidade moderna. O nome estava rabiscado em azul numa placa de madeira velha na entrada, o que me fez pensar no livro de Alexander McCall Smith *Agência nº 1 de mulheres detetives.*

Talvez aquele edifício já tivesse sido uma igreja. Agora, era um lugar que servia a todos os propósitos – um salão amplo, sujo, com mesas e cadeiras que começaram a ser ocupadas à medida que o sol baixava.

Alguém ligou um aparelho de som portátil. Um cara apareceu com um barril de cerveja Star Beer, servindo-a em copos de plástico usados e recolhendo dinheiro.

Moisés e seus amigos não quiseram entrar e deixar que eu lhes pagasse uma bebida. Disseram que seriam enxotados se não pudessem pagar suas próprias cervejas. Em vez disso, ele iria ficar com alguns outros homens em volta de uma fogueira, cantando e conversando, em algum lugar ali por perto. Em seguida, apontou, indicando a direção em que estaria.

Passei as horas seguintes fazendo perguntas casuais e não chegando a lugar nenhum. Mesmo as poucas pessoas que aceitavam falar comigo sobre o trabalho na mina se calavam assim que eu perguntava sobre qualquer outra coisa... como, por exemplo, sobre o comércio ilegal de diamantes.

Duas vezes, notei homens com roupas camufladas e sandálias de dedo lambendo as palmas das mãos. *Os diamantes estão à venda*, diziam. *Você só precisa engoli-los para sair com eles do país.* Ambos pararam e falaram comigo, mas só por tempo suficiente para entenderem que eu não estava vendendo nem comprando nada.

Eu estava começando a achar que a noite seria um fiasco quando um adolescente se aproximou e se recostou na parede ao meu lado.

– Ouvi dizer que o senhor está procurando alguém – falou, num tom que só eu pudesse ouvir.

Busta Ryhmes estava cantando alto no rádio.

– E quem você ouviu falar que estou procurando?

– Ele já foi embora, senhor. Saiu do país, mas não posso dizer pra onde ele foi. O Tiger.

Olhei para o garoto. Ele devia ter cerca de 1,75m, era musculoso e tinha um ar arrogante. Também devia ser mais jovem do que eu havia imaginado a princípio: uns 16 ou 17 anos. Pouco mais velho do que Damon. Como vários dos adolescentes que eu tinha visto na África, usava uma camisa da NBA. A dele era dos Houston Rockets, uma equipe de basquete americana que já havia contado com um excelente jogador nigeriano chamado Hakeem Olajuwon.

– E quem é você? – perguntei ao garoto.

– Se quiser saber mais alguma, são 100 dólares. Estou esperando na rua. É perigoso falar aqui. Muitos olhos e ouvidos. Conversamos lá fora, senhor. Cem dólares.

Ele desgrudou o corpo da parede e andou com um gingado de cafetão em direção à porta da frente, que estava escancarada. Eu o observei virar seu copo de cerveja, largá-lo em cima de uma mesa e sair da taberna.

Eu não pretendia deixá-lo escapar, mas também não iria lá para fora como ele havia mandado. Foi seu sotaque que me disse o que eu precisava saber. Não era de Serra Leoa. Era *iorubá*. Aquele garoto era nigeriano.

Contei até 30, então saí sorrateiramente pelos fundos do Modern Serenity.

capítulo 57

VIGILÂNCIA. EU ERA BOM NISSO, sempre fui mestre em me manter um passo à frente do adversário. Mesmo quando lidava com pessoas tão traiçoeiras e perigosas quanto Tiger e seu bando. Pelo menos era o que eu esperava.

Dei uma longa volta para chegar à frente da taberna. Quando cheguei à quina do prédio vizinho, tive uma visão bastante livre da entrada.

O garoto com a camisa vermelha dos Houston Rockets estava um pouco afastado da porta, acompanhado de um menino mais jovem. Olhavam para direções diferentes, vigiando a rua enquanto conversavam.

Uma emboscada?, não pude deixar de me perguntar.

Alguns minutos depois, o mais velho voltou a entrar, provavelmente para me procurar. Não esperei para dar meu próximo passo. Se ele tivesse pelo menos dois neurônios, seguiria o mesmo caminho que eu.

Atravessei o cruzamento de terra batida e mudei de posição, passando para um portal queimado na esquina do outro lado da rua. Ele fazia parte do esqueleto enegrecido de uma construção que talvez tivesse sido uma mercearia.

Recuei para dentro do portal vazio e fiquei ali, fora de vista, observando, espreitando da melhor maneira possível.

Levando-se em conta que eu estava trabalhando em Marte...

Conforme eu tinha previsto, Houston Rockets saiu um minuto depois e parou bem onde eu estivera antes.

Seu comparsa correu em sua direção e os dois confabularam, correndo os olhos ao redor, nervosos, tentando me encontrar.

Foi então que uma voz logo detrás de mim disse:

– Ei, senhor, *senhor*. Quer comprar uma pedra?... Quer que eu afunde seu crânio?

Eu me virei e, antes que pudesse ver alguém na escuridão, algo duro e pesado me atingiu na cabeça – um pedregulho ou um tijolo, talvez.

Fiquei atordoado e caí de joelhos. Minha visão ficou embaçada, depois apagou antes de começar a voltar.

Alguém pegou meu braço e me arrastou para longe da rua, levando-me para dentro de uma construção. Então, outras mãos truculentas – eu não conseguia dizer quantas – me forçaram contra o chão, estirando-me de costas.

Minha consciência oscilava. Eu me esforçava para recuperar o senso de orientação. Sentia várias pessoas agarrando meus braços e minhas pernas, prendendo-me ao solo com seus corpos fortes e ágeis.

Mesmo quando minha visão ficou um pouco mais nítida, ainda era difícil distinguir qualquer um deles no escuro. Tudo o que eu via eram várias sombras pequenas e indistintas.

Todas do tamanho de meninos.

capítulo 58

– *YO!* – GRITOU UMA DAS SOMBRAS ameaçadoras com uma voz arrogante e jovem demais, que só podia ser de um pivete. – *Aqui!* A gente pegou o desgraçado de jeito.

Eu estava às cegas, quase literalmente, mas me recusava a ir à lona com tanta facilidade. Achei que, se eu não resistisse, provavelmente morreria.

Sacudi o braço direito para libertá-lo de quem quer que o estivesse segurando e dei um soco em quem prendia o esquerdo. Nenhum deles era mais forte do que eu, mas, juntos, eram como papel pega-mosca colado a cada centímetro do meu corpo. Resisti ainda mais, sabendo que lutava pela minha vida.

Quando finalmente consegui me colocar mais ou menos de pé, cada perna carregando cerca de 45 quilos extras, os dois garotos do bando que estavam na rua chegaram correndo.

Um deles apontou uma lanterna para mim; o outro golpeou meu rosto com a coronha de uma pistola.

Senti meu nariz se partir. *De novo!*

– Filho da puta! – gritei.

A dor lancinante subiu depressa até meu cérebro e pareceu se espalhar por todo o corpo. Foi pior que da primeira vez, se é que isso era possível. A primeira coisa que pensei foi: *Isso só pode ser sacanagem.*

Os garotos assassinos se amontoaram à minha volta, metade deles dessa vez, e me derrubaram. A sola de um tênis pisou minha testa.

Então, senti o metal frio do cano de uma arma ser pressionado com força contra minha bochecha.

– É ele? – perguntou alguém.

A luz brilhante de uma lanterna passou por meus olhos, provocando uma fisgada de dor.

– É ele, Azi.

Reconheci a voz que tinha ouvido na taberna.

O dono dela se agachou ao lado da minha cabeça.

– Preste atenção, nós vamos despachar você daqui com uma mensagem. Ninguém se mete com a gente. Entendeu?

Tentei levantar a cabeça e ele deu um tiro no chão bem ao lado da minha têmpora.

– Entendeu?

Parei de fazer força e fiquei deitado de costas. Um dos meus ouvidos não escutava nada. *Será que estava surdo de um ouvido também?* Se não fosse a pistola, eu não teria ficado parado ali. Acima de tudo, estava fervendo de raiva.

– Vai em frente – disse o líder do bando.

Vi o contorno de uma lâmina longa na mão de alguém. *Um facão*, pensei.

Meu Deus, não!

Houston Rockets se aproximou novamente, esfregando a pistola na minha têmpora, para cima e para baixo.

– Se você se mexer, morre, Capitão América. Se ficar quietinho, volta *quase* inteiro pra casa.

capítulo 59

– ISSO VAI DOER *PRA CACETE*. Você vai gritar como uma garotinha. A partir de agora!

Eles esticaram mais meu braço e o seguraram com força, para que eu não pudesse me mexer. Ou estavam ficando mais fortes, ou eu estava enfraquecendo. Nunca tinha chegado tão perto de entrar em pânico.

– Na articulação, Azi. Tem menos osso – falou Rockets no tom mais frio e calmo do mundo.

A lâmina tocou de leve a dobra do meu braço. Em seguida o facão foi erguido bem alto. O menino chamado Azi sorriu para mim, gostando daquilo como o psicopata que era.

De jeito nenhum. De jeito nenhum. Isto não vai acontecer, falei para mim mesmo.

Libertei meu braço com um safanão e rolei para um lado. O facão cortou o ar e a pistola disparou, ecoando.

Porém, eu não havia sido atingido. Ainda não.

Eu não tinha terminado. Na verdade, nem começara. Enrosquei o braço do atirador com o meu e quebrei seu pulso. A arma caiu de sua mão.

Eu fui o primeiro a alcançá-la!

Depois disso, tudo se reduziu a sombras e a uma barulheira caótica. Os pivetes estavam todos em cima de mim outra vez, o que de certa forma foi uma sorte. Isso manteria o facão longe até eu conseguir disparar um tiro de alerta.

Então eu me levantei cambaleando, de costas para a porta.

– *Afastem-se!* – gritei, gesticulando com a arma.

Eles estavam na mira, mas aquele lugar era escuro e eu não conhecia sua planta. Eles logo perceberiam isso.

Como eu previra, Rockets vociferou uma ordem.

– Corram! *Para fora!*

Dois membros da gangue dispararam em direções opostas. Um terceiro saltou por uma janela. Não vi para onde o outro foi.

– O que você vai fazer, cara? – perguntou Rockets, dando de ombros. – Não pode matar todos nós.

– Posso matar você – retruquei.

Sabia que os outros estavam se agrupando atrás de mim. Eu tinha que começar a atirar naqueles garotos... ou sair correndo feito um louco.

Saí correndo!

capítulo 60

Eu tinha vantagem suficiente e estava bastante protegido pela escuridão para sumir de vista rápido. De repente, senti uma combinação de cheiros – coisas *queimando*, *apodrecendo* e *crescendo*, tudo ao mesmo tempo. Desci a toda algumas ruas de terra batida, dobrei uma esquina e, logo em seguida, vi a luz de uma fogueira num terreno baldio.

Moisés? Eu estava perto do lugar para onde ele tinha dito que iria.

Escondi-me num matagal e esperei o bando passar correndo. Os meninos gritavam, um pequeno grupo depois do outro, espalhando-se e procurando sua presa: eu. Era difícil acreditar que garotos tão jovens fossem assassinos experientes, mas eles eram.

Eu tinha visto isso em seus olhos, especialmente nos de Rockets. Aquele menino, sem dúvida, já havia matado.

Esperei por vários minutos. Então, mantendo-me abaixado, dei a volta por trás da fogueira até estar perto o suficiente para chamar baixinho.

Graças a Deus Moisés estava ali! Ele e seus amigos comiam arroz farelento e pasta de amendoim caseira. A princípio ele hesitou, até ver quem se esgueirava pelo matagal.

– Venha comigo, senhor – sussurrou. – Não é seguro para o senhor ficar aqui agora. Os garotos estão à sua procura. Estão por todo lado.

– Não me diga. – Com o braço, limpei um filete de sangue do rosto, sem pensar em quanto isso ia doer. – *Merda!*

– Não é grave, o senhor vai ficar bem – disse Moisés.

– Falar é fácil – respondi, forçando um sorriso.

Eu o segui pelos fundos do terreno e pela estrada até uma rua secundária estreita. Estávamos em uma área residencial muito pobre, composta de uma longa fileira de barracos de pau a pique. Vários deles tinham pessoas na entrada, cozinhando e fazendo fogueiras, socializando umas com as outras àquela hora da noite.

– Por aqui, senhor. Depressa.

Mantive a cabeça baixa e segui Moisés por uma porta aberta, entrando num dos barracos. Ele acendeu uma lamparina de querosene e me ofereceu uma cadeira.

– Minha casa – disse.

O lugar não passava de um cômodo, com uma única janela recortada na parede dos fundos. Havia um colchão fino no chão e um amontoado de utensílios de cozinha, algumas roupas e caixas de papelão empilhadas pelos cantos.

Com destreza, Moisés atirou um pano sujo em dois ganchos no portal, dizendo que voltaria logo. Então desapareceu outra vez. Eu não tinha ideia de aonde teria ido... ou se poderia confiar nele.

Mas quais eram as minhas opções? Eu estava me escondendo para não morrer.

capítulo 61

LEVEI UM MINUTO PARA RECUPERAR o fôlego e conferir a arma que tinha roubado do bando de meninos. Era uma Beretta subcompacta, um modelo nada barato. O pente só tinha capacidade para sete tiros, cinco dos quais haviam sido disparados. Com um pouco de sorte, não precisaria dos últimos dois naquela noite. *Ou melhor: com muita sorte.*

Eu estava apavorado e suava profusamente. Era inevitável. Quase perdera um braço. As coisas poderiam muito bem ter saído de outra maneira. Isso é o que eu chamo de escapar por pouco.

Ouvi um barulho do lado de fora e ergui a Beretta. Quem estava ali? O que estava acontecendo agora?

– Não atire, senhor.

Era Moisés. Ele trazia uma vasilha d'água. Deu-me um pano para que eu limpasse o rosto.

– O que o senhor vai fazer agora?

Era uma boa pergunta. Meu instinto dizia que Rockets não tinha mentido. Tiger não estava mais ali. O mais provável era que estivesse a caminho da Nigéria com seus diamantes. Eu o perdera outra vez. O assassino e líder de gangue não era nada bobo.

– Acho que devo procurar um voo para sair daqui pela manhã – falei para Moisés.

– O aeroporto é pequeno, senhor. Eles vão encontrar você com facilidade. Os garotos ou a polícia.

Ele tinha razão. Nem chegava a ser um aeroporto. Até onde eu me lembrava, não tinha sequer um teto. Era só uma pista.

A propósito, eu ainda não sabia quem havia organizado aquele pequeno comitê de "boas-vindas" a Lagos. Se Tiger sabia onde eu estava – e eu era obrigado a supor que ele sabia –, eu poderia estar me metendo em outra rodada do mesmo tipo de hospitalidade, talvez com um final mais desagradável.

De repente, começou uma gritaria do lado de fora. Vozes de rapazes. Era difícil saber quantos, mas pelo menos meia dúzia.

Moisés passou a cabeça pelo vão da porta, então voltou e apagou a lamparina com um sopro.

– Eles estão aqui – declarou. – O senhor deve ir embora. *Tem* que ir.

Tive que concordar, nem que fosse só para evitar que Moisés se envolvesse naquela confusão terrível.

– Avise quando a barra estiver limpa.

Ele se postou ao lado da porta, observando. Fiquei do outro lado, pronto para disparar ao seu sinal.

– Agora – disse ele, gesticulando para que eu saísse pela esquerda. – Vá agora! Rápido.

Disparei por uma rua estreita e subi direto outro beco. A próxima rua em que saí era mais larga, porém totalmente deserta. Dobrei à esquerda e segui adiante.

Só então percebi que Moisés ainda estava ao meu lado.

– Por aqui – disse ele, apontando para o meio da escuridão. – Sei onde o senhor pode comprar uma caminhonete.

capítulo 62

SEGUI O HOMEM SEM UM BRAÇO, de aparência frágil, até uma velha casa de pedra nos arredores do vilarejo, no caminho de volta para a Running Recovery. Já eram pelo menos onze da noite, mas as luzes da casa ainda estavam acesas. Perguntei-me se Moisés era uma exceção ou se muitas pessoas dali estariam dispostas a ajudar um estranho, mesmo ele sendo americano. Até onde eu sabia, a maioria das pessoas de Serra Leoa era boa e apenas se tornara vítima das circunstâncias e da ganância.

Um homem de cabelos grisalhos abriu a porta.

- O que você quer? - perguntou.

Um grupo de crianças se amontoava atrás dele, tentando ver quem tinha vindo à sua casa no meio da noite.

- O americano quer comprar um automóvel - disse Moisés. - Ele tem dinheiro.

Seguindo o conselho de Moisés, a princípio fiquei quieto. Antes de oferecer dinheiro, eu precisava saber exatamente quais eram as nossas opções.

- Você está com sorte - respondeu o homem, abrindo um leve sorriso. - Ficamos abertos até tarde.

A melhor das latas-velhas que ele tinha nos fundos era um Mazda Drifter muito antigo, com uma lona esfarrapada sobre a carroceria e um espaço vazio no painel onde deveria estar o velocímetro.

Mas o motor pegou, timidamente, na primeira tentativa. E o preço foi justo: 500 leones.

Além do mais, ele não se importou que eu passasse a noite ali, dentro do veículo.

Eu disse a Moisés que ele já fizera muito por mim e que deveria ir para casa, mas ele não quis nem ouvir falar no assunto. Ficou comigo até o amanhecer e então foi arranjar as poucas coisas de que, segundo ele, eu precisaria para viajar em segurança - o que incluía uma autorização da polícia para sair do país.

Enquanto esperava, comecei a perceber como aquela viagem de volta era arriscada. Eu teria que atravessar mais de 1.500 quilômetros até Lagos, cruzando diversas fronteiras, sem nada para me guiar além dos mapas que Moisés nem tinha certeza de que encontraria.

Então, quando ele voltou, eu tinha uma proposta a lhe fazer.

- Se você vier comigo, poderá ficar com a caminhonete. Uma troca justa pelos seus serviços.

Eu esperava uma negociação, ou pelo menos que ele hesitasse, mas não houve nada disso.

Ele tirou um farnel de couro de cabra do ombro e o jogou dentro da caminhonete, então me devolveu o dinheiro que não tinha gastado.

- Sim - limitou-se a dizer. - Eu vou.

capítulo 63

– SAMPSON?

– O que foi?

– Isso não tem a menor graça, sabia? Odeio você.

– Devia ter escolhido coroa, Bree.

A casa na Rua 18 estava silenciosa agora, sem nenhum traço da agitação frenética da noite dos assassinatos. Essa manhã, Bree e Sampson tinham o lugar só para eles. Não que algum dos dois quisesse estar ali, na cena do crime.

Foi por isso que jogaram cara ou coroa na entrada.

Sampson ficou com *a suíte principal.*

Bree, com *o quarto das crianças.*

Ela calçou uma luva de látex e destrancou a porta, esperando que ela se abrisse por completo antes de entrar na casa. Então baixou a cabeça e correu para o andar de cima.

– Eu *odeio* você, John – gritou.

Os corpos das crianças não estavam mais lá, é claro, mas havia resíduos de pó para colher impressões digitais por todo lado. Fora isso, a cena do crime parecia igual: dois edredons amarelos idênticos manchados de sangue, que também havia esguichado no beliche, no tapete, nas paredes e no teto; na parede oposta, duas mesas pequenas continuavam intactas, como se nada de abominável tivesse acontecido ali.

Ayana Abboud tinha 10 anos. Seu irmão, Peter, 7.

Para Bree, era muito mais fácil compreender o assassinato do pai deles, Basel Abboud. Havia muito tempo suas colunas no *Washington Times* eram uma voz insistente em prol de uma intervenção militar norte-americana em Darfur, com ou sem o aval do Conselho de Segurança da ONU. Ele escrevia sobre subornos e corrupção tanto na África quanto em Washington. Tinha inimigos nos dois continentes.

O tipo de inimigo que também vai atrás de sua mulher e de seus filhos? Sem dúvida era o que parecia. Todos os quatro tinham sido massacrados em sua própria casa.

Lentamente, Bree fez uma volta completa, tentando novamente visualizar a cena como se fosse a primeira vez. O que saltaria aos seus olhos agora? O que tinha deixado passar antes? O que Alex veria se estivesse ali, e não na África?

África! Pela primeira vez, o fato de ele estar lá fez algum sentido para Bree. Aquele tipo de violência... era da África que vinha. Esse alerta só poderia ser completamente compreendido nos contextos de Lagos, Serra Leoa, Darfur.

Era evidente que os assassinos não se importaram em cobrir seus rastros ou esconder nada. Havia impressões digitais em todos os lugares onde havia sangue.

Centenas de impressões não muito claras também foram encontradas por toda a casa: nas paredes, nas camas, nos corpos.

Haviam comido às pressas na cozinha: sobras de costeletas de porco, sorvete napolitano direto do pote, refrigerantes e bebidas alcoólicas.

Imagine o nível de estupidez ou de indiferença quanto a ser pego, levado a julgamento e condenado à prisão perpétua por esses crimes pavorosos.

Bree não precisava dos resultados para saber que nenhuma daquelas impressões digitais seria reconhecida pelo sistema do FBI. Seu palpite era de que os assassinos fossem jovens africanos, sem antecedentes nos Estados Unidos e, muito provavelmente, sem registro de entrada no país. Algumas das impressões deviam ser as mesmas colhidas na casa de Eleanor Cox, outras não. Eles eram fantasmas selvagens que uma pessoa mais velha poderia usar para fazer seu trabalho sujo. Muito eficientes. E muito perturbados. Deus, como ela o odiava – seja lá quem fosse que estivesse por trás daquilo.

Bree havia terminado de dar a volta e estava olhando para as camas das crianças outra vez quando ouviu uma batida de leve na janela da água-furtada atrás dela.

Quando se virou, quase gritou de susto. Sempre tivera medo de levar um tiro pelas costas.

Um menino, pequeno e com os olhos arregalados, estava agarrado à grade de proteção do lado de fora, encarando-a. Quando seus olhares se cruzaram, ele soltou uma das mãos da grade e a chamou com um gesto.

– Eu vi as mortes. Vi tudo – disse ele em voz baixa, como se quisesse que só ela o ouvisse. – Sei quem são os assassinos.

capítulo 64

– POR FAVOR, POSSO TE CONTAR o que aconteceu. Tudo. – A voz baixa do menino atravessava o vidro, abafada. Bree achou que ele não poderia ter mais de 11 ou 12 anos.

Ou ele estava assustado, ou era um ótimo ator – talvez as duas coisas.

Àquela altura, Sampson estava atrás dela. Nenhum dos dois sacou uma arma; mesmo que não confiassem nem um pouco no menino.

Bree tinha uma das mãos em sua pistola.

– Diga-me o que sabe – falou.

Ela e Sampson se aproximaram da janela por ângulos diferentes. Bree foi primeiro. Ela teve que abaixar a cabeça para entrar no vão da água-furtada.

Dali, conseguiu ver que o menino estava com os pés apoiados numa saliência decorativa da alvenaria.

Cerca de 3 metros abaixo havia o telhado da varanda dos fundos e um pequeno jardim, morto por causa da estação.

– Não chegue mais perto – alertou o menino – ou eu vou embora. Posso correr muito rápido. Você nunca vai me pegar.

– Tudo bem, mas me deixe pelo menos tirar isso da frente – pediu ela.

O velho caixilho da janela precisou de um pouco de persuasão, mas finalmente Bree conseguiu forçá-lo a se abrir uns 15 centímetros.

– O que você está fazendo aí fora? – perguntou.

– Sei como aconteceu. Eles mataram a menina e o menino neste quarto mesmo. Os outros, lá embaixo, no salão.

O sotaque dele era africano. Da Nigéria, supôs Bree.

– Como você sabe tanto? – questionou. – Por que eu deveria acreditar em você?

– Eu sou o vigia, mas em breve eles vão me obrigar a matar as pessoas. – Ele olhou para além de Bree e Sampson em direção à cena dentro do quarto. – Não quero fazer isso. Por favor, eu sou católico.

– Está bem – disse-lhe Bree. – Você não precisa machucar ninguém. Também sou católica. Por que você não desce daí pra gente...

– *Não!* – Ele tirou uma das mãos da grade, ameaçando pular. – Não tente me enganar!

– O.k. – Bree ergueu as mãos, com as palmas voltadas para fora. Então se ajoelhou para chegar um pouco mais perto. – Vamos só conversar. Conte mais. Qual o seu nome?

– Benjamin.

– Benjamin, você sabe alguma coisa sobre um homem chamado Tiger? Ele estava aqui?

Alex havia lhe contado sobre Tiger quando falaram ao telefone. Supostamente, ele estava na África, mas talvez a informação de Alex estivesse errada.

O menino assentiu devagar.

– Sei, sim. – Então acrescentou: – Só que tem mais de um. Não é só um Tiger.

Isso certamente chocou Bree. E ela imaginava que também fosse surpreender Alex.

– Muitos homens são chamados de Tiger? – perguntou ela. – Tem certeza disso?

O menino tornou a assentir.

– Aqui em Washington?

– Sim. Acho que dois ou três.

– E na Nigéria?

– Também.

– Quantos Tigers, Benjamin? Você sabe?

– Eles não me dizem, mas são muitos. Todos os chefes de gangue se chamam Tiger.

Bree olhou por sobre o ombro para Sampson, então voltou a encarar o menino.

– Benjamin, quer ouvir um segredo?

A pergunta pareceu deixá-lo confuso. Ele olhou de um lado para outro; então tornou a olhar para baixo, conferindo sua rota de fuga.

E, quando ele fez isso, Bree se moveu. Rápido! Muito mais rápido do que Benjamin achava que ela fosse capaz.

capítulo 65

ELA PASSOU A MÃO POR entre as barras e agarrou o pulso muito magro do menino.

– Corra, Sampson!

– Me solta! – gritou o menino.

Ele tentou se afastar e seu peso torceu o braço dela contra a barra. Naquela posição, não havia como puxá-lo. A única coisa que ela poderia fazer era tentar ignorar a dor e aguentar firme até Sampson chegar ao garoto por baixo. *Rápido, John, ele está se soltando!*

– Benjamin, nós podemos manter você em segurança. Tem que vir com a gente.

– Não, sua piranha! Você mentiu pra mim! – gritou ele.

A transformação dele era espantosa. Os olhos assustados tinham se tornado ferozes. Ele arranhou a mão dela até que sangrasse. Será que havia mentido para ela? Será que era um dos assassinos?

Por fim, Bree ouviu os passos de Sampson em algum lugar lá fora. *Mais rápido, John!*

No momento em que ela achou que seu braço fosse se quebrar, o menino se libertou. Ele caiu no telhado da varanda e praticamente quicou mais 2,5m até o chão.

Ele deu dois passos largos e começou a escalar um arbusto. A planta mal suportava seu peso, quanto mais o de um adulto.

Assim que Sampson apareceu correndo, o menino saltou por cima de uma alta cerca de cedro para um beco atrás dela.

Segundos depois, Bree saiu pela porta da frente.

Não havia portão para o tal beco. Eles tiveram que atravessar a casa de volta correndo, passar por outra porta e contornar o quarteirão só para descobrir o que já sabiam: Benjamin havia sumido.

O suposto vigia da gangue fugira deles.

Cinco minutos depois, eles já haviam emitido um alerta para todas as unidades, mas Bree não tinha muitas esperanças. Àquela altura, já estava pensando em Alex e em como contatá-lo.

– Alex precisa saber disso. Pra ontem. Só que não faço ideia de como falar com ele. Nem sei onde está agora.

capítulo 66

AQUELA PARTE DA ÁFRICA não era recomendável para mochileiros ou safáris turísticos. Os uivos das hienas eram um lembrete constante de onde eu estava. Assim como as placas que alertavam para coisas como: PERIGO – LEÕES – CROCODILOS!

Voltar de Serra Leoa para a Nigéria estava sendo mais complicado do que eu havia previsto. Além de perigoso e traiçoeiro.

Como nesse momento. Dois jipes militares estavam atravessados na estrada, com os para-choques colados, bloqueando o caminho. Mas aquilo não era um controle de fronteira comum. Estávamos a menos de uma hora de Koidu.

– Esses caras são mesmo do governo? – perguntei a Moisés. – Temos como saber isso?

Ele deu de ombros e se remexeu, incomodado, no banco da caminhonete.

– Podem ser da FRU.

Pelas minhas contas, havia seis homens, todos usando uma mistura de uniforme de campanha e roupas civis, calçados com as habituais sandálias de dedo. Estavam armados e havia um atirador na traseira do jipe.

Um sujeito magricela com uma boina marrom veio andando a passos largos até minha janela. Seus olhos estavam injetados, com se estivesse drogado. Ele levantou seu rifle com um dos braços e estendeu a outra mão.

– Documentos.

Tentei me manter tranquilo enquanto lhe mostrava a autorização da polícia e meu passaporte.

Ele mal os olhou.

– Cinquenta dólares. É o preço do seu visto.

Independentemente de aqueles homens serem do governo ou não, eu soube que aquilo era um golpe, puro e simples. Um assalto.

Levantei a cabeça e encarei seus olhos vermelhos.

– Falei com a embaixada dos Estados Unidos em Freetown esta manhã. O vice-embaixador Sassi me garantiu pessoalmente que meus documentos estão em ordem. Então qual é o problema?

Ele me encarou firme, mas não hesitei. Dois dos outros guardas começaram a vir do acostamento, mas ele ergueu a mão para que eles não se dessem o trabalho.

– Ainda assim, são 10 por passageiro. Vinte, se for em leones.

De alguma maneira, nós dois sabíamos que dessa vez eu iria pagar. Não queria abusar da sorte. Eu lhe dei duas notas de 5 dólares e então seguimos viagem – pelo menos até o próximo bloqueio.

Passamos por quatro antes da fronteira de verdade. Em cada um o ritual era basicamente o mesmo. A cada um ficava mais e mais barato. Quando enfim cruzamos para a Libéria na cidade de Bo Waterside, tive que pagar somente mais 15 dólares.

O que perdemos de mais precioso foi tempo.

Só conseguimos chegar a Monróvia depois de escurecer e, como não havia garantia de que fôssemos conseguir suprimentos ao sair dali, tivemos que pernoitar na cidade.

Passei a noite inteira preocupado e não dormi muito bem. Estávamos seguros até aquele momento, mas viajávamos a uma velocidade que nem se comparava à de Tiger.

Ele estava fugindo de novo.

capítulo 67

DIRIGIMOS O DIA SEGUINTE INTEIRO e pela segunda noite consecutiva, nos revezando no volante, tentando recuperar o tempo perdido. No caminho, Moisés me disse que era igual à maioria das pessoas dali – não a FRU e, certamente, não Tiger e seu bando de assassinos.

– Há muita gente de bem na África, senhor, e ninguém para ajudar essas pessoas a combater os demônios – falou.

Menos de meia hora a leste de Monróvia, passamos pelo último outdoor e pela última torre de rádio e adentramos uma floresta tropical densa que se estendeu por horas a fio.

De vez em quando passávamos por muitos quilômetros de área desmatada, com tocos de árvores de ambos os lados que pareciam lápides.

Porém, no geral, a estrada era um túnel de bambus, palmeiras, mogno e árvores cobertas por trepadeiras que eu nunca tinha visto antes – com folhas e arbustos rasteiros raspando as laterais da caminhonete enquanto seguíamos em frente.

À tardinha, estávamos próximos da costa, atravessando planícies que só apareciam na maré baixa, seguidas por vastas extensões de prados, que eram o oposto da selva que tínhamos acabado de deixar para trás.

Quando o sol estava se pondo, vi uma enorme colônia de flamingos, milhares de pássaros de uma beleza estonteante, um incongruente mar cor-de-rosa em meio à luz alaranjada.

Por fim, tivemos que parar e esperar passar a noite. Nós dois estávamos cansados demais para dirigir. Enquanto pegava no sono, me perguntei quantos pais podiam contar aos filhos que haviam passado uma noite numa selva africana de verdade.

capítulo 68

ACORDEI ALGUMAS HORAS DEPOIS. Moisés já estava servindo nosso café da manhã na traseira da caminhonete.

Salsicha enlatada, dois tomates machucados e um jarro de dois litros d'água.

– Parece ótimo – falei. – Obrigado, Moisés.

– Há um rio aqui. Lá do outro lado, se o senhor quiser se lavar. – Ele indicou com o queixo o lado oposto da estrada. Notei que sua camisa estava encharcada. – Não é longe.

Abri caminho pelo mato com os braços, contornando um imenso emaranhado de arbustos espinhosos.

Cerca de 20 metros adiante, o matagal se abriu e saí em uma margem feita de lama e cascalho.

O rio em si era uma grande chapa de vidro verde-escura. Mal dava para perceber se estava em movimento.

Dei um passo em direção à água e afundei o tornozelo na lama.

Quando recuei, a lama prendeu meu sapato. Merda. Queria me limpar, não ficar mais sujo.

Olhei de um lado para outro, me perguntando onde Moisés teria tomado banho.

Antes, precisava do meu sapato de volta. Enfiei a mão no lodo e tateei ao redor. Ali embaixo era realmente gostoso e fresquinho.

De repente, a água na minha frente borbulhou. Algo áspero, como uma tora de madeira, veio à tona muito, muito rápido.

Então vi que era um crocodilo enorme. Ele me encarava fixamente com seus olhos negros. O café da manhã estava servido.

Merda. Merda. Merda. Adeus, sapato. Adeus, perna ou braço?

Recuei o mais lentamente possível. Até então, o crocodilo era apenas uma camada de pele coberta de placas na superfície. Eu podia ver a saliência do seu focinho. A grande fera não desgrudou os olhos de mim nem por um instante.

Sem nem ao menos respirar, continuei andando para trás.

De repente, torci o pé na lama e caí! Como se aquela fosse a deixa pela qual ele estivesse esperando, o crocodilo saltou para a frente.

Ele saiu da água – tinha 2,5m, talvez até 3,5m – e veio para cima de mim.

Tentei puxar as pernas para junto do corpo, nem que fosse para adiar sua mordida feroz. Como aquilo podia ter acontecido? Todos tinham razão: eu não devia ter vindo para a África.

De repente, um tiro explodiu atrás de mim.

Então, houve um segundo disparo.

O crocodilo emitiu um barulho estranho, agudo, que era meio um grito, meio um arquejo. Ele empinou, levantando as patas dianteiras, e desabou na lama. Vi um líquido grosso e vermelho brotar da lateral de sua cabeça. Ele se debateu mais uma vez, então recuou depressa para o rio e sumiu.

Eu me virei e vi Moisés parado atrás de mim, empunhando a Beretta.

– Perdão, senhor. Eu devia ter dito para o senhor trazer isto. Só por precaução.

capítulo 69

ÁFRICA! SERÁ QUE HAVIA algum lugar no mundo parecido com aquele? Eu duvidava.

Chegamos a Porto-Novo no dia seguinte e decidimos que seria melhor se eu pegasse um ônibus dali até Lagos. Havia um homem parado do lado de fora do banheiro na rodoviária. Ele tentou me convencer a pagar para entrar, até que eu lhe disse que preferia mijar nos sapatos dele. O homem riu e saiu do caminho.

Então Moisés e eu nos despedimos e ele foi embora, orgulhoso, em sua caminhonete. Nunca descobri se ele era um bom samaritano ou um oportunista, embora tendesse a acreditar na primeira opção. Sempre pensarei em Moisés como meu primeiro amigo na África.

De volta ao hotel em Lagos, me livrei de três dias de poeira, suor e sangue com um bom banho. Olhei meu nariz torto no espelho do banheiro. *Alex, você é uma figura*. Por fim, me estatelei na cama para telefonar para casa.

Dessa vez, liguei primeiro para o celular de Bree. Era bom simplesmente voltar a ouvir sua voz, mas os cumprimentos calorosos entre nós dois foram breves.

Bree tinha notícias que não podiam esperar – sobre um novo assassinato, na Rua 18, e sobre um menino que encontrara no local e sua informação de que "*havia mais de um Tiger*". Flaherty me dissera a mesma coisa, mas eu estava certo de estar atrás de um único assassino. Meu instinto me dizia isso.

Ela contra-argumentou:

– Se esse menino for confiável, é a coisa mais perto de um informante que temos. Ele fazia parte da gangue, Alex. Você poderia estar evitando a mesma quantidade de estragos aqui em Washington, talvez mais. Volte para casa.

– Bree, você está dizendo que tem uma testemunha fantasma aí. Um menino. Sei que o homem que matou Ellie e sua família está aqui agora. Ele está em Lagos.

Pelo menos era isso que meu instinto dizia. Mas quem poderia ter certeza àquela altura?

– Vou ver o que mais consigo descobrir, especialmente a respeito *dele*.

A voz de Bree estava tensa. Nós nunca tínhamos brigado de verdade antes, mas aquela conversa estava parecendo algo muito próximo disso.

– Ouça, Bree – falei. – Juro que não vou ficar aqui por mais tempo do que o estritamente necessário.

– Acho que temos concepções muito diferentes do que é necessário, Alex.

– Quanto a isso, talvez você tenha razão.

Eu poderia não ter dito essa última frase, mas a única coisa que eu podia oferecer a Bree naquele momento era a verdade.

– Estou morrendo de saudades – falei por fim. Isso também era verdade, mas eu estava tentando mudar de assunto. – O que você está vestindo? – perguntei.

Ela sabia que eu estava brincando e riu.

– Onde você acha que estou? Fred Feioso está olhando para mim do outro lado da mesa – ouvi um grito de protesto ao fundo – e metade da Divisão de Casos Especiais está aqui no escritório comigo. Quer que eu continue?

Respondi que não e nos despedimos. Então, antes que eu pudesse discar o número de casa, *ouvi alguém arranhando minha porta*.

– Quem é? – perguntei.

A porta se escancarou tão depressa que não tive nem tempo de sair da cama para olhar. Reconheci o gerente da recepção.

Mas não os dois homens de ternos pretos e camisas brancas parados atrás dele no corredor.

– O que você está fazendo no meu quarto? – perguntei ao gerente. – Quem são eles?

Ele não me dirigiu uma só palavra. Simplesmente segurou a porta aberta para os homens passarem e em seguida a fechou pelo lado de fora, enquanto os dois atravessavam o quarto na minha direção.

Saltei da cama.

– O que está havendo? – falei. – O que foi agora?

capítulo 70

– SSE! – GRITOU UM DELES. Eu já havia escutado aquela sigla antes. Serviço de Segurança Estatal, se é que era desse serviço mesmo que aqueles homens eram.

Eles partiram direto para cima de mim, sem nenhum medo das consequências. Um deles agarrou meus braços e ombros com força; o outro puxou minhas pernas para cima.

O que estava acontecendo dessa vez? Eles eram mesmo do Serviço de Segurança? Quem tinha mandado que me pegassem? E por quê?

Tentei resistir, mas os dois eram enormes, de uma força incrível, além de ágeis e atléticos. Haviam torcido meu corpo e era impossível me libertar.

Eles atravessaram o quarto me carregando daquele jeito, enroscado e impotente. Então ouvi *uma janela ser aberta* e senti uma lufada de umidade contra minha pele.

Meu corpo se retesou e comecei a gritar pedindo ajuda – o mais alto que podia, para qualquer um que me ouvisse.

Vi um borrão de céu, terra e piscina e então *minhas costas se chocaram contra a parede do hotel.*

De repente, eu estava *do lado de fora – pendurado de cabeça para baixo!*

– O que vocês querem? – gritei para o que estava segurando minhas pernas.

Ele tinha o rosto muito redondo, o nariz achatado e uns olhos apertados como os do Mike Tyson. Precisei fazer muito esforço para me manter parado e não lutar contra ele; certamente não queria que me soltasse.

O homem sorriu para mim por sobre a curva dos meus joelhos.

– Já passou tempo demais aqui, Cross. Está na hora de voltar.

Mesmo se a piscina estivesse abaixo de mim, o que não era o caso, a altura era grande demais para que eu sobrevivesse à queda. O sangue corria pelo meu corpo. Eu conseguia senti-lo em toda parte, especialmente na cabeça, onde sua pressão era cada vez maior.

Mas então meu corpo começou a ser mover outra vez. Para dentro!

Minha coluna raspou contra o trilho de alumínio da janela e caí no chão do quarto.

capítulo 71

EU ME LEVANTEI NUM SALTO e fui para cima do agente do SSE mais próximo, até o outro pressionar uma arma contra as minhas costelas.

– Devagar – falou ele. – Não quer levar um tiro agora, quer?

Vi que minha bolsa de viagem tinha sido colocada em cima da cama.

E arrumada.

– Pegue a bolsa.

– Quem mandou vocês? – perguntei. – Para quem vocês trabalham? Isto é loucura!

Ele não me respondeu. Em vez disso, os dois me agarraram e me levaram até o corredor. Um deles fechou a porta atrás de nós e guardou a chave no bolso.

Então ambos simplesmente se viraram e saíram andando.

– Vá para casa, detetive Cross. Você não é bem-vindo aqui. *Último aviso.*

Passaram-se 30 segundos bizarros enquanto eles esperavam o elevador, conversando baixinho. Em seguida, entraram tranquilamente na cabine e me deixaram parado no corredor.

Totalmente perdido.

E sem a chave do quarto.

Era óbvio que tinham levado aquilo ao máximo que podiam. Fossem ou não da polícia e independentemente da relação que tivessem com Tiger, não matavam para ele.

Não tinham nem tentado me colocar no avião.

Por que não?

O que estava acontecendo naquele país louco?

capítulo 72

ERA DIFÍCIL PREVER OU ENTENDER como foi possível, mas minha situação em Lagos conseguiu piorar na hora seguinte. Os funcionários da recepção do Superior insistiam em dizer que eu tinha "feito o check out" e que não havia quartos disponíveis, o que, claro, era mentira.

Telefonei para meia dúzia de hotéis e ouvi a mesma resposta de todos eles: *cartão de crédito recusado*. Parecia que os dois grandalhões que haviam me expulsado do Superior eram mesmo representantes do Estado, seja lá o que isso significasse em Lagos.

Tentei falar com Flaherty várias vezes e deixei duas mensagens de voz, mas não tive mais notícias do agente da CIA.

Então, fiz a única coisa em que consegui pensar. Arranjei um motorista e pedi que ele me levasse até o Mercado Oshodi. Se não conseguia achar Flaherty, procuraria seu valioso informante. Estava ficando sem opções.

Sabia que estava no meio de alguma coisa ruim – mas o quê? Por que todos me queriam fora daquele país? O que isso tinha a ver com o assassinato de Ellie Cox?

Levei mais de uma hora para chegar ao mercado e outros 50 minutos andando e pedindo informações para encontrar a barraca de tapetes que procurava.

Não era Tokunbo que estava lá, e sim um homem de meia-idade, cego de um olho. Seu inglês era ruim. Ele assentiu ao ouvir o nome de Tokunbo – eu estava na barraca certa –, mas então me enxotou para atender um cliente.

Eu não podia me dar ao luxo de ficar por ali, esperando um milagre, então resolvi evitar mais prejuízos e voltei para o carro. O único Plano C que me vinha à mente era ir ao consulado dos Estados Unidos.

Mas então, enquanto nos arrastávamos pelo tráfego pesado a caminho da ilha Victoria, pensei em outra coisa. Um Plano D.

– Pode parar, por favor?

O motorista parou no acostamento, atrás da uma velha Ford Ranger queimada. Pedi que ele abrisse o porta-malas, dei a volta e peguei minha bolsa.

Revirei-a, procurando a calça que havia usado no meu primeiro dia ali. Já tinha jogado a camisa fora, mas estava quase certo de que...

Sim, lá estava a calça, fedida e manchada de sangue do período em que eu ficara preso.

Vasculhei os bolsos da frente, mas os dois estavam vazios.

Quando conferi os de trás, encontrei o que estava procurando. Eles tinham me tomado quase tudo em Kirikiri, mas deixaram passar uma coisa: *o cartão do padre Bombata.*

Virei-me para o motorista, que me esperava com impaciência, com metade do corpo para fora do carro.

– Quanto você quer para me deixar usar seu celular? – perguntei.

capítulo 73

DUAS HORAS DEPOIS, eu estava jantando em grande estilo com o padre Bombata em seu escritório na Redeemed Church of Christ, um amplo complexo no coração de Lagos.

– Obrigado por me receber – falei. – E por tudo isto. Eu estava mesmo com fome.

Sentados à mesa de seu escritório, dividíamos uma refeição de cudo, abóbora e salada, acompanhada por uma garrafa de vinho Zinfandel, sul-africano. O corpo minúsculo do padre parecia ainda menor por causa de uma cadeira de espaldar alto e das janelas atrás dele, que iam do chão ao teto. Pesadas cortinas vermelhas permitiam que apenas dois filetes da luz do fim da tarde entrassem no recinto.

– O que aconteceu com seu rosto? – perguntou-me ele, parecendo preocupado de verdade. – Ou será que devo perguntar o que aconteceu com o outro homem?

Tinha quase me esquecido de minha aparência. O nariz havia parado de doer em algum lugar perto de Gana.

– Eu me machuquei fazendo a barba – falei, com um sorriso forçado.

Não queria dar motivo para que mais uma pessoa achasse que eu deveria voltar para casa no próximo avião. Eu precisava de aliados, não de conselhos.

– Padre, recebi informações preocupantes sobre um assassino chamado Tiger. O senhor acha que é possível haver mais de um? Talvez atuando em lugares diferentes? Como aqui *e* nos Estados Unidos?

– Tudo é possível – disse ele, com um sorriso amável. – Mas não é isso que você quer saber, é? De qualquer forma, imagino que a resposta seja sim, é possível, especialmente se houver envolvimento do governo. Ou de grandes corporações. O que não falta são empregadores para assassinos de aluguel. É uma prática comum.

– Por que o governo? Ou uma corporação?

O padre revirou os olhos, mas então me deu uma resposta direta:

– Eles são capazes de controlar informações que outros não conseguiriam. E de controlar *informações falsas* também.

– Alguma ideia de por que iriam querer fazer isso? Se envolver em algo desse tipo, quero dizer.

Ele se levantou para me servir um pouco mais de vinho.

– Posso imaginar inúmeros motivos. Mas seria irresponsabilidade minha sugerir que isso esteja mesmo acontecendo. Porque, sinceramente, não faço a menor ideia. O nome é um simbolismo. *Tiger*. Não existem muitos tigres na África, sabia? Talvez em algum zoológico.

– Eu sei. De todo modo, estou perseguindo pelo menos um homem real – falei. – Preciso descobrir para onde ele foi. Ele matou uma amiga minha e a família dela. Outras famílias também foram assassinadas.

Ele olhou para um relógio de mogno à sua frente na mesa e disse:

– Se você me permite dar minha opinião, pelo que me contou, acho que sua necessidade mais imediata é de um lugar para dormir.

– Eu não pretendia pedir.

– Não há necessidade, detetive Cross. Não posso lhe oferecer nada aqui. Eu poderia assumir esse risco para mim mesmo, mas não para minha congregação. Porém, posso levá-lo para nosso abrigo. A estadia não pode ultrapassar cinco noites e não é nenhum hotel...

– Eu aceito. Obrigado.

– Quanto ao seu misterioso Tiger, não tenho como ajudar.

– Entendo – respondi.

Eu estava profundamente decepcionado, mas tentei não deixar transparecer.

O padre Bombata ergueu uma das mãos.

– Você pensa rápido, não é? Às vezes até demais. O que eu queria dizer é que não posso ajudá-lo pessoalmente. Mas conheço alguém que talvez possa. Ela é minha prima. A mulher mais bonita da Nigéria. Mas é claro que sou suspeito para falar. Tire suas próprias conclusões.

capítulo 74

O NOME DELA ERA ADANNE TANSI E, conforme o padre dissera, era uma das mulheres mais bonitas que eu já tinha visto. Era repórter do *Guardian*, o maior jornal de Lagos.

Seu escritório devia ter uns 4 metros quadrados, se tanto. Quando entrei, torci apenas para que eu não estivesse cheirando como se houvesse passado a noite num abrigo para moradores de rua lotado.

No decorrer da hora seguinte, Adanne me contou que vinha investigando o Tiger original e seu bando havia dois anos, mas que ele ainda era uma espécie de figura nebulosa.

– Não tenho certeza se existe mais de um Tiger. Mas também ouvi esse boato. Pode ser um mito do mundo do crime. Talvez essa lenda até tenha sido criada por ele próprio. Enfim, quem sabe o que um homem desses pode fazer contra um jornal?

– Ou contra uma jornalista? – perguntei.

Ela deu de ombros.

– Algumas coisas são mais importantes do que uma única vida. O senhor não está aqui se arriscando?

– Parece que sim – respondi, com um sorriso.

Por mais que não quisesse ser indelicado, eu não conseguia desgrudar os olhos de Adanne Tansi. Ela era estonteante como uma atriz de cinema. Era impossível não notar suas maçãs do rosto destacadas e seus olhos negros como os de uma corça, além de sua atitude. Parecia destemida e eu me perguntava o motivo daquilo. Aquela mulher tinha muito a perder, mas não se deixava intimidar.

Ela pegou uma caneta. Não tinha percebido que estava com um bloco de notas à mão no meio da papelada em sua mesa de trabalho.

– Sem anotações – falei. – Isto não é uma entrevista. Sou apenas um turista. O que, aliás, já fizeram questão de deixar bem claro.

Adanne largou a caneta imediatamente, sorrindo como quem, ao menos, tivesse tentado.

– A senhora tem algum palpite de onde Tiger está agora? Ou alguma ideia de como eu posso descobrir?

– A resposta para a primeira pergunta é "não" – respondeu ela. – Para a segunda, "acredito que sim".

capítulo 75

FIQUEI ESPERANDO, MAS ELA não disse mais nada. Alguns segundos depois, percebi que em Lagos até o escritório de uma jornalista é uma espécie de mercado.

– Em troca de quê? – perguntei por fim.

Adanne sorriu de novo. Ela era muito reticente... e esperta.

– Uma boa matéria sobre um detetive americano atrás de um assassino como Tiger... Seria difícil não publicar algo assim.

Coloquei as mãos nos braços da cadeira, pronto para me levantar.

– Não.

De repente, os olhos dela estavam cravados nos meus.

– Detetive Cross, o senhor percebe o bem que uma matéria como essa poderia fazer? Esse monstro é responsável pela morte de centenas de pessoas, talvez mais.

– Eu sei – respondi, me esforçando para manter a voz sob controle. – Uma delas era minha amiga.

– E outra era meu irmão – disse Adanne. – Então talvez o senhor entenda por que quero escrever essa matéria.

Suas palavras ecoaram no pequeno escritório. Ela não estava irritada, apenas comedida... e, por trás disso, passional.

– Sra. Tansi...

– Por favor, me chame de Adanne. É como todos me chamam.

– Adanne. Isto obviamente é muito importante para você, mas não nos conhecemos. Queria poder confiar em você, mas não posso.

Seu olhar me disse que eu ainda não a havia perdido.

– Mas espero que me ajude assim mesmo. A propósito, meu nome é Alex. É como todos me chamam.

Ela refletiu sobre o que eu tinha dito e pude ver que estava dividida. Era incomum ver isso num jornalista, essa transparência... pelo menos nos que eu conhecia em Washington.

Finalmente, ela se levantou.

– Está bem – falou. – Vou ver o que posso fazer por você. Conte comigo.

Ela voltou a pegar a caneta, uma esferográfica prateada com ponta de ônix, do tipo que as pessoas costumam dar de presente.

– Onde posso encontrá-lo, Alex?

No abrigo da igreja: é lá que moro atualmente.

Não sei se ela notou minha hesitação. Mesmo que não fosse a coisa mais inteligente a fazer, percebi que queria impressionar Adanne Tansi.

– Eu ligo para você – falei. – Amanhã bem cedo. Prometo.

Ela assentiu, abrindo um sorriso em seguida.

– Acredito em você, detetive Cross. Pelo menos por enquanto. Não me decepcione.

Como eu poderia fazer uma coisa dessas, Adanne?

capítulo 76

MOHAMMED SHOL, UM EMPRESÁRIO que tinha alguns contatos, estava parado no vão das portas duplas de sua mansão, parecendo um grande retrato emoldurado. A construção principal tinha cerca de 2 mil metros quadrados e a casa de hóspedes, 750. Ele era um dos homens mais ricos de Darfur do Sul e nunca perdia uma oportunidade de ostentar isso.

O complexo, com seus portões e muros altos e sua estufa para frutas cítricas, falava por si só: *Quem a não ser o diabo viveria como um rei no meio do inferno?*

Não que Tiger tivesse problemas em lidar com diabos. Ele fazia isso o tempo todo. Esse era o seu negócio e, se ele tivesse um cartão de visita, o logotipo bem que poderia ser um *diabo negro*.

Shol abriu um largo sorriso enquanto segurava os cotovelos do assassino alto e bem bonito, para cumprimentá-lo.

– Bem-vindo, meu amigo! Sua equipe vai esperar aqui fora, naturalmente.

– Naturalmente.

– Eles serão alimentados.

– Estão sempre com fome.

Tiger deixou Rocket encarregado dos demais, pois sabia que ele manteria a disciplina. Os meninos ficaram esperando em frente ao portão. Do outro lado do jardim, os seguranças de Shol, à paisana, os observavam achando graça. Eles também tinham saído das ruas.

Eles que se sintam convencidos e cheios de si, pensou Tiger ao encarar os seguranças. Ser subestimado sempre lhe rendera bons frutos.

Ele seguiu Mohammed Shol pelo luxuoso hall de entrada e ao longo de um pátio interno. Aromas de comida – cardamomo e carne de boi – vinham de um dos lados da casa. Vozes de meninos vinham do outro – recitando palavras em árabe, o que deixava bem claro o posicionamento político de Shol.

Eles chegaram a uma porta de vidro do outro lado do pátio.

Atrás dela, havia uma estufa com um pomar de frutas exóticas. Shol parou de andar.

– Vamos conversar aqui dentro. Gostaria de um pouco de chá? Ou talvez de um suco de toranja? – Este último era uma ostentação, já que essa fruta era uma iguaria ali.

– Não, obrigado – respondeu Tiger. – Quero apenas o que vim buscar. Depois vou embora.

Shol girou a mão rapidamente para dispensar o criado. Em seguida pegou uma chave no bolso de seu *jalabiya* e a usou para abrir a porta.

A temperatura dentro da estufa era agradável, uma onda de umidade pairava no ar. A sombra de um baixo dossel de plantas cobria o piso de azulejos. Mais acima, o teto era composto por formas geométricas de vidro e aço.

Com um gesto, Shol convidou Tiger a entrar numa pequena sala de jantar nos fundos.

Havia quatro cadeiras de vime em volta de uma mesa de cipreste com acabamento primoroso. Shol arrastou um vaso de planta para o lado. Em seguida digitou a combinação em um cofre escondido atrás dele.

Lá dentro havia um envelope de papel estufado. Shol o pegou, colocando-o na mesa entre ele e Tiger.

– Está tudo aí.

Assim que terminou de conferir o conteúdo, Tiger largou o pacote no chão e se recostou na cadeira.

Shol sorriu.

– O senhor fez bastante coisa aqui – disse Tiger, gesticulando ao seu redor. – É impressionante.

Shol tornou a sorrir, envaidecido pelo elogio.

– Fui abençoado diversas vezes.

– Não só abençoado. O senhor tem trabalhado bastante. E também é inteligente, pelo que vejo.

– É verdade. Com o cargo legislativo e os meus negócios, não me resta muito tempo para nada.

– Viagens – disse Tiger. – Reuniões dia e noite. E sua família, é claro.

O empresário assentiu, claramente gostando de falar sobre si mesmo.

– Sim, sim. Quase todos os dias.

– Falando coisas que não devia. Colocando seus entes queridos em perigo.

Shol parou de assentir e pareceu se esquecer de que tinha medo de fitar os olhos de Tiger, pois foi exatamente isso que fez.

– Não. Nunca falei sobre meus negócios com você nem com ninguém.

– Sim – disse Tiger, sem se mexer. – *Na verdade*, o senhor falou. Conhece *uma repórter*... uma mulher? Adanne Tansi?

Tiger ergueu um dedo e puxou seu colarinho, abrindo-o alguns centímetros. Então falou num microfone:

– Botem pra quebrar! *Agora*, Rocket. Não poupe ninguém. *Faça deles um exemplo.*

capítulo 77

ALGUNS SEGUNDOS DEPOIS, toda a estufa reverberou com o estrondo dos disparos vindos do lado de fora. Em seguida, vieram as rajadas das metralhadoras.

Mohammed Shol tentou se levantar, mas Tiger era rápido e ágil e já estava com as mãos em volta do pescoço do homem, estrangulando-o. Com violência, ele empurrou Shol contra a parede oposta, fazendo rachaduras em formato de teia de aranha brotarem no vidro.

– *Está ouvindo isso?* – gritou Tiger. – Está ouvindo? É tudo culpa sua.

Mais tiros. Depois gritos – primeiro de mulheres, logo em seguida de crianças, suas vozes agudas e patéticas.

– Este – explicou Tiger – é o som dos seus erros, da sua ganância, da sua estupidez.

Shol agarrou os punhos enormes e inabaláveis de Tiger com as duas mãos. Seus olhos ficaram vermelhos e suas veias pareciam a ponto de explodir nas têmporas. Tiger observava, fascinado. Tinha aprendido que era possível levar um homem à beira da morte e mantê-lo ali pelo tempo que quisesse. Gostava disso, pois desprezava Shol e sua laia.

A porta da estufa se estilhaçou quando dois guarda-costas chegaram para resgatar o patrão.

– Entrem! – gritou Tiger.

Com um único movimento, ele girou o corpo de Mohammed Shol e sacou uma pistola do coldre preso ao seu tornozelo. Em seguida se lançou para a frente, segurando Shol diante de si como um escudo, e começou a disparar enquanto corria.

Um guarda-costas caiu com um buraco de bala calibre .9 no pescoço. O outro acertou um tiro na mão do patrão e um segundo no ombro.

Shol gritava sem parar, mesmo quando Tiger o arremessou longe para o outro lado da estufa, fazendo com que ele se chocasse com o segurança. Os dois caíram. Então Tiger atirou no rosto do segundo guarda-costas.

– *Oga!* – disse Rocket aparecendo no vão da porta.

Oga significava "chefe" na linguagem das ruas de Lagos. Os jovens soldados haviam começado a chamá-lo daquele jeito naturalmente e Tiger gostava do título.

Os gritos tinham praticamente cessado na casa, mais ainda havia sons de quebradeira e disparos enquanto os meninos extravasavam o restante de seu veneno e de sua energia.

– Havia um professor. Crianças tendo aula – disse o chefe.

– Já foi resolvido – esclareceu Rocket.

– Ótimo. – Tiger observou Shol tentando se levantar e deu um tiro na perna dele. – Você precisa de um torniquete, senão vai morrer – disse para o empresário.

Então, voltou-se para Rocket.

– Amarre o Sr. Shol. Depois o amordace com isto aqui. Ou, se preferir, pode enfiar isto no rabo dele.

"Isto" era uma M67: uma granada.

– Arranque o pino antes de sair.

capítulo 78

TUDO AINDA ME PARECIA IRREAL, como uma fantasia.

Todas as portas do abrigo da igreja eram trancadas depois das nove da noite. Ninguém podia entrar ou sair. Com o trânsito de Lagos, quase não consegui voltar a tempo.

Minha cama ficava na parede dos fundos de um dos três dormitórios de teto alto perto do corredor principal, onde o café da manhã era servido.

Alex Cross, pensei. *A que ponto você chegou? O que você inventou desta vez?*

O cara na cama ao lado era o mesmo da noite anterior, um jamaicano chamado Oscar. Ele não falava muito, mas a expressão de cansaço em seus olhos e as marcas recentes de agulha contavam sua história.

Ele ficou deitado de lado, me observando enquanto eu procurava uma escova de dentes.

– Ei, cara – sussurrou ele. – Um homem de Deus baixinho está olhando pra você. Bem ali.

Padre Bombata estava parado à porta. Quando olhei, ele me chamou com um dedo e então saiu do dormitório.

Eu o segui até um salão apinhado de recém-chegados. Continuei abrindo caminho contra o fluxo daquelas pessoas, em direção às portas da frente, até alcançá-lo.

– Padre?

Ele estava digitando um número no celular e me perguntei para quem estaria telefonando. Será que eu estava prestes a ouvir notícias boas ou ruins?

– A Sra. Tansi quer falar com você – disse ele, me entregando o aparelho.

Adanne tinha notícias! Havia ocorrido um assassinato em Darful do Sul. Um dos membros do Conselho de Estado do Sudão estava morto... e sua família tinha sido massacrada.

– Alguma relação com Basel Abboud em Washington? – perguntei.

– Ainda não sei, mas posso garantir que Tiger faz negócios com frequência no Sudão.

– Armas? Heroína? Que tipo de negócio, Adanne?

– Meninos. Seus leais soldados. São recrutados nos campos de refugiados de Darfur.

Respirei fundo.

– Você poderia ter me dito isso antes.

– Vou compensar. Posso colocar nós dois num avião de carga para Nyala amanhã de manhã bem cedo.

– Você disse "nós dois"? – perguntei, incrédulo.

– Isso mesmo. Ou você pode pegar um voo comercial para Al Fasher e tentar arranjar transporte terrestre. Você decide.

Em qualquer outra situação, eu jamais teria cogitado aceitar. Mas, por outro lado, eu nunca tinha estado a 8 mil quilômetros de casa, sem nenhuma pista e dormindo em um abrigo para moradores de rua.

Tapei o fone com a mão.

– Padre, posso confiar nela?

Posso confiar minha vida a ela?

– Pode, ela é uma boa pessoa – respondeu ele sem hesitar. – Já lhe disse, ela é minha prima. Alta e bonita, como eu. *Pode confiar nela, detetive.*

Voltei à linha.

– Nada vai ser publicado até nós dois concordarmos que sim. Estamos combinados?

– Combinado. Encontro você às cinco na entrada principal da base militar de Ikeja. E, Alex, prepare-se emocionalmente. Darfur é um lugar terrível.

– Já vi alguns horrores na vida – falei. – Muitos.

– Pode ser, mas não como isso. Não há nada parecido com isso, Alex. Acredite em mim.

PARTE TRÊS

CAMPO

capítulo 79

ATÉ AQUELE MOMENTO, os contatos de Adanne vinham sendo muito bons e eu estava impressionado com a rapidez e a eficiência com que ela fazia as coisas acontecerem.

Ela precisou apenas de uma conversa rápida na pista de decolagem e de uma chamada de rádio para que o sargento da União Africana no comando nos permitisse embarcar no avião de carga C-130 na manhã seguinte.

Às seis já estávamos voando, os únicos passageiros civis num avião que transportava painço, sorgo e óleo de cozinha para Darfur.

A investigação dos assassinatos continuava, agora pelo ar, e parecia ter mais sentido do que nunca.

Peguei emprestado o mapa de um dos tripulantes e vi que Darfur era mais ou menos do tamanho do Texas. Se eu quisesse chegar a algum lugar, teria que partir de algumas suposições – primeiro, que Tiger estivera em Nyala no momento do massacre da família Shol e, segundo, que a informação de Adanne estava correta e ele ainda poderia estar selecionando garotos nos campos de refugiados de guerra da região.

Levando tudo isso em conta, até onde ele poderia ter ido nas últimas 18 horas? Essa era a pergunta que precisava ser respondida.

Durante o voo, Adanne me contou pacientemente muitas coisas sobre Darfur e o Sudão e, embora falasse num tom contido, era impossível atenuar o horror: sobretudo contra mulheres e crianças, milhares das quais tinham sido estupradas e depois marcadas como gado para agravar sua humilhação.

– O estupro se tornou uma arma extremamente cruel nesta guerra civil. Os americanos nem imaginam, Alex. Às vezes, os *janjawid*, que são uma espécie de milicianos, quebram as pernas da mulher para que ela não possa escapar e fique inválida para o resto da vida. Eles gostam de açoitar as vítimas, quebrar seus dedos um por um, arrancar suas unhas – falou Adanne num tom de voz que mal passava de um sussurro. – Até mesmo alguns dos soldados das "tropas de paz" estupram e usam as refugiadas como prostitutas. E, o que é pior, o governo do Sudão está por trás de boa parte disso. Você não vai acreditar no que está prestes a ver aqui, Alex.

– Mas eu quero ver. Prometi a um homem em Serra Leoa que contaria aos americanos o que está acontecendo aqui.

capítulo 80

– AQUI É KALMA – DISSE ELA, apontando para um triângulo amarelo no mapa. – É um dos maiores campos de Darfur. Aposto que Tiger o conhece bem. Todo mundo por aqui conhece.

– O que são as outras cores? – perguntei.

Adanne me explicou que existiam mais de 100 campos no total. *Verde* significava "inacessível durante a estação das chuvas" e *azul*, "fechado para organizações de ajuda não militares", de acordo com as condições do conflito no momento. O *amarelo* em Kalma significava "aberto".

Era ali que começaríamos nossa caçada.

– E estes aqui? – perguntei, correndo o dedo sobre uma linha de ícones *vermelhos* em forma de chama. Havia dezenas deles.

Adanne suspirou antes de responder.

– Vermelho é para vilas que foram destruídas. Os *janjawid* queimam tudo que podem: depósitos de comida, gado. Também jogam carcaças humanas e de animais dentro dos poços. Tudo para garantir que ninguém volte. *Janjawid* significa "horda" em árabe.

Essas eram as milícias árabes, que muitos acreditavam ser apoiadas pelo governo local numa campanha cruel para tornar a vida dos negros da região o mais insegura possível. Cerca de 2 milhões de pessoas já haviam abandonado suas casas e mais de 200 mil tinham morrido. *Isto é, 200 mil até onde se sabia.*

Era como uma repetição de Ruanda. Na verdade, pior. Dessa vez, o mundo inteiro estava assistindo e não fazia quase nada para ajudar.

Olhei pela janela a paisagem do Sahel, cerca de 3.500 metros abaixo.

A região parecia muito bonita lá de cima: nada de guerra civil, genocídio, corrupção. Apenas uma extensão interminável, pacífica, de terra castanha e esculpida.

Só que isso, claro, era mentira.

Uma bela mentira, muito diabólica.

Pois estávamos prestes a aterrissar no inferno.

capítulo 81

NA BASE EM NYALA, CONSEGUIMOS uma carona até o campo de Kalma em um comboio de cinco caminhões que levava sacos de grãos e caixas de leite em pó. Adanne parecia conhecer todo mundo ali e achei interessante observá-la trabalhar. O segredo certamente era seu sorriso simpático, não o fato de ela ser atraente. Eu a vi ter sucesso várias vezes com pessoas que estavam sobrecarregadas de trabalho e no limite do estresse.

Campo não me pareceu a palavra correta quando de fato vi Kalma.

Sim, havia tendas, construções de meia-água e cabanas de palha, mas elas se estendiam por quilômetros e quilômetros. Ali viviam 150 mil pessoas. *Era uma cidade.* Tomada por sofrimento insuportável, angústia e morte causados por tudo, de ataques de *janjawids* a disenteria e partos sem medicamentos – e geralmente sem nem um médico ou uma parteira.

Perto do centro do campo, finalmente vi alguns sinais de habitação. Uma pequena escola a céu aberto estava funcionando e era possível ver algumas construções muradas com telhados de zinco, nas quais uma quantidade limitada de provisões ainda estava disponível.

Adanne sabia exatamente aonde deveríamos ir primeiro. Ela me levou até a tenda do Alto Comissariado das Nações Unidas para os Refugiados, onde um jovem soldado concordou em ser nosso tradutor, embora muitos dos refugiados soubessem um pouco de inglês.

Seu nome era Emmanuel e ele tinha o mesmo corpo magro e musculoso, a pele negra e os olhos fundos que eu já vira em tantos dos Garotos Perdidos que haviam imigrado para Washington ao longo dos anos. Emmanuel falava inglês, árabe e dinka.

– A maioria das pessoas aqui é da etnia fur – disse ele quando começamos a seguir por uma longa avenida de terra. – E 80% das mulheres sofreram abuso sexual.

– A maior parte dos homens está morta, procurando emprego ou tentando ser reassentada – acrescentou Adanne. – Esta é a cidade mais *vulnerável* do mundo, Alex. Você vai perceber isso sozinho.

Era fácil ver sobre o que Adanne e Emmanuel estavam falando. Quase todas as pessoas com quem conversamos eram mulheres que trabalhavam em frente aos seus abrigos. Elas me faziam lembrar de Moisés e seus amigos, pois estavam ávidas por compartilhar suas terríveis histórias com alguém de fora.

Uma mulher, Madina, chorou enquanto tecia uma esteira de palha e nos contava sobre sua vinda para Kalma. Os *janjawid* tinham destruído sua vila, matado e esquartejado seu marido, sua mãe e seu pai. A maioria dos seus vizinhos e amigos havia sido queimada viva em suas cabanas.

Madina chegara ali com três filhos e nada mais. Infelizmente, todos os três morreram no campo.

Havia muita procura pelas esteiras que ela fazia porque, à noite, vermes saíam do chão e se enfiavam na pele dos refugiados. Tudo o que ela ganhava usava para comprar cebolas e grãos, mas esperava conseguir juntar o suficiente para comprar um pedaço de tecido um dia. Usava o mesmo *toab* desde que chegara ali.

– Quando foi isso? – perguntou Adanne.

– Três anos atrás – foi a triste resposta de Madina. – Um para cada filho meu.

capítulo 82

– NÃO PERDI SEU TIGER DE VISTA – disse Adanne enquanto seguíamos em frente penosamente. – Ele recruta meninos aqui. É fácil para ele.

– Você estava certa quanto ao horror, Adanne – falei.

Eu estava ansioso por falar com pessoas de diferentes setores do campo, mas, quando chegamos a uma das poucas tendas hospitalares, tive que parar outra vez. Nunca vira nada tão desconcertante.

A tenda estava apinhada de pacientes doentes e moribundos, dois ou mais em cada leito. Corpos se encaixavam como peças de um quebra-cabeça em cada espaço vazio. Para piorar a situação, havia longas filas do lado de fora: no mínimo 300 mulheres e crianças muito doentes aguardando atendimento ou um lugar melhor para morrer.

– Infelizmente, não há muito que fazer para diminuir o sofrimento deles – disse Adanne. – Os medicamentos são escassos, a maioria é roubada antes de chegar aqui. Há casos de inanição, pneumonia, malária. Até diarreia pode ser fatal... e, como a água e o saneamento são um problema, não há saída.

Vi um médico e duas enfermeiras voluntários. *E só*. Essa era toda a equipe médica para milhares de pessoas muito doentes.

– Isto é o que eles chamam de "segunda fase" da crise – prosseguiu Adanne. – Mais gente morrendo dentro dos campos do que fora deles. Milhares. Todos os dias, Alex. Eu avisei que era aterrorizante.

– Você amenizou a coisa – falei. – Isto é inimaginável. Todas estas pessoas... as crianças...

Eu me ajoelhei ao lado de uma garotinha em um dos poucos leitos. Seus olhos estavam nebulosos e pareciam artificiais. Afastei um amontoado de moscas negras que zumbiam em cima da sua orelha.

– Como se diz "fique com Deus"? – perguntei a Emmanuel.

– *Allah ma'ak* – respondeu ele.

– *Allah ma'ak* – repeti para a garotinha, mas não sei se ela me ouviu.

Em algum momento eu tinha saído de uma investigação criminal pavorosa e entrado num holocausto inacreditável. Como aquilo era possível em um mundo como o nosso? Milhares de pessoas morrendo daquele jeito todos os dias!

Adanne colocou uma das mãos em meu ombro.

– Alex? Você está pronto para ir? Temos que continuar. Você está aqui por causa de Tiger, não por isto. Não há nada que possa fazer a respeito.

Pelo tom de sua voz, eu podia notar que ela já tinha visto tudo aquilo antes, provavelmente muitas vezes.

– Ainda não – falei. – O que precisa ser feito por aqui? Qualquer coisa.

A resposta rápida de Emmanuel não foi a que eu esperava:

– Isso depende. Algum de vocês sabe manejar um fuzil?

capítulo 83

DURANTE OS MINUTOS SEGUINTES, Adanne me explicou o que deveria ter ficado óbvio: *que o simples fato de catar lenha era um dos aspectos mais perigosos da vida em Kalma.*

Os *janjawid* estavam sempre patrulhando o deserto, não muito longe do campo. Qualquer um que se aventurasse a sair corria o risco de ser estuprado, baleado ou as duas coisas. Os catadores de lenha, mulheres desesperadas e seus filhos, dependiam da escolta de agentes da União Africana, quando estes apareciam; na maioria das vezes, no entanto, eram forçados a se arriscar sozinhos. Sem lenha, não havia como alimentar a família.

Emmanuel me entregou um fuzil M-16, modelo antigo, que havia sido modernizado com uma mira telescópica.

– Não hesite em atirar – instruiu-me. – Porque garanto que os *janjawid* não vão hesitar. Eles são guerreiros habilidosos, mesmo quando estão montados sobre um cavalo ou um camelo.

– Não vou hesitar – prometi.

Então senti Adanne agarrar meu cotovelo e soltá-lo em seguida.

– Tem certeza, Alex? – perguntou. – Você quer mesmo se envolver nisto?

– Quero.

Cerca de uma hora depois, partimos com um intrépido grupo de duas dúzias de catadoras de lenha.

Várias delas carregavam bebês nas costas. Uma havia trazido um jumento com uma velha carroça para carregar a madeira.

Eu precisava fazer aquilo, ajudar de alguma maneira. Isso era algo que eu sabia a meu respeito: era da minha natureza. Adanne também foi conosco, justificando assim sua presença:

– Agora eu me sinto responsável por você. Fui eu quem o trouxe aqui, não fui?

capítulo 84

ANOS DE COLETA DE MADEIRA, que levavam a lugares cada vez mais afastados do campo, haviam tornado aquela caminhada longa e assustadora.

Usei o tempo para conversar com o maior número de mulheres possível. No fim, somente uma tinha alguma informação sobre os meninos desaparecidos e, possivelmente, sobre Tiger.

– Ela está falando que há uma cabana no setor dela – disse Emmanuel. – Três meninos moravam lá. Mas já foram embora.

– Achei que isso não fosse incomum – falei.

– Não é, mas eles deixaram seus pertences para trás. Segundo ela, um homem grande vestindo uniforme de campanha foi visto no campo. Disseram a ela que era Tiger.

– Algum dos garotos desaparecidos tem pais no campo? – perguntei.

– *Nenhum pai.*

– E alguém viu esses meninos irem embora?

– *Eles foram embora com o homem grande.*

Depois de duas horas de caminhada, finalmente chegamos a uma longa fileira de moitas rasteiras e raquíticas. As mulheres espalharam panos pelo chão para juntar a madeira e, sem demora, começaram a partir os galhos. Adanne e eu as ajudamos enquanto Emmanuel vigiava, atento para o caso de surgirem patrulheiros *janjawid*.

Sem nosso tradutor, nossa comunicação com as catadoras se limitava a contato visual e gestos enquanto trabalhávamos ao lado delas. As mulheres pareciam ignorar os arranhões que surgiam em seus braços. Sem nenhum esforço, eram mais rápidas do que nós, recém-chegados, enquanto tentavam não rir da nossa falta de jeito.

Uma jovem mãe e eu começamos uma espécie de diálogo sem palavras, fazendo caretas um para o outro, como crianças pequenas. Ela esticou seu lábio tatuado de azul. Levei dois gravetos à cabeça, como se fossem chifres. Isso fez com que ela desse uma gargalhada. Ela cobriu a boca com a mão, sem conseguir esconder um sorriso branco reluzente.

Mas, de repente, ela parou de rir.

Baixou a mão lentamente, enquanto seu olhar se fixava em algo ao longe.

Eu me virei, mas tudo o que pude ver foi uma nuvem de poeira distante. Então Emmanuel começou a gritar para que todos corressem.

– *Rápido! Agora! Saiam daqui! Voltem para o campo!*

capítulo 85

JANJAWID!

Eu já podia vê-los. Algo em torno de uma dúzia de assassinos armados cavalgava na nossa direção.

Havia um vapor no ar, uma espécie de miragem que tornava difícil determinar o número exato. De qualquer forma, sua velocidade não deixava muito espaço para a imaginação. Eles estavam vindo atrás de nós – e rápido.

Duas das mulheres, uma delas com uma criança se agarrando desesperadamente à sua blusa, ainda estavam desamarrando o jumento.

– Tire-as daqui! – gritei para Adanne. – Vá com elas. Por favor, Adanne.

– Temos alguma outra arma? – gritou ela.

– Não – respondeu Emmanuel. – Nossa arma agora é a distância. Corra! Pelo amor de Deus, corra! Leve essas mulheres de volta ao campo.

Emmanuel e eu precisávamos resistir.

Nós nos posicionamos atrás da carroça abandonada. Eu a usava mais como apoio para o fuzil do que como proteção.

Nossa maior esperança era o fato de estarmos no chão, enquanto eles disparariam de cima de seus cavalos.

Eu já conseguia vê-los pela mira, 11 assassinos, homens barbados com uniformes de campanha largos, brandindo fuzis Kalashnikov.

Prestes a entrar no meu alcance.

Foram eles que fizeram os primeiros disparos, levantando areia dos nossos lados.

Eles cavalgavam um pouco mais separados do que deviam, mas, ainda assim, bem agrupados. Não eram amadores. Gritando ameaças, confiantes quanto ao resultado final. E por que não estariam? Eram 11 contra 2.

– Agora? – perguntei a Emmanuel.

– Agora! – gritou ele.

Demos quatro tiros e dois atingiram os alvos. Os assassinos se curvaram sobre seus cavalos, como marionetes cujos cordões tivessem sido soltos, então caíram no chão. Um deles foi pisoteado pelo próprio cavalo. Parecia que seu pescoço tinha sido torcido, talvez quebrado.

No momento em que puxei o gatilho de novo, percebi: *Agora tudo mudou. Matei meu primeiro homem na África.*

Escutei um grito atrás de mim e senti um embrulho no estômago. Uma das mulheres em fuga tinha sido atingida – por uma bala perdida ou um tiro intencional.

Com uma olhada rápida por sobre o ombro, vi que não era Adanne.

Ela se mantinha agachada, tentando chegar à mulher que se contorcia no chão. Tinha sido ferida somente no braço. *Somente.*

Quando tornei a me virar para os *janjawid*, dois dos cavaleiros tinham parado. Eles estavam desmontando, não para ajudar os companheiros, mas para conseguir atirar melhor contra nós.

Os outros continuavam vindo depressa. Estavam a uns 40, 50 metros de distância.

Emmanuel e eu tivemos o mesmo impulso. Atiramos rápido nos cavaleiros da frente, um tiro atrás do outro. Em seguida, miramos nos dois que estavam no chão. Cerca de meio minuto depois, tínhamos abatido mais três *janjawid.*

Então Emmanuel gritou, caiu e começou a se contorcer de dor.

E o restante dos *janjawid* estava em cima de nós.

capítulo 86

HAVIA POEIRA POR TODO LADO. Isso provavelmente era uma boa coisa, pois eles eram obrigados a atirar às cegas – só que eu também era. Àquela distância, o barulho de todos os fuzis disparando era ensurdecedor.

Um dos cavaleiros cruzou a nuvem de poeira e passou a toda do meu lado. Por instinto, agarrei sua perna e a segurei firme. O impulso arrancou meus pés do chão. Fui arrastado por alguns segundos, mas então o homem desabou de cima do cavalo.

Peguei seu fuzil e mantive a arma aos meus pés. Disparei e feri mais um cavaleiro. Depois outro, na barriga. Eles tinham sido arrogantes – afinal, catadoras de lenha não costumavam contra-atacar –, mas não eram bem treinados e, apesar do que Emmanuel dissera, poucas pessoas atiravam com precisão de cima de um cavalo.

Vi três dos cavaleiros debandarem e baterem em retirada. Isso me deu alguma esperança – não muita.

Corri até o cavaleiro caído e o arranquei da montaria. Empurrei sua cabeça contra o chão e desferi um soco forte que atingiu a cavidade do seu pescoço.

– Não se mexa! – gritei.

Ele não precisava saber inglês para entender o que eu estava dizendo. Ficou totalmente imóvel.

– *Alex!* – chamou uma voz atrás de mim.

Era Adanne.

Ela e outra mulher estavam brandindo pedaços de lenha contra a montaria do último cavaleiro para mantê-lo afastado. Várias outras mulheres estavam no chão, com as mãos sobre a cabeça. Eu tinha certeza de que elas achavam que iam morrer.

Adanne tornou a agitar seu pedaço de madeira e o cavalo empinou. O cavaleiro perdeu o equilíbrio e caiu.

– Corra, Alex!

Olhei na direção do som e vi que Emmanuel tinha conseguido se levantar. Ele estava com a arma apontada para o *janjawid*.

Saí em disparada.

O cavaleiro caído perto das mulheres estava acabando de se levantar. Girei meu fuzil no ar quando cheguei até ele. O homem olhou para mim a tempo de levar uma coronhada no rosto. Seu nariz explodiu.

– Adanne, tome esta arma. Você está bem? – perguntei.

– Vou ficar.

Emmanuel estava me chamando, aos berros.

– Deixe que eles fujam, Alex! Deixe que eles fujam!

Não me contive.

– Do que você está falando? Temos que capturá-los.

Antes de terminar de falar, eu me dei conta daquela situação. *O mesmo jogo, com regras diferentes.*

– Não adianta prender os *janjawid* – disse Adanne. – Eles têm negócios com o governo. Isso só traria mais problemas para os campos. A ONU não pode ajudar. Ninguém pode.

Fiquei com o fuzil do *janjawid* e fiz um gesto indicando que ele montasse em seu cavalo.

Então aconteceu a coisa mais estranha do mundo. Ele riu da minha cara. Foi embora às gargalhadas.

capítulo 87

A ONU NÃO PODE AJUDAR. *Ninguém pode.* Era nisso que os refugiados no campo de Kalma acreditavam. Essa era a verdade que eles conheciam e agora eu também.

Mas os sobreviventes sabiam como demonstrar gratidão por pequenos favores e boas intenções.

Naquela noite, várias mulheres usaram sua preciosa lenha para preparar uma refeição para nós três, como agradecimento por termos ajudado. Eu não conseguia me imaginar aceitando comida daquelas pessoas, mas Emmanuel me disse que era a única reação apropriada.

Ele me surpreendeu ao aparecer para o jantar, enfaixado e sorridente, com um saco de cebolas que tinha arranjado para a ocasião.

Todos nós dividimos *kisra* e cozido de legumes em volta da fogueira, usando apenas a mão direita para pegar a comida de uma tigela comum. Pareceu a coisa certa a fazer, quase como uma experiência religiosa, especial em muitos sentidos.

Aquelas eram boas pessoas, presas numa situação terrível, da qual não eram culpadas.

Por outro lado, até elas falavam sem pudores em fazer justiça com as próprias mãos, do tipo que envolve violência. Uma mulher nos contou, orgulhosa, como o povo de sua vila lidava com os criminosos. Todos eles vinham correndo apunhalar o transgressor, colocavam um pneu cheio de gasolina em volta do seu pescoço e então ateávam fogo. Sem julgamento, sem teste de DNA e, ao que tudo indicava, sem culpa por parte dos justiceiros.

Adanne e eu fomos tratados como convidados de honra durante o jantar, que contou com um fluxo constante de convidados e muita imposição de mãos.

Quando Emmanuel não estava por perto para traduzir, eu conseguia entender o básico das palavras em dinka ou árabe pela ternura nas vozes e pela linguagem corporal das pessoas.

Várias vezes, me pareceu ter ouvido algo que soava como *Ali* no meio das frases. Adanne também ouviu.

Em determinado momento, ela se inclinou para mim e disse:

– Eles acham você parecido com Muhammad Ali.

– É isso que estão dizendo?

– É verdade, Alex. Você se parece mesmo com ele quando foi campeão mundial. Ele ainda é adorado aqui, sabia? – Ela apontou com o queixo e sorriu para um grupo de mulheres mais jovens que andava por ali. – Acho que você arranjou algumas namoradas.

– Está com ciúmes? – perguntei, sorrindo. Fazia muitos dias que não me sentia tão feliz e relaxado.

Uma garotinha subiu no colo de Adanne sem ser convidada e se enroscou ali.

– Essa palavra não faz parte do meu vocabulário – respondeu ela. Então abriu um sorriso. – Talvez um pouco. Por esta noite, pelo menos.

Eu começava a perceber que gostava muito de Adanne. Ela era corajosa e engenhosa e padre Bombata tinha razão a seu respeito: *era uma boa pessoa*. Eu tinha acabado de vê-la arriscar sua vida pelas catadoras de lenha e, além disso, ela se sentia responsável por mim.

Ficamos acordados até tarde, enquanto a multidão aumentava a cada momento. Na verdade, os adultos iam e vinham, mas as crianças se amontoavam à nossa volta. Nem eu nem Adanne conseguíamos resistir àquela plateia. Ela se sentia muito livre e à vontade na presença de crianças.

Com a ajuda de Emmanuel, eu me levantei e contei uma versão improvisada de uma das histórias de ninar favoritas de meus filhos.

Era sobre um garotinho cujo maior desejo era aprender a assobiar. Dessa vez, eu o chamei de Deng.

– E Deng tentou... – falei, inchando as bochechas e soprando.

As crianças rolavam umas por cima das outras, como se aquela fosse a coisa mais engraçada que tinham ouvido na vida. Provavelmente gostavam do fato de eu me permitir ser bobo e rir de mim mesmo.

– E ele tentou... – prossegui, arregalando os olhos e soprando bem na cara delas, e o fato de continuarem rindo foi mais do que um pouco gratificante: foi como um oásis no meio de tudo o que havia acontecido desde que eu chegara à África.

– Você gosta de crianças, não é? – perguntou Adanne depois que terminei a história e voltei a me sentar ao seu lado. Seus olhos estavam marejados de tanto rir.

– Gosto. Você tem filhos, Adanne?

Ela balançou a cabeça e me fitou nos olhos. Alguns segundos depois, falou:

– Não posso ter filhos, Alex. Eu fui... quando era muito jovem... fui violentada. Eles usaram o cabo de uma pá. Não tem importância. Nem para mim, nem para ninguém. – Então Adanne sorriu. – Mas ainda posso gostar de crianças. E adoro a maneira como você lida com elas.

capítulo 88

O MINUTO SEGUINTE PARECEU QUE não podia ser verdade. Não naquela noite. Nem em nenhuma outra.

Os *janjawid* tinham voltado. Surgiram do nada, como fantasmas na escuridão. A emboscada foi impetuosa e repentina; eles foram direto para o campo.

Era difícil dizer quantos deles havia, mas deviam ser uns 20 ou mais. Tive a impressão de reconhecer um deles, *o homem que eu havia soltado, o que tinha rido da minha cara.*

Aqueles *janjawid* estavam a pé – não tinham cavalos ou camelos. Carregavam armas de fogo, além de facas e chicotes; dois deles empunhavam lanças.

Um homem brandia a bandeira do Sudão, como se eles estivessem ali a serviço do Estado, o que possivelmente era verdade. Outro carregava uma bandeira com um cavaleiro branco ameaçador sobre um fundo azul-escuro, o símbolo dos *janjawid*.

As mulheres e crianças do campo, que um minuto antes estavam rindo e brincando, agora gritavam e tentavam salvar a própria vida.

O ataque foi de uma crueldade satânica; um exemplo do mal em estado puro, como as cenas de assassinato que eu tinha visto em Washington. Homens adultos retalhavam refugiados indefesos ou os abatiam a tiros. Os telhados de palha das cabanas foram incendiados a menos de seis metros de onde eu estava. Um idoso foi queimado vivo.

Então chegaram mais *janjawid*, com camelos, cavalos e dois Land Cruisers com metralhadoras montadas na traseira. Não havia nada além de matança, facadas, carnificina, gritos - nenhum motivo para aquele ataque.

Combati alguns daqueles desgraçados, mas não havia nada que eu pudesse fazer contra tantos. Compreendi a situação da maneira como as pessoas daquele campo, daquele país, a compreendiam: *Ninguém pode nos ajudar.*

Mas, naquela noite, alguém ajudou. Por fim, soldados do Exército sudanês e das tropas da ONU chegaram em jipes e vans. Os *janjawid* começaram a ir embora, levando com eles algumas mulheres e alguns animais.

Antes, cometeram um último ato insensato e vingativo: queimaram um galpão de grãos usado para armazenar painço.

Finalmente encontrei Adanne. Ela estava embalando uma criança que tinha visto a mãe morrer.

Então tudo ficou estranhamente silencioso, exceto pelos soluços das pessoas e pelo ruído discreto do vento harmatão.

capítulo 89

ERA QUASE MANHÃ QUANDO finalmente me deitei na esteira de palha no chão de uma tenda. Ela havia sido providenciada para mim pelos agentes da Cruz Vermelha e eu estava cansado demais para argumentar que não precisava de um teto.

A aba da minha tenda se abriu de repente e me apoiei num cotovelo para ver quem era.

- Sou eu, Alex. Adanne. Posso entrar?

- É claro.

Meu coração batia forte no peito.

Ela entrou e se sentou ao meu lado na esteira.

- Que dia horrível - falei, num sussurro rouco.

- Nem sempre é tão ruim - disse ela. - Mas pode ser pior. Os soldados sudaneses sabiam que havia uma repórter no campo. E um americano. Foi por isso que vieram afugentar os *janjawid*. Não querem que a imprensa fale mal deles, se puderem evitar.

Balancei a cabeça e esbocei um sorriso. Adanne também. Não eram sorrisos felizes. Eu sabia que ela estava dizendo a verdade, mas aquilo também era ridículo e absurdo.

– Temos que dividir a tenda, Alex – disse ela por fim. – Você se importa?

– Em dividir uma tenda com você? Não, acho que consigo lidar com isso. Vou me esforçar ao máximo.

Adanne se estendeu na esteira. Pegou minha mão e a acariciou. Então segurei sua mão na minha.

– Você tem alguém?... Nos Estados Unidos? – perguntou ela.

– Tenho. O nome dela é Bree. Ela também é detetive.

– Ela é sua mulher?

– Não, não somos casados. Eu já fui... uma vez. Minha primeira mulher foi assassinada. Faz muito tempo.

– Desculpe-me por fazer tantas perguntas, Alex. Nós deveríamos dormir agora.

Sim, nós deveríamos dormir.

Ficamos de mãos dadas até adormecer. De mãos dadas – nada mais.

capítulo 90

NO DIA SEGUINTE, DEIXAMOS O campo de Kalma. Nove refugiados tinham morrido durante o ataque noturno; outros quatro estavam desaparecidos. Se isso tivesse acontecido em Washington, a cidade inteira estaria em polvorosa.

Emmanuel era um dos mortos. Eles tinham cortado sua cabeça, provavelmente por causa de sua participação em nosso contra-ataque mais cedo.

Eu e Adanne tivemos a mesma intuição e fomos para o campo de Abu Shouk, o segundo maior assentamento da região. A recepção ali foi mais ambígua do que a que havíamos tido em Kalma.

Um grande incêndio na noite anterior tinha reduzido o número de funcionários e nos mandaram esperar na tenda administrativa principal até que alguém pudesse nos atender.

– Vamos embora – falei para Adanne depois de esperarmos por quase uma hora e meia.

Ela teve que correr para me alcançar. Eu já estava subindo por entre uma fileira do que pareciam abrigos. Abu Shouk era muito mais uniforme e deplorável do que Kalma. As construções eram quase todas de pau a pique.

– Aonde você vai? – perguntou Adanne quando me alcançou.

– Vou aonde as pessoas estão.

– Está bem, Alex. Vou bancar a detetive com você hoje.

Três horas depois, Adanne e eu tivéramos meia dúzia de conversas quase totalmente infrutíferas, em que ela tentou servir de tradutora. A princípio, os moradores eram tão amigáveis quanto os de Kalma, mas, assim que eu mencionava Tiger, eles se calavam ou simplesmente se afastavam de nós. Ele havia estado ali antes, mas isso era tudo o que aquelas pessoas estavam dispostas a contar.

Finalmente chegamos a uma das extremidades do campo, onde uma planície de areia se estendia rumo a uma cadeia de montanhas baixas ao longe e, provavelmente, rumo a bandos de *janjawid*.

– Alex, temos que voltar – disse Adanne. Seu tom era irredutível. – Infelizmente, isto não está sendo nada produtivo, não acha? Estamos quase desidratados e nem sabemos onde vamos dormir hoje à noite. Teremos sorte se arranjarmos uma carona para a cidade – ela se deteve e olhou ao redor –, se conseguirmos pelo menos encontrar o caminho de volta para a tenda da administração antes de escurecer.

O lugar era como um labirinto, com fileiras de cabanas idênticas por todo lado. E uma quantidade imensa de pessoas deslocadas, milhares e milhares delas, muitas doentes e moribundas.

Respirei fundo, tentando combater a frustração daquele dia.

– Está bem. Você tem razão. Vamos.

Começamos a percorrer o caminho de volta e tínhamos acabado de dobrar uma esquina quando parei novamente. Ergui uma das mãos para impedir que Adanne desse outro passo.

– Espere. Não se mexa – falei baixinho.

Eu tinha vislumbrado um homem grande saindo agachado de um dos abrigos. Usava o que eu chamaria de roupas comuns em qualquer outro lugar. Ali, elas o identificavam como um estranho.

Ele era enorme, tanto em altura quanto em largura, tinha a cabeça raspada, usava calça preta, um *dashiki* branco e longo e óculos escuros sob as sobrancelhas fartas.

Recuei um passo, saindo de vista.

Era ele. Tinha certeza de que era o mesmo desgraçado que eu vira em Chantilly. *Tiger: o homem que eu estava perseguindo.*

– Alex...

– Shh. É ele, Adanne.

– Oh, meu Deus, é mesmo!

O homem gesticulou para alguém fora do meu campo de visão, então dois meninos saíram do abrigo atrás dele. Um deles não era ninguém para mim. O outro usava uma camisa vermelha e branca dos Houston Rockets. Eu o reconheci imediatamente. Era o mesmo garoto que eu tinha visto em Serra Leoa.

Adanne agarrou meu braço com força e sussurrou:

– O que você vai fazer?

Eles estavam se afastando, mas eu ainda os via perfeitamente.

– Quero que você espere cinco minutos e então ache o caminho de volta. Encontrarei você.

– Alex! – Ela abriu a boca para falar outra coisa, mas então se deteve.

Meus olhos devem ter lhe mostrado que eu estava falando sério. Eu acabara de perceber que tudo o que tinham me dito até então era verdade. As regras que eu conhecia simplesmente não se aplicavam ali.

Não havia como prendê-lo – ou levá-lo de volta a Washington.

Eu teria que matar Tiger, talvez bem ali no campo de Abu Shouk.

Não via nenhum problema em fazer isso. Tiger era um assassino.

E eu finalmente conseguira alcançá-lo.

capítulo 91

EU ME MANTIVE AFASTADO, seguindo o assassino de longe. Era fácil não perdê-lo de vista. Mas ainda não tinha nenhum plano em especial.

Foi quando vi uma pá largada em frente a uma cabana. Eu a peguei e continuei andando.

O sol já havia se posto, e, naquele momento do dia, tudo parecia tingido de azul e o som se propagava. Talvez ele tivesse me ouvido, pois se virou para trás. Eu me agachei, sumindo de vista – pelo menos, era o que esperava.

As cabanas ao longo do caminho ficavam coladas umas às outras. Me enfiei numa fresta de cerca de 30 centímetros entre duas delas. As paredes dos dois lados eram de tijolos de barro puro. Eles arranharam meu braço enquanto eu tentava atravessar a fenda e trazer Tiger de volta a meu campo de visão.

Eu estava na metade do caminho quando um dos jovens matadores apareceu de repente na frente da passagem.

Ele não se moveu. Apenas gritou algo em iorubá.

Quando olhei por sobre o ombro, Houston Rockets estava na outra extremidade. Eu conseguia ver seu sorriso branco, mas não seus olhos, na penumbra.

– É ele – gritou o garoto, numa voz aguda, quase uma risadinha. – O tira americano!

Algo se chocou com violência contra a parede dentro da cabana. A estrutura inteira se abalou e pedaços grandes de barro seco caíram.

– De novo! – gritou Houston Rockets.

Entendi o que estava acontecendo: eles pretendiam me esmagar naquele corredor apertado.

Então a parede inteira explodiu. Tijolos, escombros e terra choveram sobre minha cabeça e meus ombros.

Eu me lancei com dificuldade para a frente, girei o corpo com força e atingi o pivete mais próximo com minha pá.

E então... me vi frente a frente com Tiger.

capítulo 92

– AGORA VOCÊ VAI MORRER – disse ele em tom calmo, como se isso fosse certo.

Não duvidei que ele estivesse dizendo a verdade.

Tiger parecia incrivelmente tranquilo, seus olhos não demonstravam nenhuma emoção quando esticou as mãos e me agarrou pelo braço e pelo pescoço. A única coisa em que pensei foi em não largar a pá e golpeá-lo com ela se tivesse alguma oportunidade.

Ele me atirou de volta na passagem com facilidade, como se eu fosse uma criança – ou melhor, um brinquedo de criança. Caí com força em cima de um monte de madeira lascada e reboco. Algo afiado entrou em minha pele.

Percebi que Houston Rockets estava bloqueando a outra rota de fuga. Eu não tinha por onde escapar.

Tiger se lançou para cima de mim. Então, girei a pá com toda a força, mirando os joelhos dele.

A lâmina da pá atingiu o alvo – não uma tacada perfeita, mas quase. Tiger se curvou para a frente, mas não caiu. Inacreditável! Eu o atingira nos joelhos e lá estava ele, ainda me olhando de cara feia.

– Isso é o melhor que você consegue fazer? – perguntou.

Era como se não tivesse sentido nada. Então, ergui a pá de novo e golpeei seu braço esquerdo. Aquilo tinha que ter doído, mas ele não demonstrou, seu rosto revelando tanta emoção quanto uma parede de ardósia.

– Agora... é a minha vez – anunciou Tiger. – Você acha que aguenta um soco?

De repente, uma luz forte atingiu meus olhos. Havia vozes atrás dela. Quem estaria ali?

– *Ne bouge pas!*

Ouvi passos se arrastando no chão de terra e o ruído metálico de armas. De repente, três soldados da União Africana estavam conosco, com seus capacetes verdes.

– *Laisse la tomber!* – gritou um deles.

Levei um segundo para perceber que, ali, eu era tão suspeito quanto Tiger. Ou pior: talvez fosse o único suspeito.

Larguei a pá e não esperei mais perguntas.

– Este homem é procurado nos Estados Unidos e na Nigéria por assassinato. Sou policial.

– *Tais-toi!* – falou um dos soldados, apontando seu fuzil para meu rosto.

Meu Deus! A última coisa que eu queria era ter o nariz quebrado outra vez.

– Escutem o que estou dizendo! *Écoutez-moi!*

Aquele era um pelotão senegalês e meu francês não era nenhuma maravilha. A cena estava ficando mais louca e fora de controle a cada segundo.

– Ele tem dois cúmplices. *Deux garçons, vous comprenez?* São todos assassinos!

A última observação me rendeu um soco no estômago. Curvei-me para a frente, tentando recuperar o fôlego, enquanto Tiger só continuava parado ali, sem dizer uma palavra de protesto.

Perfeitamente calmo. Mais esperto do que eu.

E no controle da situação?, eu me perguntei.

capítulo 93

NÓS DOIS FOMOS TIRADOS DALI sob a mira das armas e forçados a ajoelhar no chão. Uma multidão havia se reunido; devia haver algumas centenas de pessoas.

Apenas cinco soldados da União Africana estavam no local, um número quase insuficiente para dar conta de nós e manter todos os curiosos alguns metros afastados. Várias pessoas estavam apontando – para Tiger. Por ele ser tão grande? Ou porque sabiam quem ele era? Ou por saberem como era perigoso?

– Alex? Alex? – ouvi Adanne chamar, e nada poderia ser tão bem-vindo.

Então a vi abrir caminho até chegar à frente da multidão. Seus olhos se arregalaram quando ela viu Tiger ajoelhado a poucos metros de mim. Ele também notou a presença dela.

– Deixem-me passar! Sou da equipe do *Guardian*. – Ela sacou uma identificação do bolso, mas um soldado a empurrou de volta.

Ela me chamou novamente e continuou gritando, colocando em risco sua própria segurança.

– Alex! Diga a eles que o *Guardian* vai publicar a sua história! Diga a eles! O *Guardian* está aqui. Vou escrever a matéria.

Mas então meus ouvidos captaram outra coisa – o chiado agudo de um veículo em marcha a ré.

Era isso mesmo? Eu estava ouvindo direito? *Quem estava vindo agora?*

Um dos lados da multidão começou a se agitar, os de trás primeiro. Logo em seguida, as pessoas estavam se espalhando alucinadamente, gritando e xingando.

Tudo estava se tornando um caos ainda pior do que antes.

Então vi uma picape preta, *vindo de ré* na nossa direção, em alta velocidade. Ela serpeava sem o menor cuidado pela rua estreita, derrubando vários toldos no caminho. Ouviam-se tiros também, provavelmente vindos do próprio veículo.

Os soldados recuaram às pressas. Então a picape parou a menos de 20 metros de distância.

Houston Rockets estava na traseira, usando uma garota como escudo. Ela devia ter uns 12 ou 13 anos. Rockets estava com um braço em volta do seu pescoço. Sua outra mão, erguida para o alto, segurava uma granada de modo que todos pudessem ver.

Tiger não perdeu tempo. Levantou-se com um salto e correu em direção à picape. A porta do carona foi aberta para ele, que desapareceu dentro do veículo.

Vi sua mão imensa sair e dar um tapa no teto, com força.

Quando a picape deu a partida, a garota foi jogada para fora. Pelo menos isso, graças a Deus.

Mas enquanto observávamos, chocados, ela agitou as mãos no ar e caiu de cabeça no chão. E explodiu!

Houston Rockets provavelmente enfiara a granada dentro da roupa dela. Eles não tinham motivo para matá-la. O crime não passava de uma exibição – ou talvez fosse apenas para os meus olhos.

Ou para os de Adanne?

capítulo 94

NA MANHÃ SEGUINTE, VOLTAMOS PARA LAGOS, exaustos e com o coração pesado. Era óbvio que aquele tipo de loucura era frequente ali. Como as pessoas suportavam?

Adanne insistiu em que eu passasse alguns dias com sua família.

– Qualquer coisa que você precisar, Alex. Quero pegar esse assassino tanto quanto você. Já escrevi muito a respeito dele.

Adanne tinha seu próprio apartamento na cidade, mas seguimos em seu carro para a casa dos pais dela, em uma parte da ilha Victoria – um lado daquela fascinante metrópole que eu ainda não conhecia.

As ruas ali eram amplas e limpas; nenhuma construção tinha mais de dois andares. A maioria das casas ficava atrás de muros de estuque amarelos ou cor-de-rosa. Ainda assim, havia um aroma familiar de frutas e flores no ar.

Adanne parou diante de um portão e digitou um código.

– Alex – disse, antes de sairmos do carro –, prefiro poupar meus pais do estresse e da preocupação. Falei para eles que estávamos em Abuja. Eles estão com medo de uma guerra civil.

– Está bem – concordei. – Eu estava com você em Abuja.

– Obrigada. Você é muito gentil – sussurrou ela bem perto do meu ouvido. – Ah, lá estão eles. Vão achar que você é meu novo namorado. Mas vou esclarecer isso, não se preocupe.

Estavam todos saindo da garagem no momento em que passamos pela entrada de veículos. Eu ainda refletia sobre a ideia de ser o *novo namorado de Adanne.*

Dois meninos gêmeos, adoráveis e sorridentes, usando uniformes de colégio com as gravatas desfeitas, apareceram. Eles se acotovelaram para serem os primeiros a abrir a porta para Adanne.

Ela foi abraçada por todos e, em seguida, fui apresentado. Eu era *um policial americano que a estava ajudando numa matéria muito importante.* E *não* era seu novo namorado. Em questão de segundos, Adanne fez todos rirem daquela ideia ridícula. *Ha, ha, ha, que ótima comediante ela era.*

capítulo 95

CONHECI A MÃE DELA, SOMADINA, o pai, Uchenna, a cunhada, Nkiru, e os sobrinhos, James e Calvin. Eles não poderiam ser mais calorosos e encantadores. Parecia-lhes perfeitamente natural que um completo estranho passasse um tempo indeterminado em sua casa.

O lugar era modesto, com apenas um andar, mas tinha várias janelas e uma vista interessante. Do hall de entrada, vi um quintal murado nos fundos, com tamarindeiros e canteiros de flores. Mesmo ali dentro, eu conseguia sentir o cheiro de hibiscos.

Adanne me mostrou o escritório de seu pai. As paredes ali, assim como as da sala de Adanne no *Guardian*, estavam cobertas de artigos de jornais emoldurados.

Notei que alguns deles eram sobre uma gangue de meninos assassinos e o homem que os liderava. O nome Tiger, no entanto, não era citado.

– São todos seus? – perguntei, olhando ao redor. – Você é uma mulher ocupada, hein?

Dessa vez, ela ficou um pouco sem jeito. Era a primeira vez que eu a via constrangida.

– Digamos que nunca precisei me perguntar se meus pais têm orgulho de mim.

Também notei, em cima da mesa, um porta-retratos com a foto de um militar: um jovem soldado com os traços e os olhos de Adanne.

– Seu irmão?

– Sim, Kalu.

Ela foi até lá e o pegou. A tristeza surgiu imediatamente em seus olhos.

– Ele era do Corpo de Engenharia do Exército. Meu irmão mais velho. Eu o adorava, Alex. Você teria gostado dele.

Tive vontade de perguntar o que havia acontecido com ele, mas fiquei calado.

– Dois anos atrás, ele foi para Niku, para uma reunião do Ministério de Desenvolvimento Urbano – contou ela. – Havia um jantar naquela noite. Uma cerimônia particular num restaurante famoso. Ninguém sabe exatamente o que aconteceu, mas todas as 15 pessoas presentes foram encontradas mortas. Massacradas por armas de fogo e facões.

Tiger?, perguntei-me. *E seus meninos assassinos? Era por isso que ela havia escrito sobre ele? E talvez por isso que eu estava ali naquele momento? Será que tudo estava finalmente se encaixando?*

Adanne pousou a fotografia com um suspiro. Então correu os dedos, distraída, pelas suas tranças. Mais uma vez, não pude deixar de notar como ela era bonita. Estonteante, para dizer a verdade. Era impossível não perceber.

– Foi a primeira vez que ouvi falar de Tiger. Só porque decidi investigar por conta própria. A investigação "oficial" da polícia não levou a lugar nenhum. Como sempre.

– Você ainda está investigando? – perguntei.

Ela assentiu.

– Talvez algum dia eu possa dizer aos meus pais que o assassinato de Kalu foi solucionado. Isso seria o máximo, "*o auge da minha carreira*", como se diz. Enquanto isso, não tocamos no assunto, entende?

– Claro. E sinto muito.

– Não tem necessidade, Alex. Estou trabalhando numa história que é maior e mais importante do que qualquer assassino. É sobre as pessoas que os contratam, aquelas que querem controlar nosso país. Sinceramente, é assustador até para mim.

Ficamos calados por alguns segundos, o que era incomum. Trocamos olhares e o silêncio de repente se tornou incontestavelmente pesado.

Sem dúvida, como a maioria dos homens que Adanne conhecia, tive vontade de beijá-la, mas me contive. Não queria insultá-la ou desrespeitar seus pais, ou, o que era mais importante, *Bree*.

Ela sorriu para mim.

– Você é um bom homem, Alex. Eu não esperava isso... de um americano.

capítulo 96

PEDI LICENÇA POR ALGUNS minutos e peguei o celular de Adanne emprestado para fazer uma ligação. Não achava que Flaherty fosse atender, mas queria ao menos tentar restabelecer contato com a CIA.

Portanto, fiquei surpreso quando Flaherty atendeu ao segundo toque e, depois, chocado ao perceber que ele sabia quem estava ligando.

– Cross?

– Flaherty? Como você sabia que era eu?

– Identificador de chamadas, já ouviu falar?

– Mas...

– Tansi. O nome da sua namorada está no registro de voos da União Africana junto com o seu. Tenho procurado você por toda parte. Aliás, vocês dois. Ela também é uma celebridade. Escreve artigos controversos, um atrás do outro. É peixe grande aqui. Precisamos conversar. Seriamente. Você finalmente conquistou meu interesse. E o seu assassino, Tiger, também.

– Espere um instante. Vá com calma. – Eu tinha me esquecido quão rápido Flaherty conseguia me tirar do sério. – Você estava me procurando? Desde quando? Só tentei ligar para você 16 vezes.

– Desde que descobri algo que você quer saber.

– O que quer dizer com isso?

Ele não respondeu logo.

– Quero dizer que *descobri algo que você quer saber.*

De repente, ficou óbvio que ele não confiava naquela linha telefônica. Levei um instante para me recompor e então peguei uma caneta de cima da mesa.

– Onde podemos nos encontrar?

– Amanhã, no mesmo horário de antes, no lugar indicado no cartão que lhe dei. Sabe do que estou falando, *detetive* Cross?

Ele se referia ao banco na Broad Street, mas não queria dizer isso, é claro. Ficava na ilha Victoria, o que era perfeito para mim.

– Entendido. Nos vemos lá.

– E capriche no figurino, detetive. Use uma gravata ou algo parecido.

– Uma gravata? – falei. – Do que você está falando?

Mas ele já havia desligado.

Que babaca!

capítulo 97

QUANDO TERMINEI A LIGAÇÃO, todos estavam me esperando no quintal – com vinho de palma e noz-de-cola, que permaneceram intocados até eu voltar.

Antes de comermos, conforme a tradição iorubá, Uchenna abençoou as nozes e as crianças, James e Calvin, as serviram para o grupo.

Adanne parecia estar achando minha visita muito prazerosa ou muito engraçada, pois sorria o tempo todo. Dava para perceber sua felicidade por estar em casa.

Depois os meninos me convenceram a jogar um pouco de futebol no quintal. Os gêmeos ou foram educados, ou realmente ficaram impressionados por eu conseguir me virar um pouco com a bola, mesmo me dando um banho. Foi gostoso correr com as crianças. Eles eram bons garotos. Não assassinos.

Jantamos *egusi* – um cozido de frango – e *fufu* – uma massa de inhame para molhar no caldo. Havia também bananas fritas, servidas com um molho de tomate tão picante que poderia tirar a pintura de um carro. Aquele ambiente familiar me pareceu ao mesmo tempo conhecido e estranho, e a refeição foi de longe a melhor que tive na África.

O assunto preferido de Uchenna era, sem dúvida, sua filha, Adanne. Descobri mais sobre ela naquelas poucas horas do que em todo o tempo que havíamos passado juntos até então. Adanne se apressava a contar sua versão de algumas das histórias narradas pelo pai, mas, quando Somadina trouxe suas fotos de bebê, ela desistiu e foi para a cozinha lavar a louça.

Enquanto ela estava fora, a conversa ficou mais séria. Seu pai falou sobre os trágicos assassinatos de cristãos no norte da Nigéria e depois sobre a retaliação dos cristãos, no leste. Contou-me a história de uma professora cristã que, recentemente, fora espancada até a morte por seus alunos muçulmanos.

Por fim, Uchenna falou dos artigos que sua filha escrevia toda semana e sobre como eles eram perigosos.

Mas, naquela noite, foram as risadas que tomaram conta da casa. Eu já me sentia à vontade. Aquela era uma boa família, como tantas outras em Lagos.

Depois que Nkiru levou as crianças para a cama e Adanne se juntou de novo ao grupo, a conversa voltou à política e aos assuntos de adultos. Naquela semana haviam ocorrido quatro bombardeios no estado de Bayelsa, na região do Delta, perto dos campos petrolíferos. A pressão para a Nigéria ser dividida em estados independentes crescia ao ritmo da violência em todo o país.

– A culpa é toda dos homens e de sua maldade. Sempre foi – disse Adanne. – Está na hora de o mundo ser governado por mulheres. Nós queremos criar, não destruir. Sim, estou falando sério, pai. Não, não bebi vinho demais.

– Foi a *cerveja* – decretou Uchenna.

capítulo 98

POR VOLTA DA MEIA-NOITE, Adanne me levou até o pequeno quarto nos fundos da casa onde eu ficaria. Ela tocou meu braço, entrou atrás de mim e se sentou na cama.

Notei que ela ainda estava de bom humor, sorrindo, uma pessoa diferente da que havia ido comigo para Darfur alguns dias antes – e muito diferente da repórter desconfiada e sisuda que eu conhecera no seu escritório.

– Eles gostaram de você, Alex, especialmente minha mãe e minha cunhada. Não sei por quê. Não entendo.

Eu ri.

– Acho que eu os enganei. Logo, logo eles vão ver a verdade.

– Isso mesmo. Era exatamente o que eu ia dizer. Parece que agora também temos pensamentos iguais. Então... no que você está pensando agora? Diga a verdade, Alex.

Eu não tinha uma resposta muito boa para Adanne. Para ser sincero, tinha, sim, mas não queria dizê-la em voz alta. Só que falei assim mesmo:

– Acho que existe uma atração entre nós, mas temos que superá-la.

– Provavelmente você está certo, Alex. Ou talvez não.

Adanne se inclinou para mim e beijou meu rosto, mantendo os lábios ali por um instante. Ela emanava um cheiro de sabonete, gostoso e limpo.

Quando fitou meus olhos, ela ainda sorria. Seus dentes eram perfeitamente brancos.

– Só quero me deitar um pouco aqui com você. Tudo bem? Só ficar juntos, sem nenhuma intimidade a mais? O que você acha? Podemos fazer isso duas noites seguidas?

Finalmente beijei Adanne de volta, na boca, mas não prolonguei muito o beijo.

– Eu gostaria disso – falei para ela.

– Eu também. Tenho amor por você, Alex. Acho que é uma coisa passageira. Não diga nada. Não estrague isso, seja lá o que for.

Obedeci. Ficamos abraçados até dormir. Não sei se isso nos afastou ou nos aproximou mais, mas não aconteceu nada de que pudéssemos nos arrepender.

Ou talvez eu ainda fosse me arrepender por nada ter acontecido.

capítulo 99

NA MANHÃ SEGUINTE, ADANNE LEVANTOU cedo e fez café e suco para todos. Depois da refeição, se ofereceu para me levar de carro a meu encontro com

Flaherty. Estava mais séria e formal, do jeito que eu estava acostumado a vê-la longe da família.

– Por que você está usando essa gravata idiota? – perguntou ela. – Parece um advogado. Ou um *banqueiro*. Eca!

– Não faço ideia – respondi, com um sorriso. Agora era eu quem sorria à toa. – Mais um mistério nigeriano, acho.

– Você é o mistério – disse ela. – É o que eu acho.

– Você não é a única.

Ela parou o carro em frente ao banco na Broad Street.

– Tome cuidado, Alex. – Ela me deu um beijo rápido no rosto. – É perigoso lá fora, agora mais do que nunca.

Saltei do carro, acenei para Adanne e ela foi embora. Decidi tirá-la da cabeça imediatamente, mas não conseguia pensar em mais nada além dela: no seu sorriso, na noite anterior em sua casa, nas coisas que não fizemos.

Flaherty!, forcei-me a lembrar. *O que ele quer comigo?*

No entanto, não havia nem sinal do agente da CIA. Já havia esperado cerca de 20 minutos, o suficiente para começar a ficar paranoico, quando seu Peugeot parou, derrapando, no acostamento.

– Venha logo. Não tenho tempo a perder.

Assim que entrei, vi que havia uma pasta azul em cima do banco e a peguei.

– O que é isto?

Flaherty estava sujo, suado e parecia estressadíssimo, mais escorregadio do que de costume. Ele saiu do acostamento e pegou a estrada. Como de praxe, não se deu o trabalho de responder à minha pergunta.

Abri a pasta. Continha apenas a cópia de um formulário de uma página, com uma foto tamanho passaporte de um menino grampeada nele.

– Documentos de adoção?

– São arquivos de um orfanato. *Este é o seu Tiger.* O nome dele é Abidemi Sowande. Nascido em Lagos, em 1972, filho de pais ricos. Os dois morreram quando o menino tinha 7 anos. Não havia nenhum parente vivo. Pelo jeito, o pequeno Abi não era o que você chamaria de exemplo de saúde mental. Acabou sendo internado por um ano depois da morte dos pais. Quando saiu, toda a fortuna da família tinha sumido.

– O que aconteceu com ela?

Flaherty deu de ombros. A fumaça de seu cigarro entrou em um de seus olhos, que ele estreitou e esfregou.

– Sowande deveria ficar sob a tutela do Estado, mas, em algum lugar entre o hospital e o orfanato, ele desapareceu. Pelo jeito, era um garoto esperto. Tinha QI alto, pelo menos. Passou dois anos em uma universidade na Inglaterra. Então sumiu até reaparecer aqui há alguns anos. Isso é tudo o que tenho. Não há mais nenhum registro de espécie alguma até agora. Achamos que ele pode ter trabalhado como mercenário.

Olhei para a fotografia na minha mão. Será que aquele *menino* podia ser o *homem* que eu tinha visto em Darfur? O responsável pela morte de tantas pessoas ali e em Washington? O assassino de Ellie?

– Como podemos saber se é ele? – perguntei.

– Sabe o cara que morreu no Sudão, Mohammed Shol? Uma fonte nos informou que ele vinha se gabando de estar fazendo negócios com "o Tiger". Supostamente sabia algumas coisas a respeito dele. Parecia um tiro n'água, mas então alguém desencavou esse registro e nós conseguimos uma digital compatível na cena do crime na casa de Shol. Bom, né?

– Não sei, não – falei, erguendo a pasta. – Sinceramente, o que posso fazer com isto? Parece um pouco conveniente essa informação aparecer assim, do nada.

Flaherty me fuzilou com o olhar e perdeu a direção por um instante, saindo da pista.

– Meu Deus, Cross, você ainda quer mais ajuda?

– Ajuda? – falei. Minha vontade era de bater nele. – Primeiro você me vira as costas, depois aparece e me dá o nome de uma pessoa que pode muito bem nem existir mais. Um mercenário, talvez, mas quem sabe? É desse tipo de ajuda que você está falando?

– Estou lhe dando um presente, detetive. Desde o primeiro dia, falei para você não contar comigo.

– Não, você me disse isso no quarto dia, *depois* de eu ter passado três noites na cadeia.

capítulo 100

FURIOSO, FLAHERTY JOGOU A GUIMBA do seu cigarro, ainda acesa, pela janela e limpou o suor do rosto.

– Por acaso você sabe por que ainda não está morto? Porque todo mundo acha que você é da CIA e deixamos que continuem achando. Estamos bancando suas babás. Eu estou bancando a sua babá. Não precisa agradecer.

Abri e fechei as mãos várias vezes, tentando conter minha raiva. Não era somente a arrogância de Flaherty que estava me tirando do sério nem seu tom condescendente. Era toda a situação. Tiger era pior do que todos os assassinos em série que eu já havia prendido, então por que o deixavam em liberdade ali?

Olhei para Flaherty.

– O que exatamente você faz aqui... para a agência?

– Faço a manutenção das copiadoras na embaixada – disse ele, com a cara mais séria do mundo.

Então acendeu outro cigarro e soprou a fumaça.

– Na verdade, estou aqui oficialmente como agente da CIA. Algum problema?

– Certo. Então me diga o seguinte: por que você mesmo não assume o caso do Tiger? Por que me passar a informação em vez de usá-la? Abidemi Sowande é um assassino. Você sabe disso.

Alguma coisa naquela discussão, o simples fato de estarmos abrindo o jogo, imagino, estava dissipando a tensão no carro. Além do mais, eu estava inspirado.

– A propósito, posso saber por que estou usando esta gravata idiota?

Pela primeira fez, Flaherty sorriu.

– Ah! Essa eu posso responder.

capítulo 101

UMA HORA DEPOIS, EU ESTAVA na sala de espera de uma suíte executiva no 30º andar da sede administrativa da Unilight International em Ikeja. Sabia que a Unilight era uma das maiores companhias de bens de consumo do mundo, mas meu conhecimento acabava aí.

Fotografias brilhantes de marcas famosas de sabonete e pasta de dentes enfeitavam as paredes. Eu ainda estava tentando entender o que exatamente fazia ali. Flaherty tinha me deixado na frente do prédio depois de me entregar um cartão de visita e o número do andar. "Willem de Bues quer encontrá-lo e você também quer se encontrar com ele."

– Dr. Cross? – chamou a recepcionista. – O diretor irá recebê-lo agora.

Fui conduzido por um corredor até uma porta dupla, que ela abriu para mim, revelando um escritório imenso, com janelas que iam do chão ao teto.

Aquilo estava ficando cada vez mais estranho. O que uma multinacional de sucesso tinha a ver com um caso de assassinato?

Havia uma mesa gigantesca, perpendicular à porta, com duas cadeiras confortáveis de frente para ela. Dois sofás de couro ocupavam o outro canto da sala, onde dois homens de ternos escuros, camisas brancas e gravatas listradas estavam se levantando.

– Dr. Cross – disse o mais alto.

Ele era branco, tinha cabelos louros bem curtos e usava óculos retangulares de armação pesada. Aproximando-se de mim, apertou minha mão.

– Sou Willem de Bues. – Seu sotaque me pareceu holandês. Ele indicou o outro homem com um gesto. – Este é Thomas Lassiter, um advogado do nosso departamento jurídico.

– É um prazer – falei, mesmo sem ter certeza se aquilo era verdade ou não.

Como eu poderia saber? Eu meio que esperava levar uma surra e acabar com o nariz quebrado de novo.

– Fomos informados de que o senhor está atrás de um nigeriano conhecido como Tiger – disse De Bues, me confundindo de vez.

Que tipo de relação aquele empresário poderia ter com um assassino de aluguel?

– Exato – respondi. – Vim de Washington, onde ele cometeu alguns crimes hediondos. Pelo menos para os nossos padrões.

– Então precisamos conversar. Sente-se – disse o Sr. De Bues. Era óbvio que ele estava habituado a dar ordens. – Sua reputação como policial o precede, naturalmente. Seu histórico de casos difíceis solucionados...

– Que tal se antes o senhor me dissesse o que está acontecendo? E por que seu advogado está aqui?

De Bues não perdeu a compostura. Na verdade, ele sorriu.

– Gostaríamos de ajudá-lo a encontrar Tiger. E, considerando que esta é uma situação bastante... irregular, quero me certificar de que não vou dizer nem propor nada de ilegal nesta reunião. Fui honesto o suficiente? Por favor, sente-se, detetive. *Sente-se.*

capítulo 102

– POR QUE O SENHOR IRIA querer colaborar com uma investigação de assassinato? – perguntei, realmente curioso.

– A Unilight International tem bastante interesse na Nigéria. Nosso setor de cosméticos e tratamento de pele, sozinho, cresceu o bastante para justificar a expansão que planejamos no sudeste do país. Esta é a realidade de muitas multinacionais, não só das companhias de petróleo.

– No Delta? – perguntei.

– Em Port Harcourt. E em Lagos, é claro. No entanto, algumas das organizações islâmicas extremistas que estão chegando à região não parecem se importar com as relações que temos com as facções locais, quaisquer que sejam elas.

– O senhor está querendo dizer que Tiger é islâmico? Porque isso é novidade para mim.

– Não. Quanto a isso, não faço a menor ideia. Duvido que ele seja um homem religioso. Mas não é nenhum segredo que ele negocia produtos que financiam esses grupos: diamantes de sangue, petróleo bruto roubado, esse tipo de coisa.

Essencialmente, possibilita que essas organizações entrem na região e dificulta a vida de todas as empresas estrangeiras. E, como o senhor já deve saber, *Tiger* é o termo local para "assassino de aluguel".

– E o senhor quer alguém para ajudá-lo a tirar o assassino, ou os assassinos, do seu caminho?

Antes de responder, De Bues olhou para seu advogado, que assentiu.

– Só queremos colaborar com sua investigação. Somos os mocinhos aqui, Dr. Cross. Como o senhor. Isto não é uma "conspiração", como naqueles filmes da série *Bourne*.

– Por que não recorre às autoridades locais?

Ele tornou a abrir seu meio sorriso.

– O senhor está sendo condescendente comigo, Dr. Cross. A situação política aqui, como nós dois sabemos, é complexa. Podemos dizer que uma guerra civil é quase inevitável na Nigéria, mas a guerra é como o fogo, não é? Por mais que destrua algumas coisas, deixa o solo fértil.

Na África, eu tinha a sensação de, dia após dia, cair mais através do espelho. Aquela conversa ia pelo mesmo caminho. A CIA tinha me encaminhado a uma empresa multinacional – ou uma panelinha dentro dela – para que ela me ajudasse a solucionar um caso de assassinato?

Eu me levantei.

– Obrigado pela oferta, Sr. De Bues. Preciso pensar no assunto.

De Bues me acompanhou até a porta.

– Por favor, Sr. Cross – disse ele, estendendo um cartão de visita. – Pelo menos fique com meu número. Queremos mesmo ajudá-lo.

– Obrigado – respondi.

De Bues balançou a cabeça enquanto eu saía de seu escritório.

– O senhor não entende, não é mesmo? Esta parte do mundo está prestes a explodir. E, se isso acontecer, a África pode ir pelo mesmo caminho que o Oriente Médio. Esta é a chave para o seu caso, senhor.

capítulo 103

MAIS FRUSTRADO E CONFUSO do que nunca, peguei um táxi para o escritório de Adanne. De lá, voltamos no carro dela para a casa de seus pais, discutindo o caso, o envolvimento da Unilight e o paradeiro de Tiger.

Meu próximo passo seria conferir os registros locais – escolas, hospitais, boletins de ocorrência –, qualquer menção a algum Abidemi Sowande de 1981 até o momento.

Adanne tinha boas dicas para me ajudar a conseguir acesso a informações do governo. Ela não ficou surpresa com o fato de as multinacionais estarem assustadas e buscando qualquer ajuda que conseguissem encontrar.

– Talvez sua investigação esteja ficando quente – falou. – É o que me parece.

– É, também acho.

Adanne pegou minha mão, uma distração bem-vinda.

– Se for bonzinho – disse ela –, posso até dormir com você de novo esta noite.

Eu me aproximei dela, beijei seu rosto e me perguntei por quanto tempo conseguiria me controlar com relação a ela.

– Lembre-se, Alex, eu *sei* no que você está pensando. Provavelmente estou pensando na mesma coisa.

Somente quando dobramos a esquina na rua dos pais dela, percebemos que havia algo errado.

– *Oh, não* – gemeu ela. – *Oh, não. Oh, não*!

Adanne estacionou no início do quarteirão. Havia pelo menos meia dúzia de viaturas policiais e carros de bombeiros parados, uns de frente para os outros, diante da casa de seus pais. Mangueiras serpeavam desde a rua, atravessando o portão aberto, e, atrás do muro, uma fumaça negra elevava-se para o céu.

Adanne mexeu, desesperada, na trava do cinto de segurança até conseguir soltá-lo.

– Ai, meu Deus! Ai, meu Deus!

– Adanne, espere – falei, tentando agarrá-la para que não fosse até lá.

Mas ela já havia saído do carro e corria em direção à casa dos pais. Gritava com todas as suas forças.

Então também saí correndo.

capítulo 104

ALCANCEI ADANNE A POUCOS passos do portão da casa. Eu a agarrei e a levantei do chão. Suas pernas se debateram no ar e ela lutou contra mim, estendendo as mãos para o portão enquanto eu a afastava de lá.

– Adanne, você não quer entrar para ver. Confie em mim, por favor.

A casa ainda estava em chamas, mas era praticamente um esqueleto escuro e assustador. De onde estávamos, Adanne e eu conseguíamos enxergar através dela, até os fundos da propriedade. O telhado já havia sido totalmente consumido pelo fogo.

A entrada para carros e o gramado estavam cheios de escombros fumegantes.

Era óbvio que uma explosão havia ocorrido ali. Parecia ter sido causada por bombas incendiárias.

Quando vi dois montinhos cobertos no gramado, abracei Adanne com mais força e apertei sua cabeça contra meu peito. Os corpos só podiam ser dos gêmeos, dos pobres James e Calvin. Adanne sabia disso e chorava baixinho nos meus braços.

Um policial passou correndo e consegui chamar sua atenção.

– Quantas pessoas havia lá dentro?

Ele me olhou dos pés à cabeça antes de responder.

– Quem é você? É da família? Por que quer saber?

– Esta é a casa dos pais dela. Sou um amigo. Ela é Adanne Tansi.

– Três adultos, duas crianças – disse ele. Olhou para Adanne, depois para mim, e balançou a cabeça negativamente. *Nenhum sobrevivente.*

Adanne estremeceu e começou a soluçar. Estava dizendo algo, talvez fosse uma oração. Eu não conseguia entender suas palavras nem o idioma em que falava.

– Preciso conversar com o seu comandante – disse para o policial parado ali conosco.

– Sobre o quê?

– CIA – falei em seguida.

O homem tornou a abrir a boca, mas eu o cortei.

– Apenas chame o comandante. Traga-o aqui imediatamente.

Enquanto ele se afastava, falei com brandura contra a testa de Adanne:

– Estou aqui. Você não está sozinha.

Ela continuou a soluçar nos meus braços, tremendo como se estivesse morrendo de frio naquele calor de 32 graus.

Fiquei observando o comandante se aproximar, um homem alto, de costas largas, num terno escuro. Eu não conseguia ouvir nada em meio ao barulho da equipe de bombeiros e ao chiado dos jatos d'água, mas não havia necessidade.

Eu conhecia seu rosto: o nariz achatado, as bochechas redondas e os olhos apertados no estilo Mike Tyson, que o deixavam com cara de idiota. A última vez que o tinha visto, ele estava me segurando de cabeça para baixo por uma janela de hotel.

capítulo 105

– ADANNE, ME ESCUTE! – falei enquanto a puxava de volta. – Não estamos seguros aqui. Temos que ir embora agora mesmo. Aquele homem, o policial, quase me matou no hotel.

Ela assentiu e pareceu entender, e começamos a andar em silêncio. Eu a conduzi pelo quarteirão até seu carro e a sentei no banco do carona.

– Temos que ir.

Quando me sentei atrás do volante, vi o comandante pelo retrovisor. Ele atravessou a confusão de veículos de emergência em frente à casa. Então começou a correr na nossa direção. Dois outros homens o acompanharam. Achei ter reconhecido um deles como o segundo agente que tinha aparecido no meu quarto de hotel e tentado me tirar do país.

– Adanne, coloque o cinto de segurança! Temos que sair daqui. *Agora!*

Engatei a ré e olhei por cima do ombro. O cruzamento atrás de mim estava muito movimentado, mas eu não podia esperar o tráfego diminuir.

Então mudei de ideia.

Troquei a marcha e parti direto para cima dos policiais. Comecei a buzinar, esmurrando o volante várias vezes.

O carro de Adanne era apenas um pequeno Ford Escort, mas peguei aqueles homens desprevenidos. Pisei fundo e segui reto, sem desviar. O "comandante" não saiu do lugar.

No último segundo, pisei fundo no freio, mas ainda assim o atingi. Seus olhos se arregalaram de medo, provavelmente como os meus, quando estava pendurado na janela do hotel.

Engatei bruscamente a marcha a ré. O comandante levou um dos limpadores de para-brisa junto com ele quando saiu voando de cima do capô e caiu rolando na rua.

Voltei até a esquina de ré e girei totalmente o volante, para virar o carro de frente. Ouvi uma buzina quando uma caminhonete Audi bateu no nosso carro, quase arrancando o para-choque traseiro.

Escolhi uma direção ao acaso e forcei os quatro cilindros daquele motor a me darem tudo o que podiam.

– Para onde estamos indo? – perguntou Adanne, endireitando-se um pouco no seu banco, quase como se estivesse saindo de um transe.

– Para a cidade – respondi.

Se Lagos tinha algo de bom a oferecer, eram as multidões nas quais poderíamos desaparecer.

capítulo 106

– ADANNE? – ESTENDI A MÃO e toquei seu ombro. – Temos que sair daqui. Quando eu estava hospedado em Lagos, aquele policial quase me matou. Tenho certeza de que é o mesmo homem. Está tudo interligado de alguma forma, tem que estar.

Adanne não discutiu. Apenas assentiu e apontou para a direita.

– Vire aqui para pegar a Mainland Bridge. É o melhor caminho, Alex. Vamos por Benin.

– Aguente firme.

– É tarde demais para isso.

Fiz a curva sem desacelerar. Saímos numa avenida larga, ladeada por lojas de estuque com tetos baixos, terrenos baldios e carros e caminhões velhos e poeirentos. Um outdoor anunciava a Igreja Graça da Luz, com a imagem de uma mulher vestida de corista, seus olhos voltados para o céu e seus braços abertos para Deus.

Mas o que ouvi em seguida certamente não foi Deus.

Foi o barulho ensurdecedor das hélices de um helicóptero, alto e muito próximo do teto do Escort.

Eles já haviam nos encontrado.

Estavam bem acima de nós.

– É a polícia! – disse Adanne. – Eles vão nos matar, Alex. *Sei de coisas que eles não querem ver em nenhum jornal!*

capítulo 107

ESTIQUEI O PESCOÇO PARA FORA a fim de ver o que estava acontecendo. Não havia nada que identificasse o helicóptero como sendo da polícia e a baixa altitude era outro mau sinal.

O piloto voava de forma cada vez mais descuidada e não parecia se importar com a segurança das pessoas na rua. Aliás, nem com sua própria integridade física.

A Mainland Bridge ainda estava a mais de um quilômetro de distância. Vasculhei a área em busca de algum tipo de abrigo – uma garagem, um canteiro de obras. Não havia nada de óbvio, nenhum lugar onde pudéssemos nos esconder do helicóptero.

Para piorar, poucos quarteirões adiante vi luzes giratórias azuis e vermelhas pelo retrovisor: no mínimo três viaturas correndo muito rápido, se aproximando de nós.

– Merda! Agora, sem dúvida, é a polícia.

– Estou falando sério, Alex. Eles vão nos matar se nos alcançarem. Não estou sendo paranoica.

– Acredito em você. Mas por que, Adanne?

– Alex, eu sei de coisas terríveis. Estou escrevendo uma matéria sobre isso. Tenho que contar para alguém o que descobri.

– Conte para mim – falei.

Durante os frenéticos minutos seguintes, foi o que Adanne fez. Ela me contou segredos que jamais havia compartilhado com ninguém. Um deles era que Ellie Cox a visitara em Lagos. As duas haviam trocado contatos e informações. Tinham falado sobre Abidemi Sowande, o Tiger, e sobre o grupo para o qual ele trabalhava.

– Alex, ele é um dos mercenários mais perigosos do mundo.

Acelerei o carro, ziguezagueando pelo tráfego da melhor forma que podia. Mas, quando tornei a olhar pelo retrovisor, os carros de polícia ainda estavam próximos. Fiquei um pouco zonzo depois de ouvir o que Adanne sabia sobre Tiger e sobre tantas outras coisas. Ainda não conseguia acreditar que ela e Ellie tinham se conhecido.

De repente, Adanne agarrou meu braço.

– *Alex!* – gritou ela. – *Cuidado!*

Um carro de polícia vindo de um terreno baldio à esquerda tinha saltado o meio-fio e estava parando bem no nosso caminho.

Pisei fundo no freio... *só que era tarde demais.*

O Escort derrapou e se chocou contra a lateral da viatura.

A parte da frente do nosso carro amassou toda, como se fosse feita de massa de modelar. Meu peito bateu com força contra o volante e vi a cabeça de Adanne ir de encontro ao para-brisa.

Outra viatura já estava bem atrás de nós, com a sirene aos berros, as luzes girando alucinadamente.

– Adanne? – Eu a endireitei no banco e vi que sua testa estava pintada de vermelho. Ela ergueu as sobrancelhas e piscou várias vezes. – Você está bem? – perguntei.

– Acho que sim. Não conte nada a eles, Alex. Mais pessoas irão morrer. Não lhes diga nada do que contei a você. Promete?

capítulo 108

POLICIAIS COM UNIFORMES AZUIS apareceram correndo dos dois lados do nosso carro. Quando abriram as portas e nos agarraram, Adanne não ofereceu resistência. Eu lhes dei muito mais trabalho.

Quando enfim fui arrancado do banco da frente, saí girando o braço direito e acertei um soco no queixo de alguém. A sensação foi ótima.

Então dois deles me atiraram com força no chão, o que já não foi tão bom.

Meu ombro estalou. Por reflexo, joguei o braço para cima e uma onda de dor me invadiu enquanto eu sentia a articulação se encaixar de volta no lugar. Mas eu não sabia se conseguiria mover meu braço novamente. Como iria lutar contra eles agora?

Os gritos dos policiais vinham de todos os lados, pelo menos quatro deles berrando numa confusão de idiomas que eu não conseguia entender.

Um deles sacou o revólver e deu um tiro para o alto, para se fazer entender com toda a clareza.

Adanne também estava gritando.

– Eu sou do *Guardian*! Sou repórter! Imprensa!

Por debaixo do carro, eu conseguia vê-la deitada do outro lado, com o rosto no chão. Pares de sapatos pretos andavam de um lado para outro ao seu redor. Então uma pistola foi apontada para a sua cabeça.

No entanto, isso não a impediu de continuar gritando.

– Adanne Tansi! Sou do *Guardian*!

Ela repetia essas palavras sem parar, não só para eles, mas para qualquer pessoa que pudesse ouvi-la. Já havíamos parado o tráfego dos dois lados da rua.

Com alguma sorte, Adanne tinha acabado de passar de suspeita anônima para figura conhecida. Foi uma boa jogada, especialmente levando-se em conta seu estado mental depois do que acontecera na casa de seus pais.

Vi dois dos policiais parados ao meu lado se entreolharem. Um deles se abaixou para puxar minhas mãos para trás e me algemar. Quando fez isso, tive a sensação de que meu ombro estava sendo partido em dois.

Então fui esmurrado e chutado na base das costas. Tudo estava ficando nebuloso e surreal muito depressa. Eu não podia me dar ao luxo de desmaiar.

– Alex! – Ouvi a voz de Adanne chamar outra vez. – Alex! Estou aqui! Alex!

Virei a cabeça para procurá-la. A sola de um sapato desceu sobre minha bochecha e minha têmpora, mas consegui ver Adanne assim mesmo. Estava sendo levada embora pela polícia. Eles passaram por uma viatura comum e foram até um sedã preto sem identificação.

Para onde estavam indo?

– Ela é do *Guardian*! – gritei. – Ela é do *Guardian*! É da imprensa!

Adanne chutava o ar e se contorcia, enquanto eu tentava me livrar dos dois policiais que me seguravam por trás.

Porém, era tarde demais e não havia muita coisa que pudéssemos fazer. Adanne ainda estava gritando quando eles a enfiaram no sedã preto, fecharam a porta com força e saíram às pressas.

capítulo 109

DENTRO DE MINHA CABEÇA, uma voz febril gritava para que eu ajudasse Adanne, mas eu achava que deveria pensar melhor antes de tentar qualquer coisa.

Eu não sabia se o carro no qual haviam me colocado estava seguindo o dela. E não tinha como descobrir. Mas era uma viatura policial. Pequena e apertada para os padrões de Washington. Fedia a tabaco, suor e urina. *Eles eram policiais mesmo?*

Eu estava sentado de lado no banco de trás, de vinil rasgado. Minhas mãos estavam algemadas e a poucos centímetros do meu rosto havia uma grade de segurança enferrujada. Meu ombro latejava e eu temia que estivesse quebrado. Mas essa era a última das minhas preocupações. O que mais me importava era Adanne e o que poderia estar acontecendo com ela.

– Para onde vocês a levaram? – perguntei.

Os dois policiais fardados nem sequer se viraram para me olhar. Eu não podia provocá-los.

– *Falem comigo. Digam-me para onde estamos indo* – exigi saber.

Então vi por conta própria e não poderia ter sido pior.

A primeira coisa que reconheci foi a placa na saída para Kirikiri. Depois os muros de concreto que eu já conhecia e o arame farpado acima deles.

Ah, não!

Senti como se eu tivesse caído numa espécie de inferno na Terra. A primeira vez que fui para lá já tinha sido ruim o suficiente, mas voltar sabendo o que me esperava?

Os dois policiais precisaram da ajuda de mais dois guardas para me tirar do carro e me levar para dentro da prisão.

Achei que eles fossem me arrastar para as alas superiores, mas, em vez disso, *descemos. Descer* não podia ser nada bom. Onde estava Adanne? Será que também estaria ali?

Meus pés bateram contra degraus de pedra até pararem no chão de terra batida de um corredor mal iluminado. Tinha a mesma aparência e o mesmo cheiro do pavilhão do andar de cima, mas, quando passamos por uma das portas de aço reforçado, vi que todas elas davam para o mesmo espaço enorme.

Do teto baixo pingava algum tipo de líquido viscoso e uma fileira de colunas de sustentação ficava no meio do espaço. Sombras escuras se estendiam dos dois lados delas.

Um lugar abandonado. Para tortura? Interrogatórios? Execuções?

Tudo era deixado a cargo da imaginação – de propósito, sem dúvida.

Os policiais e os guardas me largaram ali, com as mãos algemadas às costas, preso a uma das colunas. Ela era de aço enferrujado, tinha uns 10 centímetros de espessura e não iria sair dali. Assim como eu.

Parei de me debater tão logo eles foram embora. Cheguei à conclusão de que era melhor guardar minhas forças.

Não sabia quem me queria ali: Tiger? A polícia? O governo?

Ou alguma outra força?

Uma multinacional? Talvez fosse isso. Tudo era possível.

Se eu tivesse muita sorte, talvez Flaherty me procurasse outra vez. Se tivesse mais sorte ainda, ele conseguiria me encontrar ali embaixo. Mas isso levaria dias e, depois, demoraríamos mais tempo ainda para encontrar Adanne.

Se ela ainda estivesse viva.

Se eles não tivessem arrancado todos os segredos dela.

Se... se... se...

capítulo 110

UMA LUZ SE ACENDEU... *duas*, na verdade.

Uma depois da outra, rapidamente.

Eu não sabia quantas horas haviam se passado. Ou se era de noite ou de dia. Sabia apenas que não tinha dormido.

O homem em quem eu agora pensava como sendo comandante da polícia, o que eu tinha atropelado com o carro de Adanne, estava parado diante de uma das portas.

Sua mão ainda estava no interruptor. Duas lâmpadas brilhavam intensamente no teto. Não eram feitas para pegar leve com os olhos, o cérebro ou a alma.

– Diga-me o que sabe sobre Tiger – ordenou o homem enquanto caminhava para a frente. Notei que tinha trocado de terno... e que havia um curativo retangular na sua testa.

– Onde está Adanne Tansi? – perguntei.

– Não me irrite, Cross.

Seu sotaque era iorubá e sua voz, calma. Calma demais. Ele demonstrava mais autocontrole do que eu imaginaria, levando-se em conta que eu o havia atropelado e deixado marcas de pneu na sua cara feia.

– Só me diga se ela está viva – pedi. – É a única coisa que preciso ouvir de você.

– Ela está viva. Mais ou menos. Agora, o assassino que você perseguiu até aqui. O que você sabe? Você é da CIA? Ou está trabalhando para ela? Com a *repórter*?

Pelo menos ele queria algo de mim. Barganha era melhor do que nada, imaginei.

– Existem vários Tigers, assassinos de aluguel – falei. – Você sabe disso. O que estou buscando é um homem enorme. Opera em nível internacional, com equipes em Lagos e Washington, pelo menos. Acredito que o nome dele seja Sowande. Dois dias atrás, estava em Darfur do Sul. Não sei onde ele está agora.

Fiz uma pausa e o encarei.

– Eu *não* sou da CIA. Diga-me onde ela está.

Ele mal encolheu os ombros.

– Está aqui. Em Kirikiri. Não precisa se preocupar. Ela está bem perto. Olhe só! Quem diria? Aí está ela. A repórter chegou.

capítulo 111

UM OFICIAL DE POLÍCIA que não reconheci empurrou Adanne para dentro do recinto. Ela arrastou os pés à sua frente, com um pedaço de fita adesiva colado à boca. Havia marcas de sangue em seu rosto.

Suas tranças tinham sido cortadas e o que sobrara delas despontava da sua cabeça. Um de seus olhos estava fechado de tão inchado, com um hematoma arroxeado. Ao me ver, ela assentiu para dizer que estava bem. Não acreditei nem por um momento.

– Agora talvez você tenha algo mais a me dizer sobre Tiger – falou o comandante. – Algo que eu ainda *não saiba*. Por que você veio aqui? Não foi para solucionar um caso de assassinato. Por que eu deveria acreditar nisso? Como você conhece Adanne Tansi?

Comecei a gritar com ele.

– Qual é o seu problema, porra? Sou policial, como você. Estou investigando um caso de assassinato. É simples assim.

As algemas machucavam meus punhos. A dor no meu ombro se transformou em enjoo. Achei que iria vomitar.

O comandante meneou a cabeça para o policial que havia trazido Adanne. O subalterno desferiu um soco forte na barriga dela. Senti a dor do golpe em meu próprio corpo.

Adanne gemeu por trás da fita adesiva e caiu de joelhos. A sujeira em seu rosto estava raiada de lágrimas, mas ela não chorava mais. Em vez disso, olhava para mim. O sangue que brotava de sua boca manchava a fita de vermelho. Seus olhos imploravam. Pelo quê?

– Por que você está fazendo isso? – falei, com os dentes cerrados. Eu conseguia imaginar minhas mãos em volta do pescoço dele. – Minha amiga foi assassinada em Washington. *É por isso que estou aqui.* Isso é tudo. Não faço parte de nenhuma conspiração.

– Tire a fita da boca da repórter – ordenou o comandante.

O guarda a arrancou e Adanne disse:

– Alex, não se preocupe comigo.

O comandante se dirigiu ao policial:

– Bata nela outra vez. – Então, tornou a se virar para mim. – *Alex! É melhor se preocupar com ela!*

– O.k.! – falei, interrompendo-o. – O nome do Tiger é Abidemi Sowande. Ele desapareceu em 1981, aos 9 anos. Reapareceu na Inglaterra, onde cursou uma universidade por dois anos, e desde então não usou mais esse nome. Matou um monte de gente aqui e nos Estados Unidos. Usa meninos assassinos. Talvez controle outros Tigers. Isso é tudo o que sei. Tudo o que tenho. Você sabe dos diamantes, do petróleo e do comércio ilegal.

O comandante manteve a mão no ar para conter o próximo soco.

– É só isso? Tem certeza?

– *Claro que tenho, merda!* Sou apenas um policial de Washington. Adanne não tem nada a ver com isso.

Ele estreitou os olhos, pensou no que eu tinha dito e pareceu satisfeito. Em seguida, baixou a mão devagar.

– Eu deveria matar você assim mesmo – declarou. – Mas a decisão não é minha.

Então, ouvi outra voz no recinto:

– Não, a decisão é *minha*, detetive Cross.

capítulo 112

UM HOMEM ENORME SURGIU das sombras – *o mercenário conhecido como Tiger. O homem que eu vinha perseguindo.*

– Ninguém parece saber muito a meu respeito. Isso é bom, você não acha? Quero que continue assim. Ela escreve matérias nos jornais, no *Times* de Londres, talvez no *New York Times*. Você está se metendo demais no meu caminho.

Ele se aproximou de mim.

– Inacreditável – falou. – Algumas pessoas têm medo de você, não é? Eu não. Acho você engraçado. Uma grande piada. É isso que você é, detetive Cross, uma piada.

A tensão em meu corpo diminuiu um pouco. Ele não parecia nervoso e não estava preocupado comigo, porém era enorme e musculoso, mais ameaçador do que qualquer homem que eu já tinha visto.

Então, sem desgrudar os olhos de mim, ele disse:

– Atire nela. Não, espere. Me dê uma arma.

– *NÃO!* – gritei.

Foi tudo o que consegui dizer. O olho bom de Adanne se arregalou e seu olhar se fixou no meu, naquele pesadelo inacreditável que estávamos vivendo juntos.

Tiger deu um passo rápido para a frente.

– Garota bonita – disse ele. – Vadia idiota. Mulher morta! Foi você que fez isso com ela, Cross. Não eu.

capítulo 113

ELE DEU DOIS TIROS PERTO da cabeça de Adanne. Errou de propósito e riu abertamente da própria brincadeira.

– As pessoas têm dificuldade de acreditar que um negro possa ser esperto e inteligente. Você já percebeu isso, *doutor* Cross? E você, Adanne?

Ela não respondeu. Em vez disso, cuspiu nele.

– Assassino – falou.

– Um dos melhores! E muito orgulhoso de tudo o que realizei até agora.

Então ele disparou de novo, dessa vez bem no meio dos olhos de Adanne. O corpo dela se lançou para a frente e caiu de cara no chão, com os braços abertos como duas asas. Adanne não se moveu mais.

E assim, com tamanha rapidez e insanidade, ela estava morta. Adanne estava morta naquela cela horripilante, assassinada por Tiger enquanto a polícia apenas observava, sem fazer nada para impedi-lo.

A fúria transbordou de dentro de mim. Não havia palavras para o que eu estava sentindo. Uma corda foi amarrada em volta da minha garganta e outra em volta da minha testa.

Não se preocupe comigo, dissera Adanne. Ela *sabia* desde o início que ia morrer.

O assassino ficou parado sobre o corpo dela, olhando para mim. Então sorriu. Abaixou as calças, se ajoelhou e cometeu seu último ultraje contra Adanne.

– Garota bonita – rosnou ele. – Você fez isso com ela. Nunca se esqueça disso, detetive. *Nunca*.

capítulo 114

ALEX, NÃO SE PREOCUPE COMIGO.

Não se preocupe comigo.

Não se preocupe.

De alguma forma, a noite havia se tornado dia e eu ainda estava vivo. Conseguia notar uma luminosidade por trás do tecido negro do capuz que eles tinham posto em mim. E mais: eu estava sendo tirado dali.

A corda no pescoço me mantinha fraco e privado de oxigênio enquanto eles me arrastavam para fora. Fui jogado como entulho no banco de trás de uma caminhonete ou de uma van, um veículo com um degrau alto e motor diesel.

Em seguida, rodamos por um bom tempo. Mantive os olhos abertos dentro do capuz. Ainda assim, tudo o que conseguia ver em minha mente era o último instante de vida de Adanne.

Tiger a matara e depois fizera algo ainda pior. Ele achava que eu era uma piada. Disse que eu não representava uma ameaça para ele. Que era só mais um tira. Era o que iríamos ver.

Se eu continuasse vivo durante as próximas horas.

Enquanto seguíamos pela estrada, rezei por Adanne e por sua família. Eu lhes disse, do meu jeito, que aquilo ainda não tinha acabado. Não que fizesse diferença para eles. Mas, para mim, fazia. Eu me perguntava por que ainda estava vivo. Não fazia sentido. Era outro mistério.

Quando finalmente paramos, portas se abriram dos dois lados do carro. O que aconteceria agora?

Alguém forçou minha cabeça para baixo, contra o banco do veículo. As algemas foram retiradas com truculência. Mãos poderosas pressionaram a base das minhas costas e me empurraram com força.

– Agora você vai para casa. *Suma daqui!*

Saí voando pelo ar, mas só por alguns segundos de incerteza e terror.

Então aterrissei em um chão de pedra ou cimento. Quando consegui me levantar e tirar o capuz, quem quer que tivesse me levado até ali já estava longe, fora de vista.

Eu havia sido deixado em uma rua transversal, ao lado de um prédio de aparência oficial, o tipo de caixote de pedra branca que você encontraria no centro de Washington.

Através de uma cerca de ferro, vi um jardim bem cuidado e uma guarita mais à frente.

Havia uma bandeira norte-americana em cima dela, tremulando na brisa fraca.

Era o consulado dos Estados Unidos. Só podia ser. A embaixada ficava em Abuja. Devia ser ali que eu estava.

Mas por quê?

capítulo 115

ALGUMA COISA GRANDE E aparentemente perigosa estava acontecendo ali no consulado. Centenas de pessoas se aglomeravam diante dos portões. Na verdade, parecia haver duas multidões distintas. Metade estava enfileirada como se esperasse para entrar. A outra metade, do outro lado de uma barreira de concreto, fazia uma passeata contra os Estados Unidos.

Vi cartazes escritos à mão que diziam: OS ESTADOS UNIDOS DEVEM PAGAR e O POVO DO DELTA É QUEM MANDA e FORA AMERICANOS.

Mesmo de longe, dava para notar que aquele era o tipo de situação que, a qualquer momento, poderia ficar feia ou violenta. Não esperei para ver.

Dobrei a esquina e, usando meu ombro bom, comecei a abrir caminho pela multidão. As pessoas me agarravam dos dois lados, ou porque eu estava furando fila, ou porque parecia americano. Os gritos que vinham da rua bloqueavam qualquer outro som ao meu redor.

Um cara agarrou minha camisa, rasgando-a na parte de trás, até eu afastar seu braço com um soco.

Eu não me importava com a camisa. Não me importava com mais nada. Mais uma vez me perguntei por que ainda estava vivo. Porque eles achavam que eu era da CIA? Porque eu tinha amigos em Washington? Ou talvez porque finalmente acreditavam que eu era da polícia?

Consegui chegar ao portão principal. Parado ali, imundo e descalço, sem passaporte, disse ao fuzileiro naval de queixo duplo que veio me encarar que meu nome era Alex Cross. Eu era um oficial de polícia americano e precisava falar com o embaixador imediatamente.

O fuzileiro não quis nem me ouvir.

– Fui sequestrado. Sou um policial americano – insisti. – Acabo de testemunhar um assassinato.

– Pegue uma senha – murmurou o fuzileiro com o canto da boca.

capítulo 116

ÀQUELA ALTURA, EU JÁ ESTAVA muito perto de perder a cabeça, mas precisava controlar minhas emoções. Tinha histórias para contar, informações a transmitir, os segredos de Adanne para compartilhar com alguém que pudesse fazer diferença.

Passei vários minutos em frente ao portão, aturando uma bela dose de ceticismo, até finalmente convencer um dos fuzileiros navais a me anunciar. A resposta veio na mesma hora: *Mandem o detetive Cross entrar*. Era quase como se estivessem me esperando. Eu não sabia se isso era um bom sinal ou não. Levando-se em conta meu histórico recente, provavelmente não era.

O hall do consulado, com seus detectores de metal e janelas à prova de balas, parecia uma delegacia de polícia. As pessoas faziam fila diante de cada mesa e guichê, a maioria claramente irritada, esperando para ser atendida.

Todos aqueles sotaques norte-americanos – e um retrato de Condoleezza Rice que pairava sobre o recinto – confundiam minha mente quanto a onde eu estava e como exatamente tinha chegado até ali.

Uma vez lá dentro, fui recebido por um funcionário civil de terno bege. Ele se chamava "Sr. Collins", um nigeriano que ocupava algum cargo indefinido no consulado.

Ao contrário do fuzileiro que havia me levado até lá, Collins foi simpático e respondeu animadamente a algumas perguntas enquanto caminhávamos.

– Houve pelo menos um ataque rebelde no estado de Rivers hoje – explicou ele, gesticulando o tempo todo. – Muito mais grave do que qualquer outro que já vimos. O governo não vai admitir, mas a imprensa independente está dizendo que é o começo de uma guerra civil.

O burburinho da multidão no primeiro andar deu lugar à oficiosidade e a conversas sussurradas no segundo.

Fui levado diretamente para a suíte consular do embaixador, onde esperei durante vários minutos do lado de fora de seu escritório, até ver uma dúzia de homens – negros, brancos e quatro que pareciam chineses – sair dali de uma só vez. Todos pareciam taciturnos e nervosos. Nenhum deles me encarou ou talvez não estivessem nem um pouco interessados no fato de eu estar sentado ali, descalço e com as roupas rasgadas.

Muito educadamente, o Sr. Collins abriu a porta para mim e depois a fechou por fora.

capítulo 117

O EMBAIXADOR ROBERT OWELEEN TINHA cerca de 60 anos, cabelos grisalhos, era alto e esbelto, quase magro demais. Ele estava de pé atrás de sua mesa grande e antiga, ladeado pelas bandeiras dos Estados Unidos e da Nigéria. Dois assistentes continuaram sentados num pequeno sofá num dos cantos da sala.

– Sr. Cross. – Ele apertou minha mão sem sorrir. – Meu Deus, o que aconteceu com o senhor?

– Muita coisa. Não vou tomar seu tempo. Estou aqui por causa de um homem, um assassino conhecido como Tiger. É uma questão de segurança nacional tanto para a Nigéria quanto para os Estados Unidos.

Ele dispensou minhas palavras com um gesto.

– Sei por que está aqui, Sr. Cross. Tenho sofrido todo tipo de pressão de Abu Rock por sua causa.

– Me desculpe... Abu Rock?

– A capital. Parece que a única pessoa interessada em que o senhor continue na Nigéria é o senhor mesmo. A CIA até já salvou sua vida aqui, não foi?

Dessa vez fiquei um pouco desnorteado, para completar minha sensação geral de perplexidade e confusão por causa do que acontecera anteriormente. O embaixador americano sabia da minha presença no país? Alguém estava espalhando outdoors a meu respeito ou coisa parecida?

– Vamos mandá-lo para casa hoje mesmo – prosseguiu Oweleen, em tom categórico.

Olhei para o chão e depois de novo para ele, tentando manter a compostura.

– Senhor, o homem que estou perseguindo é um assassino em massa. Ele pode ter ligações com o governo daqui. Sem dúvida tem algum envolvimento misterioso com a polícia. Se houver alguma possibilidade de eu me comunicar com meu contato da CIA em Lagos...

Ele me cortou.

– Qual exatamente o senhor acha que é sua autoridade aqui, Sr. Cross? Neste país, o senhor é um turista, nada mais que isso. Pode levar essa questão ao Departamento de Estado se assim desejar. *Em Washington.*

– Ele precisa ser detido, senhor. Ontem, matou uma repórter do *Guardian* chamada Adanne Tansi. Testemunhei o crime. Ele também matou toda a família dela. É responsável por pelo menos oito mortes em Washington.

Oweleen finalmente explodiu.

– Quem o senhor pensa que é? Três dias atrás eu nunca tinha sequer ouvido falar no seu nome e agora estou interrompendo meu trabalho para *isto*? Faz alguma ideia do que está acontecendo aqui?

Ele gesticulou para a TV de plasma na parede.

– Ligue a televisão.

Um dos assistentes apertou um botão num controle remoto. E então assisti às imagens num silêncio chocado, cheio de medo.

capítulo 118

A TV ESTAVA LIGADA NA CNN. Um repórter britânico falava tendo ao fundo a imagem de um condomínio de luxo: casas brancas, de dois andares, alinhadas em fileiras simétricas, filmadas do alto.

As legendas diziam "Notícias de Última Hora - Conjunto Residencial da Summit Oil, ilha de Bonny, Nigéria".

– Esta é a primeira vez que famílias inteiras são capturadas – dizia o repórter – e, certamente, nunca houve tantos reféns. Em um e-mail para a imprensa internacional, o Movimento pela Emancipação do Delta do Níger acaba de assumir a responsabilidade pelo acontecimento, com as seguintes imagens chocantes anexadas à mensagem.

A tela passou a mostrar um vídeo em infravermelho granulado.

Dezenas de pessoas estavam sentadas no chão de um corredor escuro. Suas cabeças estavam cobertas e suas mãos, amarradas, mas era fácil identificar que havia homens, mulheres e crianças. Alguns choravam, outros gemiam de forma lastimosa.

– São cidadãos britânicos e americanos – informou o embaixador Oweleen. – Todos eles. Considere-se com sorte por conseguir um voo para sair daqui.

– Que voo? Quando?

Ele ergueu uma das mãos, voltando a olhar para a TV.

– Preste atenção nisso, por favor. Percebe o que está acontecendo?

Soldados armados saíam de um caminhão, em fila indiana.

O repórter britânico prosseguiu:

– As forças do governo estabeleceram um perímetro ao redor de todo o conjunto, enquanto a pressão econômica cresce em nível internacional. Por causa de promessas de novos ataques, as refinarias de petróleo estão paralisando as operações em toda a região, fazendo com que a produção caia cerca de 70%, um número sem precedentes e catastrófico. Estão em jogo interesses da China, da França, da Holanda e, claro, dos Estados Unidos. Em condições normais, a Nigéria fornece cerca de 20% do petróleo americano.

O telefone sobre a mesa tocou e o embaixador atendeu.

– Alô – falou, acrescentando em seguida: – Mande-os entrar.

– Senhor – tentei novamente. – Não estou pedindo muito. Só preciso fazer uma ligação.

– Vamos providenciar uma ducha e uma muda de roupas limpas para o senhor agora mesmo. E cuidaremos de todas as questões relacionadas à imigração. Podemos emitir um passaporte novo imediatamente. Mas depois o senhor irá embora. Esqueça sua caçada. De agora em diante, acabou.

Finalmente explodi:

– Eu não preciso de uma ducha! Nem de roupas limpas! Preciso que o senhor me escute. Acabo de testemunhar o assassinato de uma repórter chamada Adanne Tansi no presídio de Kirikiri. Ela estava escrevendo uma matéria importante relacionada à violência nas proximidades dos campos de petróleo.

As portas do escritório se abriram e o olhar de Oweleen se desviou para trás de mim. Era como se, no instante em que levantei a voz, eu tivesse perdido qualquer chance com ele. O embaixador nem sequer me respondeu.

Em vez disso, falou diretamente com os dois fuzileiros navais que esperavam à porta.

– Nós já acabamos aqui. Desçam com o detetive Cross e certifiquem-se de que ele esteja limpo para viajar de volta para os Estados Unidos.

capítulo 119

OS DOIS FUZILEIROS NAVAIS foram bastante educados e respeitosos, mas também muito diligentes, ao me escoltarem até o vestiário do segundo subsolo.

O local tinha armários de madeira altos e um carpete desbotado, uma sauna azulejada com banheira de hidromassagem e uma pequena área de duchas. Conforme prometido, recebi uma toalha limpa.

Um dos fuzileiros perguntou o tamanho das minhas roupas e dos sapatos e depois saiu. O outro me disse que eu tinha cerca de 10 minutos para tomar banho e me vestir, portanto era melhor começar logo. Os dois eram negros, o que provavelmente não era nenhuma coincidência.

Havia quatro boxes e, em frente a cada um deles, um cubículo acortinado para trocar de roupa. Fiquei parado dentro do último boxe, com a cabeça a mil, enquanto meu tempo no país se esgotava.

O que eu podia fazer? Não havia janelas no vestiário e somente uma saída. Abri o chuveiro, só para fingir que estava fazendo alguma coisa.

Entrei debaixo d'água e a deixei cair sobre minha cabeça.

De repente, meu corpo inteiro estava tremendo. Eu me lembrava de Adanne, mas aquilo precisava parar, pelo menos por enquanto.

Um minuto depois, ouvi alguém se mover do lado de fora. Uma cortina se abriu e se fechou. Um dos outros chuveiros foi aberto.

Alguém cantarolava uma balada de James Blunt que não parava de tocar nas rádios.

Tirei os restos da minha camisa. Tornei a enfiar a cabeça debaixo do chuveiro e então saí novamente, respingando água no chão.

– Ei, pode me arranjar outra toalha? – perguntei ao guarda.

Eu tinha notado que havia uma pilha delas à entrada.

– Por que o senhor precisa de duas? – perguntou ele, enfiando a cabeça dentro do boxe.

– Você está brincando? Viu como eu estava. E sentiu meu cheiro.

Ele balançou a cabeça, mas foi pegar a segunda toalha.

– Obrigado – falei.

Passei imediatamente para o outro cubículo, segurando as argolas da cortina para que não fizessem barulho.

Quem quer que estivesse tomando banho ao meu lado tinha pendurado suas roupas em um gancho ali dentro.

Vasculhei os bolsos da calça e encontrei exatamente o que estava buscando: *um celular.*

Segundos depois, eu estava de volta ao meu próprio boxe e logo em seguida o fuzileiro pendurou uma toalha branca por sobre a barra da cortina.

– É melhor se apressar – disse ele do lado de fora.

Girei completamente a torneira, a água fazendo o máximo de barulho possível.

Então disquei o número de Flaherty.

Ele mesmo atendeu.

capítulo 120

– FLAHERTY – FALEI. – Aqui é Alex Cross.

– Cross? Onde você está?

– No consulado. Estou na África. Eles estão me expulsando do país. Agora mesmo. Preciso que você fale com alguém e os impeça. Estou perto do desgraçado, do Tiger.

Ele respondeu sem titubear:

– Impossível. Não posso mais lhe dar cobertura.

– Não preciso de cobertura. Adanne Tansi está morta... Ele a matou. Preciso que você faça uma ou duas ligações. Posso solucionar este caso agora.

– Você não está entendendo – disse Flaherty. – Você não tem mais o que fazer aqui. Fim de jogo. Vá para casa e fique por lá. Esqueça Abi Sowande. Ou seja lá qual for o nome dele agora.

A água no outro chuveiro foi fechada. O homem dentro do boxe começou a assobiar. Bati com a mão na testa, juntando todas as peças. *Flaherty não estava me dando cobertura coisíssima nenhuma. Entendi tudo errado desde o início.*

– Era eu que estava dando cobertura para *você*, não é? – perguntei.

O assobio no boxe ao lado parou por um instante, recomeçando em seguida.

– Era por isso que você queria que as pessoas acreditassem que eu era da CIA. Eu estava a descoberto. Enquanto você ficava na encolha. Fui uma distração útil.

– Escute. – Pelo seu tom de voz, dava para entender que Flaherty estava terminando a conversa. – Preciso desligar. Salvamos seu rabo duas vezes. Demonstre um pouco de gratidão. Uma guerra está acontecendo aqui. Tire o seu da reta. Ligue para mim dos Estados Unidos.

– *Flaherty!*

Ele desligou na mesma hora que a cortina do boxe foi aberta.

O fuzileiro que tinha pegado a toalha estava ali, parecendo muito irritado. Ele me empurrou contra a parede e prendeu minha mão. Não ofereci resistência. Para começar, meu ombro estava explodindo de dor. Quando ele estendeu a mão para pegar o telefone, simplesmente abri a minha e deixei que ele o apanhasse.

Fim de jogo, sem dúvida.

Eu estava voltando para casa.

Por bem ou por mal.

Para ser sincero, tinha sentimentos conflitantes.

capítulo 121

SAÍ DO CONSULADO PRATICAMENTE da mesma forma que havia saído de Kirikiri: *como um prisioneiro*. Dessa vez, do governo americano. Eu me perguntei se teria como escapar outra vez. E se de fato queria fazer isso.

Um dos fuzileiros dirigia enquanto o outro estava sentado ao meu lado, no banco de trás. O que era pior: eu estava algemado a ele. Imagino que tenham concluído que eu queria fazer aquilo do jeito mais difícil.

Os portões principais do consulado estavam fechados enquanto seguíamos na direção deles. *Não havia mais ninguém esperando para entrar*.

No entanto, o número de manifestantes tinha aumentado. Eles estavam enfileirados ao longo da cerca, agarrados a ela como se fossem barras de uma cela de prisão, xingando tudo que fosse americano, assim como a vida que o destino lhes reservara.

Tão logo cruzamos os portões, a multidão se fechou ao nosso redor.

Corpos se pressionavam contra as janelas do carro, mãos estapeavam os vidros, punhos esmurravam o teto. Eu conseguia ver a raiva e o medo em seus olhos, a frustração de uma vida inteira de injustiça e miséria.

– O que essa gente quer? – perguntou o jovem fuzileiro ao meu lado. O nome em seu crachá era Owens. – Os reféns no Delta são americanos e britânicos. Provavelmente vão morrer.

– O que eles querem? – O fuzileiro ao volante respondeu com outra pergunta.

– Que a gente saia daqui.

E todos querem que eu saia também, pensei, *até mesmo os americanos. Ninguém quer ouvir a verdade.*

capítulo 122

AS ESTRADAS PARA O AEROPORTO Murtala estavam ainda mais cheias e tumultuadas do que da última vez que eu estivera ali – se é que isso era possível. Estacionamos na mesma base aérea que Adanne e eu tínhamos usado para ir ao Sudão. De lá, precisamos tomar uma condução.

O ônibus estava apinhado de famílias americanas a caminho de casa, ou pelo menos saindo da Nigéria. Todos falavam sem parar sobre o drama dos reféns no Delta. Ninguém havia sido libertado até então e todos temiam que eles fossem mortos em breve.

Porém o que mais me surpreendeu foi a pouca atenção que aquelas pessoas deram a dois homens algemados um ao outro. Imagino que tivessem coisas mais importantes em que pensar para se preocuparem comigo e com meu guarda fuzileiro.

O terminal de embarque estava tão lotado, barulhento e caótico quanto o local de um bombardeio. Abrimos caminho até um posto de segurança para providenciar que eu fosse levado ao avião. Pelo jeito, as algemas não seriam retiradas antes de eu estar bem afivelado num assento, a caminho de casa.

A área de espera estava cheia, como o restante do lugar, todos os olhos voltados para um só aparelho de TV, ligado num canal africano.

A repórter tinha sotaque iorubá, como o de Adanne. Pode parecer estranho, mas essa foi a gota d'água para mim. Lágrimas escorreram pelo meu rosto e comecei a tremer como se estivesse com febre.

– O senhor está bem? – perguntou o fuzileiro.

Ele parecia um bom homem. Estava só fazendo seu trabalho. E muito bem, por sinal.

– Estou – respondi. – Estou bem.

No entanto, eu não era a única pessoa que chorava ali. Motivo era o que não faltava. Tropas nigerianas tinham invadido o condomínio da ilha de Bonny, para o que deveria ser uma "missão de resgate". Em vez disso, agora todos os 34 reféns estavam mortos. Combates abertos irromperam em toda a região do Delta. Havia notícias de distúrbios em pelo menos dois outros estados do Sul.

As imagens dos reféns massacrados eram chocantes até mesmo para os padrões dos noticiários americanos. As vítimas estavam largadas no chão do corredor, tanto os adultos quanto as crianças. Os corpos estavam caídos uns sobre os outros, com roupas manchadas de sangue e ainda encapuzados.

Uma mulher perto de mim soltou um grito lancinante. Sua família ainda estava no Delta. Todos os demais mantinham os olhos fixos na tela, em silêncio.

– Os governos dos estados de Rivers, Delta e Bayelsa já emitiram alertas – prosseguiu a repórter. – Recomenda-se que, nas próximas 24 horas, os cidadãos só saiam de casa se for extremamente necessário. Foi decretado toque de recolher total. Qualquer pessoa que o viole será presa ou possivelmente alvejada.

Owens, o fuzileiro algemado a mim, falou:

– O embarque do seu voo já começou. Vamos, detetive Cross. Quem me dera poder ir com o senhor. Também sou de Washington. Queria voltar para casa. Sinto falta de lá. O senhor não faz ideia.

Peguei um número de telefone com Owens e prometi ligar para sua mãe quando chegasse.

Poucos minutos depois, estávamos todos sendo levados para fora dali, rumo ao avião. Ouvi alguém chamar meu nome e olhei para um dos lados, em direção ao edifício do terminal.

O que vi então fez meu sangue congelar e mudou tudo.

Padre Bombata estava olhando diretamente para mim. Ele ergueu sua mão pequena e acenou.

Parado ao seu lado, agigantando-se sobre o padre – se é que ele era mesmo padre –, estava Tiger. Abi Sowande. O monstro correu o indicador sobre a própria garganta.

O que significava aquele gesto? *Que aquilo ainda não havia terminado?*

Disso eu já sabia!

Ainda faltava muito para acabar. Eu nunca tinha desistido de um caso na vida.

Mas talvez Tiger também já soubesse disso.

PARTE QUATRO

DE VOLTA PARA CASA

capítulo 123

EU SABIA QUE HAVIA FRACASSADO.

E também sabia que já testemunhara e investigara assassinatos e carnificinas suficientes para mais de uma vida. Ainda assim, nada havia me preparado para o caos insano e os horrores das últimas semanas: tortura e genocídio, mulheres e crianças inocentes sofrendo e, por fim, a morte sem sentido de Adanne Tansi e sua família.

Tudo o que eu queria era me refugiar em algumas horas de sono no avião para Londres, de onde pegaria uma conexão para Washington.

Mas não conseguia interromper o fluxo de imagens terríveis, apavorantes, da minha temporada na África: *eu via repetidamente o monstruoso Tiger matando e em seguida estuprando Adanne.*

E no que resultaram as mortes de Adanne e sua família? O que se conseguiu com isso além de uma perseguição fracassada ao assassino chamado Tiger? E quanto a todas as outras mortes ali que jamais seriam vingadas, nem sequer lembradas de forma adequada? E quanto aos segredos que Adanne dividira comigo?

Acordei com um sobressalto quando o avião aterrissava no Aeroporto Gatwick, em Londres. Tinha dormido um pouco e me sentia grogue, além de estar com o estômago embrulhado e explodindo de dor de cabeça.

Talvez fosse apenas paranoia minha, mas as aeromoças da Virgin Nigeria pareciam ter me evitado durante boa parte da viagem.

Eu precisava de água e de uma aspirina. Fiz sinal para as aeromoças, que estavam recolhendo copos e latas de refrigerante antes de aterrissarmos.

- Com licença? - chamei.

Eu tinha certeza de que elas me viram acenar, mas fui ignorado novamente.

Por fim, fiz algo que não me lembrava de ter feito em nenhum outro voo: apertei o botão de atendimento. Várias vezes. Isso me rendeu um olhar feio da que estava mais perto de mim. Ainda assim, ela não foi ver o que eu queria.

Eu me levantei e fui até ela.

- Não sei o que fiz para ofendê-la... - comecei.

Ela me cortou:

- Então vou lhe dizer. Você é um americano dos mais *asquerosos*. A maioria deles é assim, mas você é pior. Causou sofrimento a todos que tiveram contato com você. E agora quer minha ajuda? Não. Nem uma bebida. A luz do cinto de segurança está acesa. Volte para o seu lugar.

Peguei seu braço e o segurei com cuidado, porém com firmeza. Então me virei e olhei em direção à cabine.

Esperava ver alguém nos observando, alguém que tivesse falado a meu respeito para as aeromoças.

Mas ninguém parecia estar olhando na nossa direção. Também não reconheci nenhuma daquelas pessoas.

– *Quem falou com você a meu respeito?* – perguntei. – Alguém neste avião? Quem foi? Diga.

Ela balançou o braço para se soltar.

– Descubra sozinho. Você não é o detetive?

Então se afastou sem olhar para trás. Sua expressão irritada e o mistério da sua raiva contra mim me acompanharam por todo o caminho de volta para casa.

capítulo 124

AS 12 HORAS SEGUINTES de viagem passaram muito devagar, mas enfim cheguei a Washington. Não consegui telefonar para Nana para lhe dizer que estava de volta. Então simplesmente peguei um táxi em frente ao aeroporto e segui para a Rua 5.

Passava um pouco das nove e o tráfego noturno estava pesado, mas eu me sentia feliz por estar de volta a Washington. Às vezes tinha essa sensação ao voltar de uma viagem longa e difícil, o que, definitivamente, era o caso. Mal podia esperar para chegar à minha casa e deitar na minha cama.

Assim que entrei no táxi, me perdi em uma espécie de devaneio causado pelo fuso horário.

Ninguém fazia a menor ideia da extensão da carnificina e do sofrimento na África até de fato visitar determinadas regiões da Nigéria, do Sudão e de Serra Leoa – e não havia respostas ou soluções fáceis. Eu não acreditava que a violência que tinha visto ali vinha da maldade de pessoas comuns. Porém, os que estavam no topo eram maus, pelo menos alguns deles.

E havia também os psicopatas à solta, como Tiger, outros matadores de aluguel e os meninos selvagens. O fato de que condições terríveis talvez os tivessem transformado em assassinos parecia não fazer diferença.

A ironia que não me deixava em paz era que eu tinha passado os últimos 12 anos perseguindo assassinos nos Estados Unidos, mas isso agora parecia brincadeira de criança. Não era nada, se comparado ao que vira nas últimas semanas.

Fui retirado bruscamente do meu devaneio quando o táxi manobrou até o acostamento. *E essa agora?* Eu estava em casa e até ali o azar me perseguia? Qual o problema... *um pneu furado?*

O motorista olhou para trás e anunciou com nervosismo:

– Problema no motor. Sinto muito. Mesmo. – Então sacou uma arma e gritou: – *Traidor! Morra!*

capítulo 125

ALGUÉM TOCAVA INSISTENTEMENTE a campainha da casa da família Cross.

Nana estava no quarto de Ali, colocando-o para dormir do jeito que ele gostava: deitada ao lado dele até o menino pegar no sono, enquanto ela sussurrava as palavras de uma de suas histórias favoritas.

Ali não parava de rir a cada página do livro, pedindo: "Lê de novo, Nana. Lê de novo."

Nana esperou pacientemente que Jannie fosse atender a porta. Porém a campainha tocou mais uma vez, depois outra – de forma persistente, mal-educada e enlouquecedora. Jannie estivera na cozinha, fazendo um bolo. *Onde está essa garota? Por que ela não atende a porta?*

– Ora, quem pode ser? – murmurou Nana enquanto se levantava e saía da cama de Ali. – Já volto, Ali... *Janelle, você está abusando da minha paciência e isso não é uma boa ideia.*

Mas, quando chegou à sala de estar, Nana Mama viu que Janelle já estava diante da porta escancarada.

Um menino estranho, com uma camiseta de basquete dos Houston Rockets, *ainda* tocava a campainha.

– Você é louco, por acaso? – gritou Nana enquanto atravessava o hall às pressas, embora mancando. – Pare de tocar essa campainha agora mesmo! O que está fazendo aqui a esta hora da noite? Eu conheço você, filho?

O menino com a camisa dos Rockets finalmente tirou a mão da campainha. Então ergueu uma escopeta com o cano serrado para que Nana a visse, mas ela continuou seguindo em frente até proteger Jannie com o próprio corpo.

– Vou matar essa garota idiota rapidinho – disse ele. – E você também, sua velha. Não vou poupá-las só porque são a família do detetive.

capítulo 126

TUDO ACONTECEU RÁPIDO DEMAIS dentro do táxi e me pegou totalmente desprevenido, com a guarda baixa, mas vi uma chance e tive que aproveitá-la.

O motorista não me pareceu um matador experiente. Ele hesitou em vez de simplesmente apertar o gatilho e atirar em mim.

Então me lancei para a frente, agarrando a arma e a mão dele ao mesmo tempo. Torci sua mão com tanta força que o homem soltou um grito alto e agudo e largou a arma. Eu a peguei e o golpeei com ela.

O motorista se encolheu de repente, atirando-se em seguida porta afora.

Saltei pela porta de trás, mas ele já estava descendo uma colina coberta de grama a toda a velocidade. Então sumiu num bosque ao lado da rodovia.

Dei um tiro com sua arma, mas não o acertei. Ele tinha me chamado de "traidor". Uma reação parecida com a da aeromoça.

Será que acreditava mesmo naquilo ou estava apenas cumprindo ordens?

Visualizei o rosto do homem: magro, com cavanhaque, devia ter uns 25 anos. Um soldado? Um matador? Havia um traço de algum dialeto nigeriano em seu sotaque. Então quem era o mandante?... Tiger? Ou outra pessoa? Quem?

Tentei não pensar em teorias da conspiração. Não ali. Não naquele momento.

As chaves estavam na ignição e, sem pensar muito, decidi usar o táxi para voltar para casa. Ligaria para a polícia quando chegasse.

Mas o que diria a eles? Quanto daquela história perturbadora devia revelar?

E até onde contaria para Nana? Ela não ficaria feliz em me ver desse jeito: dirigindo um táxi que eu confiscara do motorista, que, por sua vez, havia tentando me matar.

capítulo 127

EM POUCOS MINUTOS EU estava na Rua 5.

Estacionei o táxi e corri em direção à casa. No caminho, tinha começado a me preocupar com Nana e as crianças.

Será que estavam todos bem? Talvez fosse apenas mais uma paranoia minha. Mas talvez não. Tiger não ia atrás de famílias? E alguém tinha acabado de tentar me matar. Eu não estava imaginando coisas.

Levei um susto quando Rosie, nossa gata, apareceu sorrateira atrás de mim no gramado da frente.

Quem tinha deixado Rosie sair? Ela era inveteradamente caseira. Dava para notar que estava muito agitada. Por quê? O que havia acontecido? O que Rosie tinha visto?

– Nana – chamei enquanto subia os degraus da entrada. – Nana!

Girei a maçaneta... *e a porta estava destrancada!*

Isso também era estranho. Ninguém deixava a porta de casa destrancada naquela região, muito menos Nana.

– Nana!... Crianças! – chamei enquanto entrava e percorria o primeiro piso depressa. Não queria assustá-los só porque eu estava morrendo de medo.

Parei na cozinha porque a cena era um desastre completo. Nunca a tinha visto daquele jeito. Era como se alguém tivesse começado a fazer um bolo e parado no meio.

Mas essa não era a única coisa que havia acontecido ali. Cadeiras foram viradas. Pratos e copos estavam quebrados no chão.

Assim como uma tigela que parecia ter servido para fazer cobertura de baunilha. Nana tinha feito bolo... eu estava com sorte.

Saquei a arma que havia pegado do taxista.

Comecei a subir as escadas, incapaz de controlar a respiração. Tentei não tropeçar em Rosie enquanto subíamos juntos.

Sem fazer barulho.

E rápido.

capítulo 128

VERIFIQUEI TODOS OS QUARTOS. Depois meu escritório no sótão. Por fim, desci até o porão.

Não havia nada, ninguém, em parte alguma da casa.

Finalmente, liguei para a Polícia Metropolitana e comuniquei o possível sequestro de minha família.

Em questão de minutos, três viaturas pararam diante da casa. As luzes em seus tetos brilhavam ameaçadoramente. Saí assim que Sampson chegou.

Expliquei para John o que sabia até o momento. Ele ficou comigo na varanda. Eu segurava Rosie nos braços. Na verdade, me agarrava a ela em busca de consolo. Tudo aquilo parecia irreal e eu estava entorpecido dos pés à cabeça.

– Foi Tiger, só pode ter sido ele. Tem alguma coisa a ver com o que aconteceu na África – falei para John. – Quase fui baleado quando estava vindo do aeroporto. – Apontei para o táxi parado na rua. – O motorista me ameaçou com uma arma.

– Eles estão vivos, Alex – disse Sampson, passando um braço ao meu redor. – Têm que estar.

– Espero que você tenha razão. De qualquer forma, eles os teriam matado aqui, como fizeram com Ellie e sua família.

– Eles devem achar que você sabe de alguma coisa. Você sabe, Alex?

– Não muito. – Era uma mentira inofensiva.

Foi então que ouvi um grito de mulher.

– *Alex!... Alex!*

Bree! Ela vinha correndo pelo quarteirão desde o lugar onde tivera que deixar o carro. Àquela altura, a polícia já havia bloqueado totalmente a Rua 5. Estava começando a parecer uma daquelas cenas de crime horripilantes para as quais eu detestava ser chamado. Só que, desta vez, era a minha casa, a minha família.

– O que houve, Alex? Acabei de receber a chamada. Vi o endereço. O que aconteceu?

– Alguém sequestrou Nana, Ali e Jannie – disse Sampson para Bree. – Pelo menos é o que parece.

Bree se aninhou em meus braços e me apertou com força.

– Oh, Alex... Oh, não, Alex.

Ela não fez promessas vazias, apenas me ofereceu o único consolo que podia. Seu abraço, algumas palavras sussurradas.

– Nenhum bilhete, nenhuma mensagem? – perguntou enfim.

– Não encontrei nada. É melhor procurarmos outra vez. Acho que não estava pensando com muita clareza quando fiz a primeira busca. Sei que não.

– Você acha que deveria voltar lá para dentro agora? – disse ela, segurando meu braço.

– Tenho que fazer isso. Venham comigo. Vocês dois.

Então nós três voltamos para dentro da casa.

capítulo 129

ENQUANTO BREE E SAMPSON começavam a busca, liguei para a escola de Damon e falei com o diretor, e por fim consegui que colocassem meu filho na linha. Mandei que ele fizesse as malas. Iríamos tirá-lo dali em breve. Sampson já havia arranjado alguém para buscá-lo.

– Por que preciso ir para casa? – perguntou Damon.

– Você não vai vir para casa agora. Ainda não. Não é seguro aqui. Para nenhum de nós.

Eu me juntei a Bree e Sampson e vasculhamos a casa por várias horas, mas não conseguimos encontrar nada. Nenhuma mensagem tinha sido deixada ali.

As únicas evidências de luta eram a bagunça na cozinha e um tapete embolado no hall de entrada.

Lembrei-me de conferir meu computador, mas também não havia nada ali. Nenhuma mensagem. Nenhuma ameaça. Nenhum tipo de explicação. *Será que era essa a mensagem?*

Então, decidi fazer uma ligação para Lagos. Eram oito da manhã lá.

Consegui falar com o escritório de Flaherty, mas dessa vez não foi ele que atendeu.

– O Sr. Flaherty não está – disse sua assistente, que parecia nervosa.

– Você sabe onde ele está ou quando voltará? – perguntei. – Preciso muito falar com ele.

– Sinto muito, mas não sei. Há muita coisa acontecendo aqui, senhor. A situação está muito grave.

– Sim, eu sei. Posso deixar um recado?

– Claro.

– Diga que Alex Cross está de volta a Washington. Eles sequestraram minha família. Acho que Tiger e seu bando são os responsáveis. Preciso falar com ele. Por favor, não deixe de lhe dar este recado. Pode ser uma questão de vida ou morte.

– Sim, senhor – falou a assistente. – Sempre é.

capítulo 130

SAMPSON, BREE E EU FICAMOS cerca de mais uma hora na casa. Vasculhamos todos os cômodos novamente, procurando qualquer coisa com a qual pudéssemos trabalhar.

Mas eu sabia que os dois estavam ali para se certificarem de que eu estava bem, especialmente porque eu demonstrava estar fraquejando.

Por fim, falei para John voltar para sua família e dormir um pouco.

Ninguém havia me telefonado nem tentado transmitir qualquer recado para mim.

– Há duas viaturas lá fora – disse Sampson. – Elas vão ficar lá a noite toda. Nem pense em me convencer do contrário.

– Eu sei. Estou vendo.

– A ideia é essa. Elas estão ali para serem vistas.

– Certifique-se de que eles estejam alertas – pediu Bree. – Vou ficar aqui também. Diga a eles que estarei de olho.

Sampson abraçou Bree e depois fez o mesmo comigo. Não houve nenhuma gracinha típica de policiais naquela noite, nenhuma tentativa de aliviar a tensão.

– *Qualquer coisa*, me ligue – disse ele para mim.

Então se dirigiu para a porta da cozinha. No meio do caminho, parou e virou-se.

– Vou falar com os homens lá fora. Talvez peça mais uma viatura.

Não me dei o trabalho de concordar ou discordar. Não estava em condições de tomar decisões àquela altura.

– Obrigado.

– Nós vamos ficar bem – disse Bree.

– Não tenho dúvida – falou Sampson, assentindo. – Liguem para mim se *qualquer coisa* acontecer!

Por fim, ele saiu e fechou a porta.

Andei até ela e a tranquei, o que nos daria alguns segundos a mais se alguém tentasse entrar. Talvez precisássemos.

– Você está bem para encarar isso? – perguntou Bree.

Assenti.

– Você vai ficar comigo? Então claro que estou.

Ela se aproximou e me abraçou de novo.

– Vamos lá para cima, então. – Ela pegou minha mão. – Venha, Alex.

Deixei que Bree me levasse. Eu continuava me sentindo entorpecido, como se estivesse num sonho.

– Há um telefone aqui – disse ela quando entramos no quarto.

Então me abraçou outra vez, estendeu as mãos para baixo e começou a desafivelar meu cinto. Cheguei a pensar que não era disso que eu precisava, mas estava enganado.

Até o telefone no quarto tocar.

capítulo 131

AS LIGAÇÕES PARA MINHA CASA começaram poucos minutos depois das quatro da manhã. A pessoa *sempre desligava* assim que eu atendia, uma vez após outra, praticamente sem interrupções.

Aqueles telefonemas eram uma tortura emocional, mas atendi todas as vezes; e não ousei deixar o fone fora do gancho. *Como poderia fazer isso?* Aquele era meu único meio de contato com Nana e as crianças. Quem quer que estivesse ligando estava com eles. Eu precisava acreditar nisso.

Bree e eu ficamos abraçados a noite toda, provavelmente a pior da minha vida.

Contei a ela parte do que tinha feito e visto na África – sobre os horrores, sobre Adanne e sua família, sobre seus assassinatos sem sentido. Mas também falei da bondade e da naturalidade das pessoas; de como estavam desamparadas, presas num pesadelo que não haviam criado e que não queriam para suas vidas.

– E esse Tiger, o que mais você descobriu sobre o desgraçado, Alex?

– Terrorista assassino... parece trabalhar para os dois lados. Para qualquer um que pague. É o assassino mais violento que já vi, Bree. Gosta de machucar as pessoas. E existem outros como ele. É como chamam os matadores de aluguel: *Tiger*.

– Então ele sequestrou Nana e as crianças? Foi ele? Tem certeza?

– Tenho – falei. O telefone voltou a tocar. – E é ele quem está ligando.

As ligações continuaram e comecei a zanzar pela casa, indo de um cômodo a outro, sem parar de pensar na minha família por um instante sequer.

Na cozinha, o livro de culinária favorito de Nana continuava à vista. Ao me aproximar, vi que estava aberto numa receita de bolo de chocolate com noz-pecã.

A famosa capa de chuva de gabardina dela estava pendurada nas costas de uma das cadeiras da cozinha. Quantas vezes ela havia me falado: "Não quero outra capa de chuva. Levei meio século para deixar esta do jeito que eu gosto"?

Então comecei a andar pelo quarto de Ali.

Vi seus cards do Pokémon distribuídos com capricho no chão. *Moo*, o bichinho de pelúcia que ele adorava. Uma camisa pintada à mão da sua festa de 5 anos. Um livro aberto na mesinha de cabeceira.

Quando cheguei ao quarto de Jannie, me deixei cair pesadamente na cama. Corri os olhos por sua preciosa coleção de livros. E pelas cestinhas de arame apinhadas de acessórios para cabelo, batons e loções com cheiro de frutas. Então vi seus óculos de leitura, prescritos apenas um mês antes. Aquilo foi a gota d'água. Havia algo de muito vulnerável e revelador naqueles óculos novos largados em cima da escrivaninha.

Fiquei sentado ali segurando Rosie e então ouvi o telefone tocar novamente. Bree atendeu.

– Vá se foder – disse ela, muito baixinho.

Então desligou na cara de quem quer que estivesse ligando.

capítulo 132

EU IRIA TRAZER MINHA FAMÍLIA DE VOLTA. Precisava acreditar nisso. Mas seria verdade? Quais eram minhas chances reais? Elas definitivamente estavam ficando cada vez menores.

Das seis e meia até cerca das sete daquela manhã, fiquei sentado na varanda, tentando não enlouquecer por completo. Pensei em dar uma volta de carro, para tentar relaxar um pouco.

Mas eu tinha medo de ficar longe de casa, mesmo que fosse por um período curto.

Pouco depois das sete, as ligações pararam e dormi por cerca de uma hora.

Quando acordei, tomei um banho, troquei de roupa e chamei um dos patrulheiros que estavam na rua. Mandei que atendesse qualquer ligação para mim e lhe dei um número de celular no qual poderia me encontrar.

Às nove, Bree e eu fomos a uma reunião de emergência no Edifício Daly.

Fiquei surpreso ao encontrar cerca de uma dúzia de oficiais na sala de reuniões. Eram todos peixes grandes, os melhores de Washington. Logo vi que aquilo era uma demonstração de apoio e preocupação para comigo. A maioria dos detetives que estavam ali já havia trabalhado comigo em outros casos. Davies, o chefe dos detetives, Bree e Sampson tinham contatado oficiais com informantes nas ruas que talvez pudessem ajudar a localizar minha família.

Se é que alguém podia.

capítulo 133

A PARTIR DAÍ, O DIA foi ficando cada vez mais estranho.

Às onze da manhã, eu estava diante de um grupo menor, numa sala de conferências sem janelas na sede da CIA, em Langley. A atmosfera não poderia ter sido mais diferente do que aquela que eu havia experimentado no Edifício Daly. Todos, menos eu, usavam terno e gravata. A linguagem corporal comunicava tensão e desconforto. Eu era o único que queria estar ali – precisava da ajuda deles.

Um agente do Serviço Clandestino Nacional chamado Merrill Snyder me cumprimentou com um aperto de mãos firme e a seguinte frase, nada promissora:

– Obrigado por ter vindo, Dr. Cross.

– Podemos começar? – perguntei.

– Estamos esperando só mais uma pessoa – falou Snyder. – Temos café e refrigerantes, se o senhor quiser.

– Onde está Eric Dana? – perguntei, lembrando-me do nome de quem estava no comando da última vez que eu viera a Langley.

– Ele está de férias. O homem que estamos aguardando é o superior dele. Tem certeza de que não quer um café?

– Não, estou bem. Já tomei cafeína suficiente esta manhã, acredite.

– Entendo. Ainda não teve notícias das pessoas que sequestraram sua família? – perguntou Snyder. – Nenhum contato?

Antes que eu pudesse responder, a porta da sala de conferências se abriu. Um homem alto, de quarenta e poucos anos, com cabelos negros e usando um terno cinza e uma gravata com listras prateadas e vermelhas, entrou. Ele se movia como alguém importante, o que devia ser.

E, logo atrás dele, vinha... Ian Flaherty.

capítulo 134

O HOMEM QUE TODOS ESTAVAM esperando se apresentou como Steven Millard. Ele disse que era do Serviço Clandestino Nacional, mas não mencionou seu cargo. Então lembrei que Al Tunney citara o nome dele antes de eu ir para a África. Millard era o chefe do grupo que estava envolvido naquilo desde o início.

Tudo o que Flaherty disse foi:

– Dr. Cross.

– Alguma notícia sobre a sua família? – quis saber Millard logo de cara.

– Nada até o momento – atalhou Snyder. – Ainda não fizeram contato.

– Há homens da Polícia Metropolitana na minha casa – falei. – Eles vão atender o telefone e ligar para mim.

– Isso é bom. Basicamente a única coisa que pode fazer – disse Millard.

Eu não consegui decidir o que pensar dele. Tinha certeza de que estava ciente da minha reunião com Eric Dana antes de eu viajar para a África, mas quanto mais Millard sabia?

– Preciso de qualquer ajuda que vocês possam me dar – falei enfim. – De verdade.

– Pode contar conosco – afirmou Millard. – Mas tenho algumas perguntas às quais o senhor talvez possa responder antes. Detetive Cross, antes de mais nada, por que o senhor foi para a África?

– Uma amiga minha e toda a sua família foram mortas. Fui eu que assumi o caso e tinha informações de que o assassino havia fugido para Lagos.

Millard assentiu e pareceu entender.

– Então me diga uma coisa: o que descobriu por lá? Alguma coisa de útil, imagino. Caso contrário, por que esse assassino profissional viria atrás do senhor e da sua família em Washington?

– Era exatamente nisso que eu esperava que vocês pudessem me ajudar. O que está acontecendo na Nigéria e aqui em Washington também? Podem me dizer?

Em vez de me responder, Millard fez outra pergunta:

– O senhor viu algo de estranho ou perturbador na Nigéria? Precisamos entender por que esse assassino o perseguiu até aqui. O senhor é um oficial de polícia renomado. Esse Tiger, ou seja lá quem for, não iria se arriscar se realmente não precisasse. Acho difícil imaginar isso. A não ser que o senhor o tenha tirado mesmo do sério.

– Então o senhor sabe que foi ele?

– Não, não tenho certeza. Mas faz sentido. Ian concorda comigo. Então, o que o senhor sabe, Dr. Cross?

Olhei para Flaherty e em seguida para Millard.

– Vocês não vão me ajudar a encontrar minha família, vão? Só querem arrancar as informações de mim de novo, certo?

Millard suspirou, fez uma pausa e então disse:

– Dr. Cross, infelizmente achamos que sua família está morta.

Eu me levantei tão rápido da minha cadeira que quase a derrubei.

– Como podem dizer uma coisa dessas? O que vocês sabem? O que não estão me contando? Por que eles me ligariam a noite inteira se minha família estivesse morta?

Millard me fitou nos olhos, então também se levantou.

– O senhor foi aconselhado a não se envolver neste assunto. Sinto muito pela sua perda. Nós iremos ajudá-lo em tudo o que for possível.

Após um instante, ele sentiu necessidade de acrescentar:

– Não somos os vilões aqui, detetive. Não há nenhuma grande conspiração acontecendo.

Se isso fosse verdade, por que todo mundo precisava ficar repetindo?

capítulo 135

AQUELES DESGRAÇADOS DA CIA! Mesmo que tivessem sido um pouco mais humanos dessa vez, eu sabia que estavam escondendo alguma coisa.

Talvez por isso eu não tenha lhes contado os segredos que Adanne me revelara após o massacre de sua família. A reunião tinha sido um exemplo típico de minha experiência com eles em todos esses anos.

E Flaherty? Depois da reunião, ele seguiu para "uma série de reuniões previamente agendadas". Tenho certeza de que essa não era toda a verdade.

Naquela noite, eu voltei para uma casa vazia. Tinha dito a Bree que talvez fosse melhor eu ficar sozinho. Estava tão desesperado que era capaz de tentar qualquer coisa.

Não conseguia tirar as palavras de Millard da cabeça: *Dr. Cross, infelizmente achamos que sua família está morta.*

Preparei um sanduíche, mas só mordisquei as beiradas. Então assisti aos canais de notícia – CNN, CNBC, FOX –, porém não havia quase nada sobre a guerra civil no delta do Níger. Inacreditável. Uma atriz de Hollywood tinha se matado em Los Angeles e essa era a matéria principal; estava sendo coberta por quase todas as emissoras – parecia que todos tinham as mesmas fontes e usavam os mesmos jornalistas.

Por fim, desliguei as notícias sobre a atriz morta, mas o silêncio não me fez bem. A tristeza e o medo de ter perdido Nana, Ali e Jannie eram quase insuportáveis.

Passei um bom tempo na cozinha, com a cabeça apoiada nas mãos. Eu me lembrava de certas imagens, sentimentos e sensações do passado: Ali, ainda um garotinho e um doce de criança; Jannie, ainda um grude comigo, a memória viva da sua mãe; Nana, que me salvara tantas vezes desde que eu viera para Washington, aos 10 anos, depois que meus pais morreram.

Não sabia como continuaria a viver sem eles. Será que havia como?

O telefone voltou a tocar e eu o atendi depressa. Torci para ser Tiger, querendo algo, querendo a mim.

Mas não era.

– Aqui é Ian Flaherty. Só queria ver como você está. Saber se está tudo bem. Você se lembrou de alguma coisa que possa ajudar?

– Ajudar? – falei, com a voz tensa. – Minha família foi sequestrada. *Minha família*. Você tem alguma ideia do que estou sentindo?

– Creio que sim. Queremos ajudá-lo, Dr. Cross. É só nos falar o que sabe.

– Ou o quê, Flaherty? O que mais eles podem fazer contra mim?

– A pergunta correta é: "O que eles podem fazer contra a sua família?"

Flaherty deixou um número no qual eu poderia falar com ele a qualquer hora do dia ou da noite.

Pelo menos o desgraçado também estava acordado até tarde.

capítulo 136

O SOM DO TELEFONE TOCANDO me acordou de um sono leve no sofá da sala de estar. Atendi ainda sonolento, as extremidades do meu corpo formigando.

– Alô.

– Vá pro carro agora, Cross. Estamos vigiando sua casa. A luz está acesa no andar de cima e na cozinha. Você estava dormindo na sala.

Uma voz de homem. Inglês ruim, com sotaque. Tinha ouvido muito esse jeito de falar nas últimas semanas, mas dessa vez me senti especialmente em sintonia com ele... com cada sílaba.

– Minha família está bem? – perguntei. – Onde eles estão? Só me diga isso.

– Traga seu celular. Temos o número e você vai para onde a gente mandar. E não tente ligar para ninguém, senão sua família morre. Agora, Cross. Preste atenção.

Eu estava me sentando, olhando pela janela da sala de estar, deslizando meus pés para dentro dos sapatos.

Não vi ninguém lá fora. Não havia nenhum carro nem nenhuma luz visíveis de onde eu estava.

– Por que eu deveria lhe dar ouvidos? – perguntei à pessoa na linha.

Uma segunda voz interrompeu a conversa:

– *Porque eu estou mandando!*

Em seguida, o telefone foi desligado com um clique do outro lado da linha. A segunda voz tinha soado ríspida, mais grave do que a primeira. Eu a reconheci imediatamente.

Tiger. Ele estava em Washington. *Ele estava com a minha família.*

capítulo 137

DE REPENTE, EU TINHA ainda mais perguntas.

Como eles haviam conseguido o número do celular que eu pegara emprestado?

Não que fosse algo impossível de obter, mas como um bando de marginais nigerianos tinha conseguido fazer isso?

Eu não era propenso a teorias conspiratórias, mas estava ficando cada vez mais difícil negar o óbvio: alguém queria saber o que eu tinha descoberto na África; e calar minha boca para sempre.

Cerca de um minuto depois do fim da ligação, saí para a varanda, que eu havia decidido deixar às escuras por ora. Ainda não conseguia ver ninguém me observando na rua.

Eles tinham estado ali? Será que já haviam ido embora? Estariam com Nana e as crianças em um veículo por perto?

Eu não queria bancar o alvo por mais tempo do que o necessário. Desci correndo os degraus e entrei no Mercedes – o carro da família, que eu comprara por questões de segurança.

Dei partida no motor e então comecei a sair de ré, sentindo o poder do carro. Eu precisava daquilo – da ajuda de alguma força externa.

O celular tocou, estridente, e eu parei.

– Você continua sendo um tolo.

Era o homem mais velho outra vez. Eu quis xingá-lo, mas não falei nada. Ele podia estar com minha família. Era duro ter uma esperança como essa, mas era o que me restava. Precisava ter alguma esperança.

Ele riu ao telefone.

– O que é tão engraçado? – perguntei.

– Você. Não quer saber para qual lado deve virar depois que sair? – disse ele.

– Qual lado?

– Dobre à *esquerda*. Então siga minhas orientações direto para o inferno.

capítulo 138

ELE FICOU NA LINHA enquanto eu seguia pela Rua 5, mas não falou muita coisa – e nada que me ajudasse a descobrir o que fazer em seguida. Eu estava tentando refletir sobre a situação, elaborar algum tipo de plano... qualquer coisa que pudesse funcionar, mesmo que fosse um palpite sem fundamento.

– Deixe-me falar com minha família – pedi.

– Por que eu faria isso?

Pensei em pisar no freio, oferecer resistência, mas ele estava com a faca e o queijo na mão.

– Qual lado? – perguntei.

– Vire à direita na próxima esquina.

Fiz o que ele mandou.

– A luta na África não é sua, branquelo! – Fiquei escutando Tiger extravasar sua raiva enquanto seguia pela Avenida Malcolm X. – Você deveria ir mais depressa – falou ele, como se estivesse bem ali no banco do carona, me observando.

Ele me guiou até a Interestadual 295, na direção sul, rumo a Maryland. Eu já havia pegado aquela estrada inúmeras vezes, mas, naquela noite, ela me pareceu desconhecida.

Em seguida, desemboquei na Interestadual 95 e, depois, na Rota 210. Segui essa última por quase 25 quilômetros, que pareceram muito mais do que isso.

Por fim, cheguei à Rota 425.

A voz dele ficou mais baixa.

– Deixe-me lhe dizer uma verdade. Você só esta vindo recolher os corpos. Quer os corpos, não quer?

– Quero minha família de volta – falei.

Ele se limitou a rir.

Não falei quase mais nada para Tiger, a não ser quando ele me fazia uma pergunta direta, e ele não pareceu se importar com meu silêncio. Talvez quisesse ouvir sua própria voz.

Eu precisava transportar a parte racional da minha mente para outro lugar. Então, ouvia suas ameaças, seus insultos cruéis, mas simplesmente os deixava passar por mim. Não era difícil, afinal eu já estava entorpecido. *Eu estava ali, mas não estava.*

capítulo 139

– SAIA DA ESTRADA! – ordenou ele.

Obedeci.

Não parecia haver mais nenhum veículo por perto. Eu achava que não tinha passado por ninguém desde que pegara a Layloes Nick Road, em algum lugar de Maryland, nos arredores de Nanjemoy.

Mas não tinha certeza absoluta. Como poderia?

Estava completamente desorientado. Nervoso e com medo – petrificado.

– Dobre à direita no cruzamento. Não perca a saída. É melhor se apressar agora! Rápido!

Fiz a curva, então segui reto, como ele havia mandado. As árvores e os arbustos que cercavam a estrada pareciam negros e muito cerrados, possivelmente porque minha visão periférica estava se estreitando na escuridão.

Acima de mim estendia-se um céu grande e cheio de estrelas. Isso me fez lembrar de Jannie, de como ela adorava as estrelas, mas me forcei a afastar o pensamento sentimental da minha cabeça.

Nada de sentimentalismo. Não agora.

Talvez nunca mais.

– Desligue o motor e saia! Faça exatamente o que eu mandar!

– É o que estou fazendo.

capítulo 140

– ESTÁ VENDO A FAZENDA mais à frente? Venha buscar sua família. Pode vir recolher os corpos agora! Sei que não acredita, mas é verdade. Estão todos mortos, Dr. Cross. Venha até a fazenda e veja.

Meu coração parecia ter parado de bater enquanto eu começava a atravessar o matagal e os arbustos em direção à pequena casa de fazenda, que ainda estava a uns 200 metros de distância. Minhas pernas e meus braços estavam dormentes, como se pertencessem a outra pessoa.

Tentei me acalmar respirando fundo, devagar. Então apaguei qualquer pensamento da minha cabeça. Por fim, reuni todo o meu ódio por Tiger, pronto para explodir no momento certo.

– Você se lembra de como encontrou a família Cox em Georgetown? Isto aqui está ainda melhor – provocou ele. – A culpa é toda sua, *detetive*.

Eu quis dizer àquele monstro ensandecido que minha família nunca tinha feito nada para machucar ninguém, mas me contive. Eu não conseguia impedir que meu cérebro funcionasse dessa forma, mas estava tentando me concentrar no perigo e nos horrores que me aguardavam.

Isto tem que ser uma armadilha, pensei. Alguém me queria ali. Precisavam descobrir o que eu sabia sobre a guerra na Nigéria. Mas não importava. Eu tinha que ter ido de qualquer maneira.

– Você está pronto, detetive?

Esse último som, *a voz dele*, não vinha do celular.

Tiger saiu do meio dos arbustos.

– Está pronto para mim? – perguntou. – Quer solucionar o mistério?

capítulo 141

– FINALMENTE VOCÊ ESTÁ OUVINDO. Só que agora é tarde demais, idiota.

O assassino falava em voz alta, num tom arrogante, enquanto caminhava na minha direção. Ele estava ladeado por dois pivetes: Houston Rockets e um garoto com a expressão vazia, que apontava uma lanterna para meus olhos.

– Onde está minha família? – perguntei, prendendo-me ao assunto da melhor forma que podia naquelas circunstâncias.

– Que diferença faz... *uma família?* Vocês me fazem rir. Todos vocês, americanos ridículos. Todos riem de vocês, no mundo inteiro.

Ele sacou uma faca de caça e mostrou a lâmina longa e grossa para mim. Não falou nada sobre a arma; não havia necessidade. Eu tinha visto do que ela era capaz na casa de Ellie.

– Onde estão eles? – tornei a perguntar.

– Você acha que está em condições de fazer perguntas? Posso obrigá-lo a gritar. Implorar para morrer. Sua vida não significa nada para nós. Nós dizemos *ye ye*, "imprestáveis, inúteis". Sua família... *nada. Ye ye.* Inúteis.

Tiger se aproximou e consegui sentir o cheiro de seu suor e de seu hálito que recendia a tabaco. Ele segurou a faca perto do meu pescoço.

– Diga: "Eu não sou nada." Diga! Quer saber que fim levou sua família? – gritou ele na minha cara. – Então diga: "Eu não sou nada!"

– Eu não sou nada.

Ele cortou meu bíceps. Não olhei para o braço, mas sabia que estava sangrando. Não iria demonstrar fraqueza, independentemente do que acontecesse comigo.

– Ferida superficial! – disse ele com uma risada.

Seus garotos assassinos também acharam graça, aqueles doentes de merda. Tive vontade de matar todos eles.

Ele fez um gesto com a faca.

– Se quer tanto ver sua família, então venha. Pode ver o que restou deles. *Ye ye!*

capítulo 142

FUI CAMBALEANDO EM DIREÇÃO à casa de aparência deserta que se erguia na escuridão, perguntando-me se Nana, Ali e Jannie estariam mesmo lá dentro.

Quanto mais perto eu chegava, mais improvável me parecia. Eu temia que estivesse vivendo em estado de negação durante todos aqueles dias.

De repente senti dificuldade de andar e até de me manter em pé, mas me obriguei a continuar, passo a passo, rumo à fazenda sombria que abrigava segredos que eu talvez preferisse não conhecer.

Um caminho de terra estreito serpeava até a casa. Eu o segui com dificuldade, alguns passos à frente de Tiger e de seus assassinos. Seriam aqueles os mesmos demônios sedentos de sangue que tinham massacrado a família de Ellie? Será que o menino com a camisa dos Houston Rockets era um tipo de substituto? Ou teria acompanhado Tiger em suas viagens de ida e volta para a África? Qual era a ligação deles com o que estava acontecendo em Lagos e no Delta? Uma guerra civil poderia se tornar uma guerra mundial? Será que dessa vez estava começando na África?

De repente, levei um golpe forte na base das costas. Fui lançado para a frente e quase caí, mas, de alguma forma, consegui manter o equilíbrio.

Então dei meia-volta e vi Houston Rockets segurando a coronha do seu fuzil. Pretendia me acertar com ele outra vez.

– Pare agora mesmo! – gritei – Seu pivete, seu covarde.

Eu estava louco para partir para cima dele, torcer seu pescoço e quebrá-lo.

Tiger riu, ou de mim ou de seu assassino cruel.

– Não, não, Akeem! Quero que ele esteja consciente. Abra a porta, Cross. Você é o detetive. Chegou até aqui. Agora vai ver. Abra a porta! Solucione o grande mistério.

capítulo 143

GIREI A MAÇANETA ENFERRUJADA, então empurrei com força a porta, que estava empenada. Ela se abriu com um rangido alto.

A princípio, não consegui ver muita coisa, mesmo com o brilho fraco da lanterna atrás de mim.

– Onde eles estão? – perguntei.

– Entre e veja – falou Tiger. – Você queria isso... a prova de que estão mortos.

Entrei na casa, mas ainda não conseguia enxergar ninguém lá dentro. Meu coração estava acelerado. Tudo naquele primeiro cômodo cheirava a mofo, sujeira e coisas velhas, talvez a morte.

– Não consigo ver nada. Está muito escuro.

De repente uma luz se acendeu. Uma sala de estar foi iluminada – dois sofás pequenos, poltronas, luminárias de pé –, mas continuei sem ver ninguém.

Eu me virei para encarar Tiger, que assomava atrás de mim.

– *Onde estão eles?* – gritei. – Não tem ninguém aqui!

– Diga-me o que você sabe – exigiu ele, num tom sério e formal. – O que aquela puta da Adanne lhe contou? O que sabe sobre o Delta? Diga.

Eu o encarei.

– Você trabalha para a CIA também? Eles queriam saber o que Adanne me contou.

Ele soltou uma gargalhada.

– Trabalho para *qualquer um* que me pague. Conte o que você sabe!

– Eu não sei *nada*! Não descobri nada na África. Se tivesse descoberto, não acha que eu contaria? Vi você matar Adanne Tansi. É isso que sei, só o que vi com meus próprios olhos.

Alguém veio andando de um corredor adjacente. Girei o corpo e deparei com Ian Flaherty ali, na fazenda.

– Duvido que ele saiba de alguma coisa. Pode matá-lo – disse ele para Tiger. – Então ele poderá se juntar à sua família. Vá em frente. Acabe logo com isso.

Uma expressão terrível atravessou meu rosto.

– Então a CIA estava envolvida nisso desde o início?

Flaherty deu de ombros.

– Não, a agência não. Só eu. *Mate-o agora*. Acabe logo com isso.

Nesse instante outra voz ecoou na sala.

– *Você* vai morrer antes, babaca.

Sampson entrou em cena. O carro que eu estava dirigindo tinha um rastreador. John havia seguido o sinal até Maryland. E não estava sozinho.

– Vai ser um jogo duro – falou Bree. Ela apareceu ao lado de Sampson. – Você e Tiger vão morrer também. A menos que comecem a falar. Onde estão Nana e as crianças?

O pivete com a camisa dos Houston Rockets armou seu fuzil. Bree disparou e o acertou na bochecha esquerda, embaixo do olho. Ele gritou e caiu no chão.

Tiger mergulhou para trás, saindo pela porta.

– Estou desarmado – disse Ian Flaherty, erguendo as duas mãos no ar. – Não atire. Não sei o que aconteceu com sua família. Não tive nada a ver com isso. Não atire.

Joguei meu ombro com força contra o peito de Flaherty e saí correndo atrás de Tiger. Sampson jogou uma arma para mim enquanto eu saía.

– Faça bom proveito! – gritou ele.

capítulo 144

ESTAVA ESCURO LÁ FORA, um breu assustador, e frio como se estivéssemos no auge do inverno. Nuvens baixas deslizavam pelo céu noturno, deixando apenas uma fatia da lua visível. Eu não via Tiger em lugar algum.

Mas então notei um leve movimento à direita do caminho de terra que tínhamos seguido para chegar até a casa.

– Alex! – ouvi Bree gritar atrás de mim.

Não respondi ao seu chamado. Saí correndo e torci para que ela não me seguisse, que não conseguisse me ver na escuridão. Queria chegar a Tiger primeiro, só eu e ele.

– Alex! – gritou Bree de novo. – Não faça isso! Alex! Alex!

Continuei seguindo o movimento, o vulto indistinto de um homem correndo mais à frente. Ou somente barulho às vezes, o farfalhar dos galhos. Estava concentrado nisso quando uma sombra saiu do mato e voou para cima de mim.

Girei para o lado e atirei no peito de um assassino com uma camisa branca comprida e um boné de beisebol da mesma cor. Um dos meninos! Ele soltou um gemido e desabou no chão. Continuei correndo atrás de Tiger.

Ele se movia depressa, mas eu também. Derrapei duas vezes ladeira abaixo em uma encosta escura. Estava me aproximando um pouco dele, mas não o suficiente. Não gritei seu nome. Apenas corri, dando o máximo de mim. Não tinha nada na minha mente a não ser o propósito de capturá-lo. Nenhuma cautela; não àquela altura. Nenhum temor por mim mesmo.

Conseguia ouvir suas passadas pesadas e sua respiração, que parecia ofegante. Ainda assim, não chamei seu nome. Estendi minha arma e disparei duas vezes. Mirei baixo, para não matá-lo. Precisava dele vivo para descobrir onde estava minha família.

Não achei que tivesse acertado, mas ele girou o corpo para trás e isso fez com que tropeçasse. Acelerei, numa explosão de velocidade. Estava chegando mais perto agora. Conseguia identificar mais detalhes, vê-lo com clareza.

Então mergulhei para agarrar suas pernas!

Quase errei, mas consegui segurá-lo pelos tornozelos e ele caiu de peito e cara no chão, sua testa se chocando com força contra uma pedra.

Subi nele, engatinhando sobre seu corpo. Então me sentei e dei um soco com toda minha força.

Meu punho se chocou contra sua mandíbula, fazendo espirrar suor e sangue.

– Filho da puta! Traidor! – gritou ele para mim, rosnando como um gato selvagem sendo atacado.

– Minha família, *onde está?* O que aconteceu com eles? – gritei.

Eu o esmurrei novamente, com toda minha raiva e meu ódio em ebulição. Dessa vez Tiger perdeu um dente, mas era muito forte, mesmo ferido. Por fim, conseguiu me tirar de cima dele.

Então veio para cima de mim! Protegi minha cabeça com os braços e ele golpeou meu pulso. Achei que poderia ter se quebrado, mas não ouvi som nenhum. Arqueei meu corpo o máximo que pude. Consegui agarrá-lo pelo pescoço e segurar firme. Não sabia de onde eu estava tirando tanta força ou quanto tempo ela iria durar.

Tentei lhe dar uma cabeçada e, por conta do ângulo em que estava, atingi seu pomo de adão. Ele engasgou, cuspindo catarro e sangue.

– Minha família! – gritei outra vez.

– Sua família que se foda! – praguejou ele. – Seus filhos que se fodam! Você que se foda!

Então ele sacou a faca de caça. Eu continuava pensando que precisava mantê-lo vivo; não que *eu* precisava sobreviver àquilo. Agarrei a mão com que ele segurava a faca pelo punho, mas já estava perdendo a firmeza. A luta estava virando para o lado dele. Estava acabado; era assim que eu ia morrer. Jamais saberia o que tinha acontecido com Nana, Ali e Jannie. Isso era o pior, não saber.

Um tiro ecoou na noite.

Tiger se empertigou, mas então voltou a se inclinar na minha direção com a faca.

– Morra – berrou. – Como sua família morreu!

Um segundo tiro o atingiu no olho direito, que um instante antes me encarava, furioso.

– Onde eles estão? – tornei a gritar. – Onde está minha família?

Ele não falou mais nenhuma palavra. Seu olho bom era só ódio. O restante de seu rosto estava ensanguentado. Tiger já não podia responder. Ele desabou em cima de mim, morto.

– *Onde eles estão?* – sussurrei.

capítulo 145

BREE VEIO CORRENDO ENQUANTO eu afastava o cadáver gigantesco de cima de mim. Mesmo que ele estivesse morto, eu ainda o odiava de todo o coração e do fundo de minha alma. Bree se ajoelhou no chão e me abraçou.

– Sinto muito, Alex. Muito mesmo. Tudo o que vi foi a faca. Tive que atirar.

Continuei abraçado a ela, balançando-me para a frente e para trás.

– Não foi culpa sua. Não foi culpa sua – falei.

Mas então comecei a tremer violentamente. Sabia que tinha perdido o jogo ali, que Tiger era minha última chance de encontrar minha família.

Deixamos o corpo onde estava e retornamos à fazenda. Viaturas das cidades vizinhas estavam chegando e as luzes vermelhas e azuis em seus tetos iluminavam as árvores.

Sampson saiu da casa enquanto nos aproximávamos.

– Vasculhei todos os cômodos. Não há ninguém aqui. Também não vejo nenhum sinal deles, Alex. Não há vestígios de sangue; nada de óbvio, pelo menos. Eu diria que nunca estiveram aqui.

Assenti, tentando registrar os fatos da cena do crime e compreender o significado deles.

– Mesmo assim, quero fazer outra busca. Preciso ver com meus próprios olhos. E Flaherty? – lembrei-me de perguntar de repente.

– A policia estadual está com ele por enquanto. Ele lhes mostrou que era da CIA. Não sei o que vai acontecer agora. Duvido que possam prendê-lo.

capítulo 146

VASCULHAMOS A CASA, UM barracão de ferramentas próximo e um celeiro até o dia amanhecer.

Então começamos a passar um pente-fino nos arredores. A essa altura, já havia mais de 30 policiais e agentes do FBI envolvidos na busca, mas o efetivo ainda não parecia suficiente para mim.

Tudo tinha um aspecto ainda mais irreal agora. *Eu estava ali, mas não estava.* Também havia perdido totalmente a noção do tempo; eu podia ter chegado à fazenda dois dias antes ou apenas ter passado poucos minutos ali.

Prova de que estão vivos, pensei. *É isso que quero, não é? E, se não for possível, prova de que estão mortos.*

Encontramos uma minivan Nissan que só podia ser o veículo que Tiger e seus assassinos tinham usado para chegar à fazenda. A van continha armas de fogo, roupas e video games em caixas de papelão.

Mas não havia sinal de sangue lá dentro, nem cordas para amarrar ninguém. Nada que nos fizesse crer que Nana e as crianças tinham estado dentro do veículo.

Havia mais marcas de pneus perto da casa, porém nada de incomum. A julgar pela aparência do local, eu diria que a fazenda estava inativa havia no mínimo dois anos. Os registros municipais diziam que ela pertencia a Leopoldo Gout, mas ainda não tínhamos conseguido fazer contato com ele. Quem era Leopoldo Gout? O que ele sabia sobre o que havia acontecido ali?

Finalmente, por volta das quatro da tarde, Bree me levou até meu carro. Então assumiu o volante e me conduziu de volta para casa. Ela alegou que eu não estava em condições de continuar a busca e tinha razão.

Apesar de tudo, torci por um final feliz, mas não havia ninguém em casa. A bagunça na cozinha continuava do mesmo jeito que antes e eu a deixei assim.

Como lembrança.

A cozinha de Nana. Seu lugar favorito.

capítulo 147

ERA TUDO TÃO DESCONCERTANTE, tão incompreensível, tão errado de tantas formas.

Bree e eu passamos algum tempo trocando ideias, mas eu não conseguia me concentrar. Meu raciocínio estava caótico demais; eu estava muito perturbado e perdido. Não queria falar, não queria comer e não conseguia dormir. Não pude sequer manter os olhos fechados a única vez que me deitei no sofá da sala de estar. Pensei em sair para dar uma volta de carro, mas achei melhor não, pelo menos por enquanto.

– Vou correr um pouco – acabei dizendo para Bree. – Para clarear as ideias. Devo estar deixando passar alguma coisa.

– O.k., Alex. Eu estarei aqui. Boa corrida.

Compreendendo que eu queria ficar sozinho, ela não se ofereceu para ir junto. Eu precisava de solidão para traçar um plano, para encontrar uma maneira de dar sentido ao que havia acontecido.

Corri primeiro pelas ruas conhecidas perto da minha casa, depois por outras mais distantes da Rua 5, pelas quais não me lembrava de ter passado a pé antes.

Enfim pude me concentrar um pouco melhor e comecei a pensar no que Adanne me contara em Lagos. Será que seus segredos teriam causado tudo aquilo – a morte de sua família, seu próprio assassinato, o que quer que tivesse ocorrido a Nana, Ali e Jannie?

"Alex, eu sei de coisas terríveis", dissera-me ela. "Estou escrevendo uma matéria sobre isso. Tenho que contar para alguém o que descobri." Adanne temia que algo pudesse lhe acontecer.

Bem, algo havia acontecido.

Continuei a correr e percebi que estava ficando fisicamente mais forte, ou pelo menos me movendo mais depressa. Como o mundo podia ser cruel às vezes. Meu Deus. Esse nunca foi meu modo de ver as coisas. Eu não era assim. Até agora.

Não notei nada de diferente até uma van cinza parar junto ao meio-fio e as portas deslizantes se abrirem de repente. Três homens saltaram de dentro dela. Subitamente, estavam todos em cima de mim, me derrubando no chão, empurrando meu rosto contra a grama e a terra do gramado de alguém.

Então senti uma pontada na minha coxa.

Uma agulha?

Três homens, não meninos. Não o bando de Tiger.

Quem então?

Quem estava me capturando agora?

O que eles queriam?

capítulo 148

UM PANO UMEDECIDO FOI colocado sobre o meu rosto, algum tipo de capuz com um cheiro forte de álcool. Então eu estava sendo levantado. Perdi a consciência, mas não sei por quanto tempo.

Não fazia ideia de onde estava, mas não era um hotel cinco estrelas. Sentia o cheiro, e quase podia sentir o gosto, de suor, fezes e urina. O chão sob meus pés era de pedra áspera, talvez concreto. O que isso poderia significar?

– Espalme suas mãos contra a parede e abra as pernas. Fique assim. Não se mexa ou vai levar um tiro.

– Onde está minha família? Onde estão eles, droga? Quem é *você*?

Em vez de uma resposta, ouvi um chiado alto.

– Fique exatamente como está, ou vai morrer agora mesmo. E então nunca vai saber o que houve com sua família. Nunca é muito tempo, Dr. Cross. Pense nisso.

Pensei em outras coisas antes. Quem tinha me capturado na rua e me mantinha preso agora?

Seria outro Tiger? Mais alguém da Nigéria?

Pela voz, parecia que não. Não havia sotaque. Seja lá quem fosse, era americano. Seria a CIA?

– Onde está minha família? – perguntei de novo.

Ninguém respondeu e fiquei ali, com as mãos amarradas e espalmadas contra a parede, acima da cabeça. Também fui obrigado a ficar de capuz, me sujeitando a ruídos altos e privação de sono. Já tinha ouvido falar desses métodos de tortura. Agora, eu era a vítima.

Como não obtive resposta, me perguntei se estava sozinho. Será que estava delirando? Seria aquilo tudo irreal?

Minhas mãos foram as primeiras a ficarem dormentes.

Então comecei a sentir fisgadas nos tornozelos e pés. Em seguida, pontadas de dor passaram a subir e descer pelas minhas pernas.

Minha cabeça girava e achei que fosse desmaiar.

– Preciso mijar. Estou falando sério.

Nenhuma resposta.

Segurei o máximo que pude, então deixei a urina escorrer pelas minhas pernas até meus pés descalços. Ninguém reagiu. Havia alguém ali? Ou eu estava sozinho?

Algumas autoridades do governo americano tinham afirmado que não havia problema algum em usar técnicas daquele tipo contra suspeitos de terrorismo.

Eu era um deles? O que tinha feito para merecer isso? Quem estava me torturando?

Já não sentia minhas mãos e precisava muito dormir. Não conseguia pensar em quase mais nada e teria dado qualquer coisa para apenas me deitar no chão. Mas não podia entregar os pontos.

Posso aguentar isso.

Pensei em me afastar da parede e esperar as consequências. Tive debates calorosos comigo mesmo a esse respeito. Eles não iriam me matar, iriam? Qual seria o sentido disso?

Finalmente, girei meu corpo, deixando apenas *uma das mãos* na parede. Isso contava? Era uma violação das regras?

Na mesma hora, levei um chute forte atrás dos joelhos. Desabei no chão frio. Até que enfim uma cama!

Mas fui imediatamente puxado para cima e jogado com violência contra a parede. Mesmo assim, ninguém falou nada. Voltei à posição em que estava. Não só minhas pernas tremiam àquela altura. Todo o resto também: meu corpo inteiro sacudia terrivelmente.

Quem mais estava comigo naquele lugar?

O que eles queriam de mim?

capítulo 149

EU ESTAVA FALANDO COM JANNIE. Eu a abraçava, maravilhado por ela estar bem.

– Onde está Ali? E Nana? – perguntei com um sussurro entusiasmado. – Você está bem, querida?

De repente, recobrei os sentidos e percebi que estava dormindo em pé. Jannie não estava ali.

Só eu.

Tinha a sensação de que aquele era o segundo dia de cativeiro. Ou talvez o terceiro. Então fui surpreendido por alguém erguendo o capuz até o meu nariz, ainda mantendo meus olhos na escuridão.

– O que foi? – murmurei. – Quem é você?

Ao falar, percebi como meus lábios e minha boca estavam secos.

Deram-me água, que escorria de algum lugar, talvez de uma garrafa, descendo pela minha garganta e por todo meu rosto.

– Não seja guloso – falou alguém com uma risada sarcástica. Um sequestrador com um senso de humor cruel. – Coma isto! Cuidado para não engasgar.

Ele me deu três bolachas, uma após outra. Não engasguei, mas tive medo de vomitá-las com a mesma rapidez com que as comera.

– Água? – pedi. – Mais água, por favor?

Minha garganta estava se fechando de novo.

Depois de uma longa pausa, a garrafa foi levada novamente aos meus lábios. Eu bebi com sofreguidão outra vez.

– Rápido demais – falou alguém. – Você vai ter cãibras. Não quero que fique desconfortável.

Então fui empurrado de volta para minha posição.

Contra a parede.

capítulo 150

ALGUM TEMPO DEPOIS, COMECEI a ter alucinações e me perguntei se havia algo na água ou talvez nas bolachas que eu comera.

Eu estava convencido de que havia voltado à África e estava perdido em alguma parte de um vasto deserto. Sabia que ia morrer em breve, o que não me pareceu tão ruim. Para ser franco, aceitava de bom grado a morte e me perguntava se encontraria Nana, Jannie e Ali do outro lado. Será que Maria também estaria lá? E outras pessoas que eu havia perdido?

Levei um golpe violento nas costas e caí de joelhos de novo.

– Você estava sonhando, dormindo em pé. Isso é proibido.

– Sinto muito.

– É claro que sente. Agora, você gostaria que isso terminasse? Gostaria de dormir um pouco? Aposto que sim.

Mais do que qualquer outra coisa que já quis na vida.

– Onde...? – comecei a perguntar.

– Certo, onde está a porra da sua família? Você é persistente mesmo, hein? Ou será que é só cabeça-dura? Ou burro? Agora, preste atenção. Eu *vou* deixar você dormir. Eu *vou* dizer que fim levou sua família... Está me acompanhando até aqui?... Entende o que estou dizendo?

– Sim.

– Sim *o quê?* Diga com o que está concordando.

– Você vai me contar sobre minha família. Vai me deixar dormir.

– Desde que...?

Eu não ataque você e acabe com sua raça, seu filho da puta. Querer é poder...

– Desde que eu responda às suas perguntas.

– Muito bem. Quer mais água?

– Quero.

O capuz foi erguido até a metade e a garrafa d'água recolocada sobre meus lábios. Bebi tanto quanto quis, mas depois houve um silêncio. Isso me fez morrer de medo. Ele tinha ido embora? O homem que sabia o que havia acontecido com minha família? O único que tinha de fato conversado comigo por alguns minutos?

– Vi coisas horríveis na África, especialmente no Sudão – falei. – Duvido que você se interesse por alguma delas. A família Tansi foi assassinada. Em Lagos. Talvez porque estivessem em contato comigo. Ou talvez por causa do que Adanne escrevia no jornal... Você tem como conseguir os artigos dela.

Não havia nenhum outro barulho além da minha voz, então perguntei:

– Você está aí? Queria que eu falasse, não queria? Está ouvindo agora? Enfim, Adanne e eu fomos levados para uma prisão – prossegui. – Ela foi assassinada na minha frente. Tiger a matou. Não sei quem eram os outros homens que estavam nos mantendo presos. *Porra, nem sei quem é você!*

Apesar da minha explosão, ninguém falou nada.

– Antes de irmos para a prisão – continuei –, Adanne me contou sobre uma grande matéria que estava escrevendo... ela seria publicada no *Guardian*. Talvez em outros jornais também. Não tenho certeza. Ela havia descoberto que os Estados Unidos possivelmente estavam manipulando facções no Delta... para garantir que os campos de petróleo ficassem nas mãos certas. Adanne tinha entrevistas gravadas. As fitas foram confiscadas. Quem quer que tenha nos capturado... deve estar com elas agora. As fitas estão com você, não estão?

Parei de falar e esperei uma resposta, qualquer uma.

Mas ninguém disse nada. Essa era a técnica... e quer saber de uma coisa? Funcionava. Continuei falando:

– Adanne me contou que o homem conhecido como Tiger também estava sendo pago pelo nosso governo. Não sei se é verdade. Você deve saber, não?

Parei novamente, então prossegui:

– Pela CIA, talvez. Ou pelas companhias petrolíferas. Por alguém daqui. Adanne escreveu isso e contou para outra escritora, chamada Ellie Cox, que foi morta por causa do que sabia.

Parei por um instante e depois concluí:

– É isso o que sei. Foi tudo o que Adanne descobriu. *Não há mais nada.*

Eu me interrompi outra vez. Ainda não havia resposta, nenhuma palavra do interrogador.

Eu esperei.

E esperei.

E esperei.

capítulo 151

VOCÊ ACHA QUE SABE O QUE vai acontecer na sua vida, mas nunca sabe de verdade. E, geralmente, as surpresas não são boas.

Ninguém falou comigo por um bom tempo. Eu continuava esperando que alguém colocasse uma arma contra a minha cabeça, que finalmente apertasse o gatilho.

Horas depois de ter sido interrogado, ouvi passos no recinto em que estava preso. Mais de uma pessoa. Pelo menos duas.

Eu me afastei da parede e andei para a frente. Tropecei e caí de joelhos. Forcei-me a levantar e alguém agarrou meu braço.

– O puto nem consegue andar sozinho.

Ouvi o barulho de uma porta se abrindo e então senti uma lufada de ar fresco contra o rosto. Fui puxado para a frente e então empurrado para dentro de algum tipo de van ou caminhonete.

– Vamos logo! – disse alguém na frente do veículo. – Não temos muito tempo.

Para quê?

O que estava acontecendo agora?

Eu não fazia ideia de aonde estava indo, mas sabia que tinha grande chance de estar prestes a morrer. Em alguns momentos no passado, eu havia ficado agradavelmente surpreso pelo fato de ter durado tanto. Ainda assim, me parecia incrível que eu provavelmente fosse morrer dentro de alguns minutos. Rezei pela minha família e depois fiz uma oração por mim mesmo.

Como bom cristão que era, embora um tanto relapso, fiz inclusive uma prece de contrição.

Então a van parou. Era chegada a hora.

– Ponto final! – Disse um dos desgraçados.

Fui empurrado para fora e caí na rua; depois ouvi o veículo se afastar, os pneus esmagando o cascalho.

Eu me arrastei até o meio-fio, subi nele e então simplesmente me deitei, metade do meu corpo em um gramado e a outra metade numa calçada ou num passeio.

Eles não tinham me matado.

Ainda estava vivo.

Finalmente, dormi.

capítulo 152

ENTÃO ACORDEI; PELO MENOS achei que sim.

– Sou o oficial Maise, da Polícia Metropolitana de Washington. O senhor está bem? – perguntou-me o patrulheiro enquanto erguia o capuz que cobria minha cabeça. – Por que suas mãos estão amarradas? O que aconteceu com o senhor?

– Meu nome é Alex Cross. Sou detetive da Divisão de Casos Especiais... Fui sequestrado.

Ele já havia tirado o capuz inteiro, mas eu ainda não conseguia enxergar muita coisa, nem mesmo seu rosto. Meus olhos estavam demorando a se ajustar à luz, especialmente à que vinha dos postes. Estava escuro. Era noite.

– Sim, detetive Cross. Estamos todos procurando o senhor – disse o patrulheiro Maise. – Deixe-me informar a Central.

– Há quanto tempo... vocês estavam me procurando?

– Três dias.

Finalmente consegui ver seu rosto, que mostrava preocupação, mas também surpresa. *Ele tinha me encontrado. Eu estava vivo. Tinha desaparecido havia três dias.*

– Pode soltar minhas mãos? – perguntei.

– Deixe-me informar a Central antes. Em seguida desamarrarei o senhor.

– Nada de imprensa – falei para ele.

– Claro que não. Por que eu ligaria para a imprensa? – perguntou o patrulheiro.

– Não sei – respondi. – Acho que ainda não estou pensando direito.

capítulo 153

MAISE ME LEVOU PARA CASA. As luzes estavam apagadas e obviamente não havia ninguém lá. Bree ficava com a gente de vez em quando, mas tinha seu próprio apartamento, então calculei que estivesse por lá naquela noite. Por que ficaria sozinha ali?

Eu iria ligar para Bree em breve, mas antes precisava entrar em casa. Entrei pela varanda, passando pelo piano silencioso no caminho, imaginando-me a tocá-lo para as crianças, ou às vezes para mim mesmo.

Não, acho que na verdade estava *lembrando.*

A cozinha tinha sido arrumada depois da última vez que eu estivera ali. Bree provavelmente tinha feito isso.

Agora estava impecável, *como se ninguém morasse ali.*

Continuei andando de cômodo em cômodo, todos silenciosos, e senti uma tristeza insuportável. Fui acendendo as luzes no caminho, sentindo-me uma visita em minha própria casa. Nada na minha vida parecia certo ou ao menos real. O mundo tinha *de fato* se tornado um lugar muito cruel e inseguro. Como isso havia acontecido?

Qual era a parcela de culpa dos Estados Unidos? E será que o fato de aceitar essa culpa realmente ajudava alguém? Já não estava na hora de parar de fazer críticas e começar a apresentar soluções? Ser crítico é fácil, pois não requer imaginação nenhuma. Resolver os problemas é a grande questão.

Finalmente cheguei ao meu escritório no sótão e me sentei à mesa, olhando para a rua mais abaixo, perguntando-me se havia alguém lá fora me observando.

Será que os homens que haviam me interrogado acreditaram em mim? Isso tinha alguma importância? Foi então que me dei conta de que não sabia tanto assim sobre o mundo, não num contexto mais amplo, pelo menos. Mas quem sabia hoje em dia?

Ninguém, talvez. Era isso que o tornava tão assustador – e que também acabava com qualquer esperança. Era isso que nos dava a sensação de que tudo estava fora de controle. Então quem estava no controle? Alguém precisava estar... mas quem? Alguém precisava ter algumas respostas. *Alguém* tinha acabado de me aprisionar e torturar.

Continuei a vagar pela casa. Precisava telefonar para as pessoas – para Damon, que eu esperava ainda estar escondido em algum lugar seguro, para Bree e Sampson. Mas ainda não podia fazer essas ligações. Não sabia o que dizer a eles ou como encará-los.

Não, não era bem isso. A verdade era que *eu não queria colocá-los em perigo.* Alguém lá fora ainda podia achar que eu sabia de alguma coisa, algo perigoso e importante, ou talvez somente constrangedor para eles.

E sabe o que era mais assustador?

Eles tinham razão.

capítulo 154

EU TINHA FALADO AOS MEUS interrogadores sobre a possível conexão entre a CIA e Tiger, mas isso não era importante para eles. Afinal, haviam me libertado. Poderiam negar tudo isso e, além do mais, Tiger estava morto. Eu tinha limpado essa bagunça para eles.

Mas o que eu não lhes contei foi o verdadeiro tema central da matéria de Adanne: americanos, franceses, holandeses e várias corporações muito importantes estavam trabalhando com os chineses no Delta. A China precisava ainda mais de petróleo do que os Estados Unidos. E estava querendo consegui-lo do jeito mais fácil. Os chineses estavam dispostos a pagar caro e a fazer negócio a qualquer custo. E, por causa dessas negociatas, milhares de africanos tinham morrido – homens, mulheres e crianças. Essa era a única certeza que eu tinha. E era sobre isso que Adanne andara pesquisando e escrevendo.

Foi por causa disso que ela entrara em contato com Ellie Cox; Adanne tinha lhe falado sobre sua pesquisa. Por esse motivo a família de Ellie fora assassinada em Georgetown.

Adanne me contara histórias apavorantes durante o tempo que passamos juntos, especialmente sobre a vida e a morte no Sudão. O estupro era uma arma de guerra ali e garotas a partir de 5 anos sofriam abusos, às vezes por parte de soldados das "tropas de paz". Centenas e centenas de valas comuns tinham sido descobertas, mas quase nunca eram denunciadas. A corrupção e a truculência policial, que eu mesmo havia testemunhado, eram generalizadas – endêmicas, na verdade – e sequestradores agiam com liberdade na área do Delta, especialmente nas cercanias de Port Harcourt.

Enfim adormeci no sofá que ocupava a sala de estar de Nana desde que eu era criança. Mas não dormi como um bebê. Esse era um tipo de sono que jamais voltaria a ter. A verdade era que eu já havia aceitado que minha família estava morta, assassinada como tantas outras antes dela. Nada jamais voltaria a ser como antes.

capítulo 155

FUI DESPERTADO BEM CEDO PELA MANHÃ. *Alguém estava entrando na casa!*

Dava para perceber que era mais de uma pessoa.

Saltei do sofá, tentando organizar meus pensamentos depressa, me concentrando em como pegar minha arma no escritório, quando dois homens irromperam na sala de estar.

Fiquei surpreso – ou melhor, chocado – ao deparar com Steven Millard e Merrill Snyder, da CIA. Millard falou primeiro:

– Detetive Cross, não sabíamos que o senhor estava aqui. Nós...

Mais alguém entrou na sala atrás de Millard e Snyder. Meu Deus, era Ali. E ele parecia bem – ileso.

Ele estava simplesmente fantástico: a salvo, vivo, em casa.

– Ali! – chamei, indo em sua direção. – *Ali!*

– Papai! Papai! – gritou ele enquanto corria e se jogava nos meus braços. Meu garotinho chorava e tremia descontroladamente.

Não, não... era eu que estava chorando e tremendo. Ali estava apenas me abraçando com uma força incrível. Ele não parava de repetir: "Papai, papai, papai!" Eu poderia ficar ouvindo essas palavras para sempre.

O que estava acontecendo ali?, perguntei-me, olhando para os homens da CIA em busca de respostas. Então vi que Eric Dana e meu amigo Al Tunney também tinham chegado.

– Alex? É você que está aí? Alex, é você?

A voz era de Nana, mas a pessoa que vi entrar na sala de estar foi Jannie.

Ela estava com os braços esticados e soluçava ao vir correndo e se jogar contra meu peito.

– Oh, meu amor, minha filha querida – sussurrei enquanto ela se apertava contra meu corpo. – Oh, Jannie, meu anjo.

– Eu estou bem, nós estamos bem – disse ela. – Eles nos prenderam numa sala. Fizeram um monte de perguntas. A gente não sabia por que, papai, a gente não sabia de nada.

– Não, é claro que não sabiam.

Então Nana entrou na sala de estar, com os ombros curvados, parecendo ao mesmo tempo terrível e maravilhosa. Ela se aproximou e todos nos abraçamos. Os agentes da CIA ficaram apenas olhando, com ternura, ao que parecia, mas não disseram nada.

– Eles não nos machucaram – disse Nana. – Graças a Deus estamos todos juntos aqui. Estamos todos em segurança.

Isto era o bastante para mim naquele momento inacreditável, o mais emocionante da minha vida: nós estávamos todos juntos e em segurança.

capítulo 156

O BOM HUMOR FOI QUEBRADO por Steven Millard.

– Detetive Cross, posso falar com o senhor um instante? Assim que possível, claro – pediu ele.

Saí com Millard, que eu supunha ser o agente da CIA de mais alto escalão ali. Ele era o chefe do grupo, certo? Havia quatro veículos da Agência estacionados em frente à casa. Três agentes, entre eles duas mulheres, estavam parados na calçada. Eu me perguntei se tinham sido escolhidos para tornar as coisas mais fáceis para minha família quando ela fosse trazida de volta.

– Onde eles estavam? Onde os encontraram? – perguntei. – Quem os sequestrou?

Ele andava com as costas eretas e calculei que devia ter sido militar antes de entrar para a CIA. Parecia muito seguro de si, autoconfiante e bastante certo do seu papel ali. *Então era isso? Quem era Steven Millard? Qual era o papel dele?*

– Conforme eu havia lhe falado, detetive, nós somos os mocinhos... *ainda* somos os mocinhos. A maioria de nós está tentando fazer um bom trabalho e ajudar a manter este país seguro... Ian Flaherty, não. Ele nos vendeu, possivelmente mais de uma vez. A última foi para os chineses. Talvez para uma laranja podre no cesto deles.

– Minha família – falei, para lembrar a Millard minha pergunta.

– Mantivemos Flaherty sob vigilância desde que ele chegou a Washington. Acredite. Ele nos levou à sua família. Não sei se eles teriam sido libertados ou não. Alguns mercenários, que trabalhavam para Flaherty, estavam com eles. Flaherty estava trabalhando para os chineses. Sua família foi interrogada, mas estava lá mais como uma espécie de garantia. Flaherty temia que o senhor tivesse descoberto algo a respeito dele em Lagos.

Balancei a cabeça.

– Suborno se tornou um estilo de vida na Nigéria. Adanne Tansi sabia que os chineses estavam envolvidos com o comércio de petróleo no Delta. Milhares de nigerianos estão sendo assassinados lá, como o senhor deve saber.

– Sim, nós sabemos – disse Millard.

– E sabiam que a guerra civil estava prestes a estourar, mas não fizeram nada para impedi-la.

– Não podíamos fazer nada. Não precisamos de outro Iraque, precisamos?

Eu o encarei.

– Onde está Flaherty agora?

– Nós estamos com ele – respondeu Millard sem titubear. – Ele está sendo interrogado. Em algum momento, irá falar. Sabemos que o Sr. Sowande, o seu Tiger, trabalhava para ele.

– Isso é tudo o que pode me dizer?

Millard balançou a cabeça.

– Não. Posso lhe dizer o seguinte: volte para a sua família, detetive Cross. Ela é especial. O senhor passou muito tempo longe dela.

Assenti. Ele não iria abrir o jogo comigo, então não havia mais nada a ser dito. Dei meia-volta e me dirigi para minha casa.

Ele tinha razão quanto a uma coisa: *minha família era especial.*

Eles estavam esperando por mim na varanda e, enquanto eu me aproximava, outro sedã preto estacionou em frente à casa. Damon saiu de dentro dele e olhou na minha direção. Ele meio acenou, meio prestou continência.

Mas então saiu correndo e eu fiz o mesmo.

A família Cross estava reunida. Talvez isso fosse a única coisa que importava.

EPÍLOGO

O ÚLTIMO MOCINHO

capítulo 157

EU NÃO PODERIA DEIXAR que acabasse assim – simplesmente não era da minha natureza. Uma noite, algumas semanas depois, cheguei à casa em Great Falls, Virgínia, pouco depois das três da manhã. O interessante – e consideravelmente assustador – era que eu tinha recebido um telefonema do psicopata Kyle Craig mais cedo naquela semana. Com a mesma frieza de sempre, Kyle disse que estava feliz por eu ter minha família de volta. E desligou antes que eu pudesse dizer qualquer coisa.

Eu me concentrei e fui até a porta da frente de uma casa colonial de tijolos vermelhos obsessivamente bem cuidada. Toquei a capainha duas vezes e esperei. Conferi meu relógio. *3:11*. Alguns minutos depois, a luz da varanda foi acesa. Então a porta se abriu devagar.

Steven Millard estava parado ali, usando um roupão felpudo azul-escuro, com as pernas e os pés nus. Ele não parecia tão imponente sem terno e gravata. Ouvi uma voz de mulher gritar do andar de cima:

– Steve, está tudo bem aí embaixo?

– Volte a dormir, Emma. É só trabalho – respondeu ele.

O olhar de Millard retornou ao meu.

– O que o senhor quer na minha casa às três da manhã, detetive Cross? É melhor valer a pena.

– Por que não me convida a entrar e lhe explico tudo? Eu bem que gostaria de um café. O senhor também, pelo visto.

capítulo 158

NÓS ENTRAMOS E EU me sentei na cozinha, que parecia ter sido reformada recentemente. Millard não me ofereceu café ou qualquer outra bebida, então comecei a lhe contar por que tinha ido até lá no meio da noite.

– Passei algum tempo na casa de Ellie Cox antes de ir para a África. O seu pessoal fez um excelente serviço por lá. Achei o manuscrito inacabado dela, é claro. Encontrei até algumas anotações que fez quando estava na Nigéria. Só que tudo parecia muito certinho. Nada de comprometedor.

Millard ouviu com paciência, assentindo, enquanto esperava pelo golpe final.

Fiquei olhando para ele por um instante, pensando sobre o conceito de "mocinho". Será que ainda restava algum? Eu esperava que sim. Esperava mesmo que sim.

– Então é por isso que está aqui? Para me informar que está tudo certo? – tornou a falar Millard.

– *Parecia* certo. Do jeito que deveria estar. Mas na semana passada voltei à casa dos Cox. Dessa vez tive tempo de ser um detetive de verdade. Conversei com o editor de Ellie na Georgetown University Press. Ele não havia recebido a última parte do manuscrito de Ellie, o que o surpreendeu. Era a parte que contava sua viagem à Nigéria.

– Talvez ela nunca tenha chegado a escrevê-la – sugeriu Millard. – Isso faria sentido, não faria, detetive? Pode ter sido por isso que ela foi perseguida e assassinada.

– Pode ser. Mas, se isso fosse verdade, por que eu estaria aqui às três da manhã, quando poderia estar em casa dormindo?

Millard franziu as sobrancelhas. Ele estava começando a ficar irritado e eu não podia culpá-lo.

– Talvez porque nunca tenha me agradecido decentemente por eu ter encontrado e trazido sua família de volta? Não tem de quê. Agora pode ir. *Vá embora.*

Então dei um soco em Steven Millard. Um golpe de direita que o levantou da cadeira da cozinha e o derrubou no chão de pinho. Seu nariz estava sangrando, mas ele não desmaiou. Dava para notar que não sabia muito bem onde estava; suas mãos tateavam em volta, em busca de apoio.

– Isso é por ter sequestrado minha família, para começo de conversa – falei. – Ellie tinha uma datilógrafa para os manuscritos – prossegui. – Uma mulher em Washington chamada Barbara Groszewski. Descobri isso por meio dos cheques que Ellie passava para ela todos os meses. A boa notícia, o motivo de minha visita, é que Barbara Groszewski estava com a última parte do manuscrito de Ellie, o trecho sobre sua viagem a Lagos, seus encontros com Adanne Tansi e com outras pessoas. Ian Flaherty é mencionado diversas vezes. Você também, Millard. Adanne sabia o que você e Flaherty estavam tramando.

Fiz uma breve pausa e depois retomei:

– Na verdade, foi você quem armou as reuniões com os chineses para negociar o petróleo. Foi *você* que recebeu propina deles. E foi *você* que contratou Sowande, o Tiger. Você está preso, Millard, e a CIA não vai protegê-lo. Eles já entregaram você para nós. Então talvez ainda existam alguns mocinhos no mundo.

Por incrível que pareça, Millard sorriu.

– Um manuscrito? Parte de um manscrito? Anotações de uma escritora? Vocês não têm nada que possa me manter preso.

– Bem, acho que temos – falei. – Tenho certeza que sim.

Abri a porta da cozinha e dei passagem para vários agentes do FBI, inclusive meu amigo Ned Mahoney. Aqueles definitivamente eram os mocinhos.

Eu me voltei para Millard.

– Ah, já ia me esquecendo da melhor parte, o mais importante: nós encontramos Ian Flaherty. Você mentiu quando disse que estava com ele. Na verdade, somos nós que estamos com Flaherty agora. E ele está falando. É por isso que estou prendendo você. A coisa ficou feia pro seu lado, Millard. Você cometeu um grande erro de julgamento.

– E qual foi meu erro? – perguntou ele por fim.

Agora era a minha vez de sorrir.

– Você deveria ter me matado quando teve a oportunidade. Sou muito persistente. Nunca desisto.

Assim falou o Matador de Dragões.

No caminho de casa, por volta das cinco daquela manhã, meu celular começou a tocar. Eu o peguei do banco do carro e atendi.

Escutei uma voz que não queria ouvir nunca mais na minha vida, mas especialmente naquele momento.

– Você é impressionante pra cacete, Alex. Estou muito orgulhoso de você – disse Kyle Craig. – Acredite ou não, eu estava bem do seu lado ali na casa de Millard. Acho que também sou meio especial. *E também nunca desisto.*

Então Kyle desligou.

E, como sempre, foi mais assustador do que qualquer um conseguia ser.

INFORMAÇÕES SOBRE A ARQUEIRO

Para saber mais sobre os títulos e autores
da EDITORA ARQUEIRO,
visite o site www.editoraarqueiro.com.br
e curta as nossas redes sociais.
Além de informações sobre os próximos lançamentos,
você terá acesso a conteúdos exclusivos e poderá participar
de promoções e sorteios.

www.editoraarqueiro.com.br

facebook.com/editora.arqueiro

twitter.com/editoraarqueiro

instagram.com/editoraarqueiro

skoob.com.br/editoraarqueiro

Se quiser receber informações por e-mail,
basta se cadastrar diretamente no nosso site
ou enviar uma mensagem para
atendimento@editoraarqueiro.com.br

Editora Arqueiro
Rua Funchal, 538 – conjuntos 52 e 54 – Vila Olímpia
04551-060 – São Paulo – SP
Tel.: (11) 3868-4492 – Fax: (11) 3862-5818
E-mail: atendimento@editoraarqueiro.com.br